Le naufrage de Stanislas

Du même auteur

L'homme qui marchait avec une balle dans la tête, Flammarion, 2006 ; J'ai lu, 2008 ; prix Ciné Roman Carte Noire 2007.

La Fabrique de souvenirs, Flammarion, 2008 ; J'ai lu, 2009 ; prix Marcel Pagnol 2008.

Mondial Nomade, Flammarion, 2011 ; *Voyage au pays des meubles défunts*, J'ai lu, 2018.

L'enfant-mouche, Flammarion, 2017 ; J'ai lu, 2018.

Philippe Pollet-Villard

Le naufrage de Stanislas

roman

Flammarion

978-2-0804-2525-6

Pour André S (qui n'est pas une pie).

Quelque chose de spécial s'était passé cette nuit-là, un animal m'avait rendu visite. Enfin, un animal : un genre de poisson-chat, une variété d'eau douce normalement, qui remonte les fleuves en rampant dans la vase, visqueux, sournois, large de mâchoires, des yeux gros comme des soucoupes, avec une tête d'homme. Oui, un poisson-chat-humain. Une hallucination. Et ce poisson-chat-humain venu à fleur de rêve m'avait murmuré « reste chez toi, Stan, ne sort pas en mer aujourd'hui, reste chez toi, reste au lit ». D'une voix curieusement rassurante et sensuelle. Un timbre de velours. C'était un rêve qui se mêlait à mon cauchemar habituel. Celui où je me réveillais sur le pont du *Warliss*, seul à hurler le nom de mon père. Le cauchemar qui m'habite depuis toujours, la sale histoire de mon enfance. Le bateau. La solitude. L'héritage.

Je le sais maintenant, c'était une période de ma vie où ma tête était bigrement fatiguée. Mais pas seulement ma tête, le reste de mon corps, mes vertèbres, mon cœur, ma rate, mon œsophage. Il fallait que quelque chose s'arrête, ou plutôt « s'enraye », reparte à zéro. Le monde avait été tout entier trop vite en avant et de travers, c'est ce que je me disais, mais peut-être était-ce l'effet normal du temps qui passe. Passé soixante ans, rien ne va jamais plus, de toute façon. On devient un témoin embarrassé. On en sait trop. On a cru en trop de choses, absorbé trop d'âneries entendues à la radio, fredonné trop d'airs stupides. Porté des vêtements ridicules sous prétexte que c'était la mode. Vu défiler des myriades d'hommes politiques plus malins et plus menteurs les uns que les autres. Vu leurs têtes resplendir sur les panneaux d'affichage de l'école municipale les dimanches où l'on se pousse à aller voter tout de même. Ces types qu'il a bien fallu apprendre à accepter, après s'être effondré en larmes les soirs des résultats. L'effet de la colère, de l'impuissance. C'est comme ça, il y a un moment dans la vie où l'on a tout entendu, trop fait confiance, où l'on a envie de jeter du silence autour de soi, comme on donnerait de grands coups de balai pour évacuer la poussière du temps. Ou planter des arbres, oui, des chênes de silence. Des remparts de calme. Dire et se redire que c'était mieux avant. Qu'il aurait fallu savoir changer de rythme. Réfléchir un bon coup. Tout ralentir. Sans en être tout à fait convaincu, parce que moi, Stanislas, ma vie a toujours été un sacré bordel remuant. Et j'ai aimé ça, je le sais. Une destinée à courir devant, dans les rouleaux, levé à cinq heures du mat', rentré à pas d'heure. Avec, certains jours, la cale presque vide, et bien énervé contre les bateaux-usines anglais, ou hollandais, ou belges, ou finlandais. Se faire à la règle des quotas, qu'il faut ingérer de gré ou de force, comme les tubes à la radio. L'océan divisé en zones, rouges, blanches, bleues. Avec des petits numéros, des balises et des garde-côtes pour vous indiquer qu'à partir de là vous êtes passés en zone britannique qui n'est plus « la zone anglaise d'il y a dix ans » ou d'il y a six mois, mais une nouvelle, décrétée par le Brexit et aménagée par des individus en costard, avec la raie sur le côté, leurs petites chaussures à bouts pointus spécialement étudiées pour sillonner la moquette des couloirs du Parlement européen. Plus lisses que des serpents. J'en avais marre, marre, marre, totalement marre. Et à vrai dire, ces soixante années, je les sentais vraiment peser sur mes épaules. Bien mal au dos, totalement crevé, le gars. À chaque passage à la médecine du travail, j'y avais droit : « Monsieur Warliss, il va falloir lever le pied. Prendre des congés, passer moins de temps en mer, vous octroyer un ou deux jours de repos par semaine, hein ? Vous en profiteriez pour vous détendre, bricoler, faire un peu de sport, pourquoi pas investir dans un vélo électrique ? »

Et Françoise, mon épouse, pareil, quand je rentrais à la maison : « Mon pauvre Stan, comme t'as l'air fatigué, le blanc des yeux tout rose, et les cernes pesants comme les rideaux d'un manoir. Tu me fais l'effet d'un mort qui court vers sa tombe. »

Ma tombe, mon bateau, mon chalut, brûlé par le sel, sa cale, ses casiers qui puent, ses filets. Machine à tuer-tirer tout ce qui circule au fond des océans. Et même des monstres parfois, oui, les monstres marins, toutes ces bestioles hybrides de l'obscurité, honteuses d'être nées, qui n'intéressent personne, n'obéissent à aucune statistique, résultats de toutes les chimies modernes, dentifrices, antibiotiques, laines polaires et j'en passe, qui passent par nos estomacs, nos gorges, nos naseaux, nos boyaux, nos chiottes, les affluents, ruisseaux, rivières, et qui finissent dans les tréfonds de l'océan.

Je vous jure que j'en ai vu, de drôles de bêtes coincées dans les mailles de mes filets. Choses cyclopéennes, prognathes aplaties par le manque de lumière. Et moi-même quand je me regarde, Stanislas Warliss, pauvre pêcheur, pauvre humain qui ne compte plus pour rien, tributaire de toutes les décisions prises par les hauts fonctionnaires, maintenant et à l'heure de notre mort, amen. Comme si j'avais d'autre choix que de le faire, ce sale boulot, de me lever aux aurores, de me casser le dos à remonter les casiers. Comme si Françoise, ma sainte et généreuse Françoise, qui pourtant a toujours été bonne en calcul, oubliait les traites à payer : celles du pavillon, du Renault Trafic, du gaz, de l'eau, de nos portables, de l'électricité. Comme si le métier de chalut avait pu se pratiquer en télétravail. Comme s'il suffisait d'appuyer sur une touche pour crocheter les merlans. Monde absurde, absurde, absurde.

On en avait pourtant passé, elle et moi, des heures et des heures à calculer l'espace-temps qui nous séparait de la retraite. Pour moi, c'était cinq ans. Elle, deux, mais en fait de retraite, ça ne ferait guère plus que cinq cents euros. Mille à nous deux, donc. C'était devenu un sujet de rigolade pour moi que de voir Françoise faire et refaire les comptes, comme s'il avait pu y avoir un mystère logé quelque part. Un truc qu'on aurait négligé, qui nous aurait échappé, une fiche de paie ancienne qui aurait glissé derrière le radiateur, pour réapparaître subitement et ainsi changer la donne. Nous octroyer des points supplémentaires. Une retraite honorable. Comme par miracle. Les miracles, il faut y croire, pourtant. J'y crois volontiers, désormais.

— Où on ira avec nos mille balles de retraite ? disait-elle, avec parfois dans le regard, qu'elle a pourtant joli et tendre, un vide abyssal.

— Là, où tout le monde va : au cimetière ! que je lui répondais, pour la faire sourire.

Et ça marchait. Je crois que Françoise m'a toujours aimé pour ça, parce que je la faisais rire. J'ai toujours été un clown pour elle, et elle a toujours porté en elle tout le sérieux qui me fait défaut. Elle me disait : « Tu es le corps et je suis la tête. » Sûr qu'elle n'avait pas de mal à être plus intelligente que moi. Peut-être parce que je n'ai pas sacrifié beaucoup de temps à l'école, et qu'elle a poussé jusqu'au baccalauréat. Il n'en faut pas plus pour s'aimer, décider de passer une vie ensemble. La complémentarité. Faire sa vie, faire des gosses. Là aussi, je dois bien reconnaître que Françoise avait su prendre les choses en main. Quand je voyais Luc et Fabien, nos jumeaux âgés de vingt-huit ans tout juste, les cheveux ras, la peau rose, les yeux bleu azur, pleins d'innocence dans leur polo bleu lavande de la gendarmerie, je me disais que tout ça, c'était le résultat de l'éducation maternelle, de ses gènes studieux. Tout le portrait de Françoise, ces deux-là, dans leur façon de vouloir rétablir l'ordre en toutes choses, de chercher l'équilibre, la rectitude, le calme, la politesse, absolument. Fabien, surtout, avec son air rêveur, ses poils au menton, taillés en triangle façon d'Artagnan. Adolescent, avec cette même tête et cette barbichette, j'avais fait le rapprochement avec ma propre jeunesse, dans sa façon de fréquenter les raves, de s'identifier à tel ou tel groupe de techno. D'afficher parfois une boucle d'oreille. De rentrer à l'aube, les traits brouillés, la mine enfarinée, bien après la limite fixée d'une heure du matin. Je m'étais dit que lui peut-être, contrairement à Luc, qui a toujours été un premier de la classe, aurait pu virer un peu foutraque. Et même, pourquoi pas, marin-pêcheur comme moi et comme mon propre père avant moi. Paix à son âme, mon pauvre papa englouti par les flots pour toujours, enveloppé dans un linceul d'écume. Digéré par les homards. C'est vrai, j'ai bien cru, un temps, que Fabien reprendrait le flambeau, qu'il deviendrait marin-pêcheur. Et qu'en reprenant le bateau il sauverait l'honneur de notre lignée. Un homme, être un homme, voilà tout ce que je voulais pour lui.

Avec Françoise, quand on a appris qu'ils voulaient intégrer les rangs de la gendarmerie, ça nous a tellement chamboulés qu'on a vite cessé d'en faire un sujet de conversation. Parfois, en y réfléchissant, je me disais que j'aurais payé cher pour revenir en arrière, loin, très loin, au moment où Françoise m'a annoncé qu'elle était enceinte. Oui, j'aurais rêvé de revenir à ce moment-là : je lui aurais proposé de renoncer, d'avorter. De vivre bien tranquilles, juste elle et moi. Mais voilà c'est comme ça, on ne refait pas l'histoire. Nous sommes sur terre pour nous reproduire. C'est organique. C'est la nature qui décide. Faire des enfants comme on fait ses besoins, ne pas regarder sous soi. Descendance-excrément. Honte, honte, honte. Quand on en parlait, tout de même, pour me détendre, elle aimait me rappeler que « les gendarmes d'aujourd'hui » n'étaient pas ceux que l'on avait connus dans notre jeunesse. Que la nouvelle génération était bien moins fourbe, plus intelligente et moins corrompue, moins alcoolique surtout, que les vieux sagouins au nez vermeil coiffés de képis qui nous collaient des amendes quand elle et moi partions en mobylette sans phare ni casque, à la tombée du jour, pour baiser sous les falaises, autrefois, il y a si longtemps.

Belle jeunesse, resplendissante jeunesse. Insouciance. Comme on a su s'aimer, elle et moi, nos cris emportés par le vent nous revenant en écho sous les récifs de granit ! Faire l'amour à en oublier d'avoir froid, les fesses toutes rouges à cause des galets, avec pour seuls témoins la voûte céleste et tout son firmament astrologique. Avec le recul, je me suis souvent demandé dans quel genre d'orgasme s'étaient logés nos gendarmes de fils. Et lorsque je songe à cette farce des mauvaises fées, me vient l'image d'un coup de feu tiré à l'envers, oui, la destinée comme une arme de chasse à double détente. Du genre à canon scié.

En termes de poésie, c'est la seule image qui me vient à l'esprit, et donc le mieux, c'est que j'arrête d'y réfléchir.

Avec son allure de grand miroir déglingué, la mer était peu avenante ce jour-là. Un vent de soixante nœuds générait des creux de huit mètres et ça n'était une surprise pour personne car la radio ne parlait que de ça depuis des semaines : un chaud et froid nous venait des Açores et prenait toute son envergure sur les côtes portugaises. En langage commun, c'était « un sale temps de hyènes, une météo pourrie des enfers ». Ce genre de dépression pouvait envoyer des porte-conteneurs sur les récifs, répandant sur les plages leur chargement de toutes les saletés industrielles qu'on peut imaginer. Façon vide-greniers des temps modernes. Vous avez déjà vu un cargo basculer ? Moi oui, une fois, du grand spectacle ; il transportait des Land-Rover. Je me souviens assez précisément de toute ces bagnoles de nantis, équipées pour le tout-terrain, projetées sur les récifs pendant des jours et des jours, chiffonnées comme des boulettes de papier aluminium. Ou bien encore ce bateau dont j'ai oublié le nom et qui a chaviré en 1997. Ses conteneurs étaient remplis à ras bord de pièces de Lego. Depuis, des millions de petits poissons, pieuvres, étoiles de mer en plastique, se déversent sur les plages de Cornouailles. Je vous jure que tout ça est vrai.

Eh bien, ce matin-là, la météo nous annonçait plus grave encore. Je m'en souviens, le ciel était vert nauséeux, dégueulant des tonnes de pluie lavasse qui mitraillait la surface des flots. Ça bougeait fort, très fort, à bord du *Warliss*. Mon chien Marcelin, un jovial bâtard d'ordinaire si heureux de sortir en mer, était tout drôle, comme s'il sentait venir quelque chose. Comme s'il avait été lui aussi visité par le poisson-chat-humain. Ce satané cauchemar de la veille dont je me disais qu'il était un avertissement.

Blotti dans un coin de la cabine, enroulé sur lui-même, le museau enfoncé entre ses pattes, le regard jaune suppliant, Marcelin me faisait l'impression de faire des prières à destination de je ne sais quel saint canin. Vraiment très inquiétant, l'animal. Et puis, dès qu'on a quitté le port, au lieu d'aller se poster sur la proue comme à son habitude, Marcelin s'était réfugié entre mes bottes. Tout tremblotant, reniflant. Presque mort, déjà. « Oh Marcelin, tu cherches à prendre un coup de pied ? » je lui ai dit. Jamais vu un chien aussi inquiet. S'il avait pu parler, je suis sûr qu'il m'aurait répondu : « Bon, allez Stan, on met les gaz et on retourne au port ! »

Et je sais à présent que ç'aurait été la bonne marche à suivre.

En y réfléchissant, je pense que c'est le carburateur qui avait dû se fissurer en premier, parce que le moteur s'est mis à tousser. Rien de grave, ai-je pensé, puisqu'en fait de gasoil je remplissais mes réservoirs de fuel de chauffage. Plus polluant, certes, parfaitement irrégulier aux yeux de la loi, mais vraiment moins cher. Je l'ai déjà dit, je ne roulais pas sur l'or à ce moment-là, j'avais des tas de traites à honorer, et même le fuel que j'utilisais n'était sans doute pas de première qualité, probablement coupé avec de l'eau. Alors, forcément, les hoquets du moteur, les « brrr », les « krrr », les « brrr-krrr », j'y étais habitué. Je connaissais bien la musique. Et puis de toute façon, mes filets n'étaient pas encore remontés, il me fallait donc continuer de chaluter, de faire le plein de poissons en tenant à distance les peurs et les états d'âme.

Un quart d'heure plus tard en m'engageant dans le passage de la Déroute, une zone de grands fonds d'une cinquantaine de kilomètres qui s'étend depuis le raz Blanchard jusqu'à l'archipel des Écréhou, que les marins connaissent bien pour la frontière naturelle qu'il délimite entre les eaux françaises et anglaises, et qui trace comme une longue suite de points de suture sur les cartes, j'ai entendu un autre bruit, sec celui-là, et précédé d'un sifflement suraigu, façon clarinette de synthétiseur. J'ai tout de suite pensé à un joint de culasse, ou à une valve, et je me suis dit que je ne couperais pas à une visite de courtoisie chez Allonzier, le garagiste du port qui me vendait le fuel coupé à l'eau, justement, et qui annonçait des prix prohibitifs dès qu'il s'agissait de commander des pièces mécaniques pour des vieux rafiots comme le mien. Arguant qu'il ne s'agissait pas d'une simple réparation, mais de la remise en état de « matériel vintage », habitué qu'il était à fréquenter la société des Parisiens et des Anglais qui rachètent nos hangars pour les transformer en lofts et nos vieux chaluts, en bateaux de loisir. « Un bras, que je me disais, ça va me coûter un bras, cette valve ! »

Et c'est là, plongé dans mes ruminations d'apothicaire, que j'ai vu de la fumée s'échapper entre les lattes du pont. Une fumée non pas grise comme celle du fuel du chauffage, mais sombre, couleur carbone, et qui sentait le goudron d'étanchéité calciné. Marcelin, qui n'avait pas décollé de sous le tableau de bord depuis notre départ, s'est mis à sauter en tous sens, comme devenu fou. Exactement comme s'il avait senti venir le coup, parce qu'un chien n'est pas chien par hasard et que quand on est capable de renifler un lièvre à deux kilomètres, il en va de même pour une avarie mécanique. On appelle ça l'instinct. Un bruit métallique, donc. Et puis une deuxième valve a claqué, et puis une autre, façon roulement de tambour. Absolument effrayant. La nuit était tombée, ou alors la fumée noire qui nous entourait occultait le soleil, tissant autour de nous un piège aussi efficace qu'une araignée avec sa toile. Le moteur vibrait, vibrait, vibrait. D'autres éléments avaient dû se rompre en chaîne, car l'hélice ne tournait plus du tout. « Sans doute l'arbre de transmission », me suis-je dit, pragmatique, en me collant un torchon sur le nez pour ne pas me laisser asphyxier. Le temps de remettre mon autre main sur l'extincteur, vide hélas, le feu avait déjà envahi la cabine. Dans la fumée, j'ai vu les instruments de bord indiquer ma position en vert à cinq milles de la côte. Un triangle lumineux, symbolisant mon bateau, se déplaçait doucement, comme si tout était parfaitement normal. Puis les écrans ont fondu eux aussi, laminés par de petites flammèches bleues crépitantes, de celles qui font la joie des enfants sur la crème pâtissière des gâteaux d'anniversaire.

Et puis plus rien d'autre que de la fumée, de l'obscurité, de la suie et de la pluie. Sordide microclimat.

C'est drôle, les idées qui vous passent dans la tête dans ces moments-là. Comme celle, saugrenue, de réciter des prières. Encore eût-il fallu en connaître une par cœur. Ce qui n'était pas mon cas. Alors, en fait de divinité, j'ai eu une pensée pour Françoise qui, elle, ne s'est jamais défendue d'aller brûler un ou deux cierges à l'église, récitant même, le cas échéant, un *Je vous salue Marie* « pour la famille et les proches », comme elle aimait dire. Françoise, ma bonne Françoise, négociant avec les forces du Ciel. Je me suis demandé ce qu'elle était en train de faire tandis que je m'apprêtais à mourir. Était-elle en train de regarder un plat en barquette qui tournait lentement dans la lucarne du micro-ondes ? ou les infos télévisées sur France 2 ?

La vision de Françoise confortablement installée devant son programme télévisé m'a fait plaisir. Puis je me suis demandé dans quel état elle serait, le lendemain, lorsque le responsable de la navigation régionale viendrait frapper à sa porte pour lui annoncer ma mort. « Madame, dirait-il, nous avons une bien triste nouvelle à vous annoncer, votre mari... » Exactement comme ma mère a appris la disparition de mon père, autrefois. Le genre de mots qui vous marque pour toujours. Un temps, vous restez immobile, sans savoir s'il faut pleurer ou vous efforcer de contenir votre tristesse, par décence pour le fonctionnaire du port qui, lui, s'est donné la peine de venir vous annoncer l'insupportable nouvelle, si poisseuse.

Là, seul avec mon chien sur mon bateau, avec comme seule alternative au feu l'hydrocution, en plongeant dans l'eau glacée, j'ai même imaginé un extrait d'actualité télévisée où l'on verrait mon portrait passer à l'écran. Je pouvais presque entendre la voix du présentateur disant « Sans transition, encore un marin-pêcheur disparu en mer... », avec le même ton désolé que l'on réserve en général aux femmes tuées par leur mari alcoolique, juste avant les pubs d'électroménager.

Le *Warliss* fumait considérablement et la nuit était totale. Le moteur s'était arrêté, comme épuisé par la lutte effrénée de toutes les pièces mécaniques. Ne persistait que le tambourinement désordonné de la pluie : tombant en trombes elle avait eu raison des flammes ; et à ce bruit se mêlaient les battements de mon cœur. À ces palpitations qui me glaçaient les tempes s'ajoutait un vent qui nous poussait furieusement vers le large. Marcelin s'était accroché à mes bottes, mordillant le caoutchouc avec l'acharnement d'un chiot qui tète, il me tirait vers le côté comme s'il voulait me montrer quelque chose. J'ai pensé que ça aurait fait une belle statue de bronze. Le marin et son chien fidèle emportés par la tempête. Le genre de sculpture que l'on voit parfois, sur la place des villages. Un endroit où poser des fleurs pour honorer la mémoire de tous les disparus en mer, financé par le un pour cent destiné aux activités culturelles. Avec les tortillons d'acier sur les ronds-points, les bouquets de fleurs géants en silicone qu'il faut repeindre chaque année. Le petit boulot d'entretien de la mémoire qui occupe les gens de la voierie au printemps – il n'y a pas de sot métier.

Et c'est là, tiré de ma torpeur par les jappements de Marcelin, que j'ai vu un bateau-usine anglais filer droit sur nous par tribord, une forme massive au sommet de laquelle brillaient les feux de signalisation tels des yeux injectés de sang. La mort c'était lui, à coup sûr, lui qui allait nous broyer, transformer le *Warliss* en miettes et copeaux. Ça ne prendrait pas plus de quelques secondes, comme dans un péplum où tout est joué d'avance, mais sans les spectateurs. Aucun témoin. Personne pour nous entendre hurler. Et si par hasard on retrouvait l'épave du *Warliss* et nos deux cadavres, Marcelin et moi, jamais personne ne devinerait les circonstances. Même le bateau-usine, à la vitesse où il filait, ne sentirait rien passer. En arrivant au port de Brixham pour décharger ses deux cents tonnes de poissons congelés, trois ou quatre semaines plus tard, le commandant remarquerait quelques débris d'épave dans ses casiers frigorifiques. Une botte, un porte-clés, un collier de chien, des restes humains et canins mêlés aux anguilles et aux sabres. « Pas de quoi en faire un drame », se dirait le capitaine qui se garderait bien de déclarer tout ça aux autorités portuaires, c'est vrai, avec toutes les formalités auxquelles il faut se soumettre pour naviguer. Marin n'est pas comptable.

De retour dans la cabine enfumée du *Warliss*, je me suis emparé du pistolet d'alarme dans son placard en acier ; c'était la seule chose qui devait encore fonctionner à bord, me suis-je dit. J'y ai engagé une fusée éclairante, qui n'a pas percuté parce qu'elle était trempée, puis une autre. Au troisième essai, la fusée s'est déclenchée, matérialisant dans le ciel une grande tarentule violette, réellement magnifique. Ébloui et abasourdi par cet éclair détonnant, j'ai pensé que je ne garderais peut-être que cette image de mon passage sur terre. La toute dernière. Une araignée céleste. Et que ça avait tout de même valu le coup de rester en vie jusque-là, rien que pour cette fantaisie pyrotechnique. Dieu que c'était beau, oui, divin !

Et puis j'ai entendu la sirène du navire anglais, un coup d'avertisseur puissant, pour me faire dégager, comme si j'avais envahi intentionnellement son secteur de pêche, celui légitimé par les nouvelles lois du Brexit. « Stop ! », j'ai gueulé, « Stop ! », en agitant les bras en direction du navire.

Trois jours plus tard, le *Warliss* se trouvait en cale sèche dans le hangar de Jacques Allonzier. Bien abîmé, le bateau, très esquinté, c'est ce qu'Allonzier n'arrêtait pas de répéter, une lampe frontale arrimée à sa casquette poisseuse, affichant un air soucieux : « Bon, ben il est bien abîmé ton rafiot, mon Stan... » Comme si ça n'était pas évident ! Comme si je n'avais pas vécu moi-même le presque naufrage de mon navire ! J'en portais encore les stigmates. En plus des cheveux calcinés, mon poignet était douloureux, et j'avais le visage étoilé de points de sutures. Presque autant de coupures que sur le visage d'un vieil acteur passé par la chirurgie esthétique. Parce que en grimpant dans la nacelle de sauvetage du bateau-usine anglais, j'avais attrapé Marcelin par son collier ; pris de vertige, il s'était mis à tournoyer dans le vide en hurlant à mort. Un instant, je me suis senti si faible que j'ai hésité à le laisser basculer dans le vide, comme ça, dans les flots baveux qui semblaient n'attendre que ça, et n'auraient fait qu'une bouchée de mon clébard. Mais j'ai résisté, parce que je ne m'en serais jamais remis. C'est vrai, il y a des moments dans la vie qui vous rendent sentimental. Cette nuit-là j'ai pris conscience de la chance que nous avons eue tous les deux de nous sortir indemnes d'une telle mésaventure. Nous étions vivants, vivants ! Tous deux victimes de notre infortune, certes, mais en vie. Pour finir, alors que je le serrais contre moi pour le rassurer, cet abruti m'a mordu au visage. Trois ou quatre coups de dents m'ont poinçonné les joues, la paupière et le sommet du front surtout, d'où le sang a giclé de façon déraisonnable, m'empêchant d'y voir clair en atterrissant sur le pont du navire-usine anglais, vaste comme un porte-avions, éclairé de mille néons. Un boucan d'enfer. Des grues, des câbles, des rails. Et puis des ouvriers qui s'agitaient en tous sens, pour la plupart africains, hispaniques, slaves, tous équipés de cagoules contre le froid et la pluie qui, elle, n'est d'aucun pays. C'était une société en soi, ce navire-usine. Une véritable attraction pour tous ces ouvriers sans visages que de nous voir débarquer, Marcelin et moi : un marin français et son chien dans une nacelle descendant du ciel dans un esprit très « Moulin-Rouge ». Le pont était tellement visqueux que j'ai glissé, c'est ainsi que je me suis foulé le poignet. Et puis ça a été encore toute une affaire pour me relever d'entre les poulpes et les calamars, parce que la tempête continuait de balayer violemment le pont et que j'avais quelques raisons d'être affaibli, de peiner à me redresser. Oui, allez hop ! Tombé à la renverse dans les poissons, le gars ! Et je n'étais pas au bout de mes peines, parce qu'il allait encore falloir négocier avec le capitaine – un Écossais trapu et bien rose, et dont les traits laissaient augurer une rudesse toute viking – le remorquage du *Warliss* jusqu'au port français le plus proche. Et tout ça avec la barrière de la langue, évidemment, parce qu'il ne parlait pas plus le français que moi le gallois. Un cafouillage insensé, parasité par le bruit des machines, les quintaux de poissons qui filaient vers les quartiers réfrigérants, sur des tapis roulants larges et glissants comme les routes départementales un samedi soir.

Pour finir, un jeune Turc est intervenu, un homme d'une trentaine d'années qui bossait sur ce navire-usine et parlait plusieurs langues couramment. Après un bon quart d'heure de négociation, l'Écossais à tête de Viking a fini par accepter de remorquer le *Warliss* jusqu'au port de Saint-Valery. L'occasion pour lui de laisser traîner ses filets discrètement dans une zone de pêche française, en toute légalité bien entendu, grâce à l'alibi du sauvetage.

Tout cela pour dire que j'étais tout de même soulagé de retrouver mon navire ici, sur les plots de l'atelier de réparation de Jacques Allonzier. Si la coque du *Warliss* était restée miraculeusement intacte, de la structure mécanique il n'y avait hélas quasiment rien à récupérer. « Même pour la casse, ton moteur, il vaut plus un clou ! » fulminait Allonzier, posant çà et là des silences pesants et des soupirs, envoyant des coups de pied impatients sur les outils qui traînaient au sol, pestant contre ses mécanos incapables de ranger le matériel, et contre moi, de l'encombrer avec mon épave. Comme si tout le dérangeait ce jour-là. Comme si, finalement, j'aurais mieux fait de disparaître en mer.

Et puis l'assureur est arrivé, de mauvaise humeur et avec une heure de retard, comme bien souvent les gens pressés. Allonzier lui a proposé un café-machine qu'il a refusé d'un geste, désignant son estomac en grimaçant.

« Je prends plus de café, ça réveille mon ulcère… Avec la tempête qu'on a eue l'autre nuit, j'ai un paquet d'autres dossiers à traiter dans la région ! » a-t-il envoyé comme entrée en matière. Il était venu spécialement de Lille en TGV seconde classe et le drame pour lui, c'est qu'il risquait de devoir passer la nuit à l'hôtel Formule 1 de la zone portuaire. Un lieu assez peu amène, propre certes, mais qui manquait terriblement de charme. Sans cette tempête et tous ces petits tracas, il serait resté bien tranquillement chez lui à tailler ses arbustes et ses rosiers. « C'est au moment de la lune montante qu'il faut le faire, après c'est foutu », a-t-il décrété en tirant de sa sacoche un ordinateur couvert d'autocollants publicitaires, dont certains, très naïfs, lui avaient sans doute été offerts par ses petits-enfants. Très agacé l'assureur, vraiment très agacé. En allumant son écran, il a dit : « Bon alors... » Et là, j'ai vraiment eu l'impression de me retrouver devant une cour martiale. Allonzier continuait à pousser des soupirs en désignant l'intérieur de la cale du *Warliss*, l'air dégoûté, comme s'il s'agissait d'une fosse septique, répétant en boucle à l'assureur que ce moteur était complètement foutu, qu'il aurait fallu le faire réviser depuis des lustres. Que tout était bien sûr ma faute, qu'on n'avait pas idée de continuer de naviguer sur un bateau aussi pourri, aussi vieux, qui peut s'enflammer comme ça, à cause d'un simple faux contact ! Omettant au passage de préciser que le fuel de chauffage à l'origine de l'incendie m'avait été vendu par... lui-même. L'assureur, qui prenait des notes sur sa tablette avec un air sadique, le visage éclairé par le reflet bleuté de l'écran, ponctuait les sarcasmes du garagiste d'un « je vois, je vois » avisé, tout en pianotant.

Quand je lui ai demandé si l'assurance prenait bien en charge les réparations, il m'a envoyé un coup d'œil affûté comme le tranchant d'un harpon, et un sourire en coin a déformé son visage. C'était peut-être le moment qu'il attendait. C'est vrai, la vie d'un employé d'assurances n'est pas toujours distrayante, et il ne faut pas bouder le plaisir qu'il y a à enfoncer un pauvre type dans mon genre qui vient d'échapper à la mort et attend tout de même quelques compensations en échange des mensualités versées depuis des années à son assurance.

« Non, m'a-t-il dit, je ne prends pas en charge les réparations, parce que votre bateau se trouvait dans la zone de pêche anglaise ; et que votre contrat est franco-français, comme la plupart de ceux établis pour des chaluts de cet acabit, et censés ne pas déborder de la zone 1, c'est-à-dire celle qui trouve ses limites à douze milles des côtes... Et encore, estimez-vous heureux de ne pas avoir endommagé le bateau britannique, ajouta-t-il, parce que là, vous auriez eu à écoper jusqu'à la fin de vos jours. Et je vous jure, mon bon monsieur, que vous n'auriez pas été épargné par les insomnies ! »

Il était bien incapable d'imaginer, le pauvre, que j'étais le roi des nuits blanches, justement, et que je n'avais pas attendu de le rencontrer pour cauchemarder, parfois jusqu'au délire. J'ai eu beau affirmer qu'au moment où je me suis retrouvé dans l'axe du navire industriel, je ne naviguais pas mais que je dérivais, emporté par les courants du Passage de la Déroute, parce que mon moteur avait cramé dans les eaux territoriales françaises, et que l'orage s'était chargé de me pousser gentiment vers l'Angleterre, l'assureur n'a rien voulu entendre. Pour lui, l'affaire était réglée, et si je voulais faire réparer le *Warliss*, ce serait à ma charge.

Là, il y a eu un silence assez long, dans lequel le bruit d'une scieuse à métaux s'est immiscé, parce que pendant que nous discutions, d'autres mécanos s'affairaient à désosser un chalutier à l'autre bout du hangar, avec aussi peu d'égards pour sa carcasse que les équarisseurs pour un bœuf à l'abattoir. Un son réellement féroce. Celui de la crise et des petits métiers de la mer qui disparaissent. Et puis le silence à nouveau, Allonzier a repris la parole pour dire que les réparations s'élèveraient « à environ vingt mille euros TTC. Pas moins ». Et que ça ne valait pas le coup de « se lancer dans des dépenses pareilles pour un rafiot aussi vétuste ». Que je ferais mieux de m'en débarrasser, ou alors de le vendre à ces fameux Parisiens ou même aux Anglais qui étaient de plus en plus nombreux à s'installer dans la région en prévision du réchauffement climatique. La nouvelle migration urbaine. « Eux, ils auront l'argent pour le retaper », a-t-il ajouté, avec une fugace lueur de gentillesse dans les yeux. Il m'a même proposé de trouver lui-même de potentiels acheteurs. En prenant sa commission au passage, évidemment.

« C'est vrai, me dit-il, si tu me fais confiance, ton bateau, je le refourgue à des gens qui ont une villa dans les parages. Ton *Warliss*, ils s'en serviront pour aller pique-niquer en mer. Il sera bichonné comme il ne l'a jamais été et t'en tireras même un petit billet de cinq cents euros ! »

Là, je me suis senti comme assommé. Elle était longue, l'histoire de mon bateau. Très longue. Il aurait fallu que je rappelle à Allonzier tous les espoirs investis par mon père dans cette coquille de noix. Qu'après avoir émigré de Polésie, ce sinistre coin des pays de l'Est, dans les années 1950, pour venir bosser dans les mines de Lens où il avait laissé une partie de ses poumons, il avait espéré refaire sa vie dans ce coin où la pêche, dans ces années-là, représentait encore l'espoir, le grand air, la liberté. Et lui rappeler aussi que c'était précisément sur ce bateau qu'adolescent, moi Stanislas, j'avais affronté le drame de ma vie. Oui, un drame, car, parti pêcher de nuit avec mon père, je m'étais assoupi, et à mon réveil, j'avais retrouvé le bateau désert. Disparu, mon père, avalé par les flots, pour toujours. Sans que je puisse jamais savoir s'il s'était suicidé, ou s'il était simplement tombé par-dessus bord, ivre, parce que oui bien sûr, en bon Polésien, mon père n'entretenait avec l'eau qu'une relation professionnelle. S'il l'appréciait, c'était salée, uniquement pour y plonger ses filets, et il lui fallait bien son litre et demi d'alcool quotidien. Enfin, ce bateau était tout ce qui me restait de lui. De son inventivité, de son savoir-faire, de sa vitalité. Absolument tout. En le bradant au premier venu, j'aurais eu l'impression de commettre un sacrilège plus grave encore que de pisser sur sa tombe, si tombe il y avait eu. C'est une chose terrible que de n'avoir pas de lieu où se recueillir. De n'avoir aucune idée de la façon dont il avait péri. Était-il mort vite ? Avait-il agonisé ? M'avait-il appelé à l'aide alors que je dormais à poings fermés dans la cabine ? Je n'ai pas honte d'avouer que je n'ai jamais cessé d'espérer le voir revenir, ne serait-ce que pour lui demander des explications. Ou lui en fournir, éventuellement, lui dire les raisons pour lesquelles je m'étais assoupi cette nuit-là. C'était tout ça, l'histoire du *Warliss*.

J'aurais pu déballer tout ça à Allonzier, mais je me suis abstenu, par pudeur, et aussi parce qu'il me semblait évident qu'il la connaissait, l'histoire de mon père, comme presque tout le monde sur le port. Et puis aussi parce que je redoutais que le ton de la conversation change, que le vent tourne d'un coup d'un seul, et nous entraîne vers des humeurs de houle. J'avais passé la matinée à encaisser les remontrances d'Allonzier, puis celles de l'assureur qui m'énervait d'autant plus qu'il postillonnait. J'avais eu mon quota d'embruns pendant la tempête, merci. Je n'en pouvais plus de me faire cracher dessus. J'étais réellement sur le point de m'énerver, d'exploser. Voire de leur décocher à tous les deux une gifle bien sentie. Ce qui n'aurait rien arrangé, je le savais bien, car la violence n'a jamais été d'aucun remède contre la mauvaise foi ; et mon poignet était fragile depuis cette nuit passée en mer. Alors, j'ai pris sur moi, j'ai respiré un grand coup et dit que j'allais réfléchir.

« Mais tu veux réfléchir à quoi, a rétorqué Allonzier, tu te prends pour Karl Marx ? Tu ne vois pas que ton navire est complètement foutu ? »

Et là, pour me convaincre, il m'a sorti un nouvel argument de choc, le prix de la location de son hangar : « Quatre cents euros par mois. » Quatre cents euros pour abriter l'épave du *Warliss* en attendant que je réfléchisse. J'étais estomaqué, littéralement piégé. J'ai pensé qu'il m'aurait fallu prendre l'avis de Françoise par exemple, ou même d'un avocat, mais ça aurait rallongé l'addition et j'avais vraiment trop la pression. J'en avais les tempes qui bourdonnaient, comme trois jours plus tôt dans la tempête. Pris de court, j'ai demandé s'il ne serait pas possible d'entreposer le *Warliss* en cale sèche dans mon jardin. C'était une idée un peu folle, certes, mais, après tout, rien ne m'en empêchait. Ainsi, je ne devrais rien à personne.

« Et comment tu vas le remorquer jusqu'à chez toi, ton rafiot ? » a hurlé Allonzier, goguenard, stupéfait par ma déraison. Exactement comme s'il s'adressait à un attardé. Et là, alors que je cherchais une réplique et que je devais avoir l'air parfaitement désarçonné, l'assureur m'a tendu un document en me disant qu'il voulait bien me faire une fleur et prendre en charge le remorquage. Qu'il suffisait que je signe au bas de la page.

Ce que je fis promptement, après avoir fait semblant de parcourir le texte. Je dis « semblant », parce que, en toute franchise, je ne savais ni lire ni écrire. Voilà, comme ça, c'est dit : à cette époque-là, j'étais encore analphabète. Je faisais partie de la grande communauté de ceux qui n'ont pas fréquenté suffisamment l'école, ou n'y ont rien appris pour le peu de temps qu'ils y ont passé, et qui n'en sont pas fiers, évidemment.

La bêtise que j'ai commise ce jour-là, c'était ça, de signer ce document.

Mon petit enfer personnel a commencé là. Et je vous épargne les détails du remorquage jusqu'à mon jardin. Les difficultés pour transbahuter le *Warliss* par la nationale, encombrée comme bien souvent en fin de matinée par les camions frigorifiques revenant en nombre des halles à la criée de Boulogne-sur-Mer. J'ai bien senti que je prenais ce jour-là le chemin inverse du travail. Que j'étais un emmerdeur. En fait de hurlements et d'insultes, on a tout entendu. Et puis il a fallu hisser le *Warliss* par-dessus le portail de notre pavillon, en prenant garde de ne pas heurter les statues ornementales de la maison voisine, dont les piliers font l'angle de notre propriété. Ni d'accrocher les câbles haute-tension qui filent à la hauteur réglementaire de quinze mètres au-dessus des toits. Sans parler de la vision d'Allonzier, torse nu, suintant comme un poulet frit dans la cabine vitrée de son camion-grue, et qui pestait haut et fort que de toute sa vie de mécano il n'avait jamais perdu autant de temps à cause d'un client et que le *Warliss* pourrirait ici, sur ma pelouse ! Qu'il ne faudrait pas compter sur lui pour venir le rechercher et le remettre à flot : « T'entends, Stanislas ? Ton bateau, il pourrira sur place ! »

Tout ça sous l'œil médusé des voisins, réunis devant notre petit chez nous comme pour une attraction de fête foraine, à se demander si ça passerait ou non. Si le bras de la grue ne se tordrait pas sous le poids du chalut. Si les vérins n'allaient pas céder et l'engin tout entier basculer. Et puis Françoise, rose de honte, qui s'époumonait à son tour depuis la fenêtre de la cuisine, que c'était « complètement dingue d'avoir eu une idée pareille » ! Comme si finalement, elle aussi me prenait pour un demeuré. Ou que l'avis du voisinage comptait plus que les liens réputés indéfectibles de notre mariage.

« C'est vrai, n'arrêtait-elle pas de dire, t'aurais pu la laisser à Allonzier, ton épave, tu vois bien qu'elle n'a pas sa place ici ! »

Enfin, le chien Marcelin, bien excité lui aussi, aboyait et remuait en tous sens, perturbé par cette folle agitation, se doutant bien que quelque chose de sa destinée se jouait là, dans cette immobilisation du *Warliss*. Ce bateau, c'était son territoire, peut-être plus encore que le mien. Il ne mettait presque jamais les pattes à terre lorsque nous ne naviguions pas, ce chien, c'était lui qui en était le gardien. Lui qui aboyait lorsqu'il voyait quelqu'un s'en approcher. Alors là, forcément, il devait trouver suspect de le voir suspendu à une grue, notre bateau, passer dans les airs pour se poser entre deux rangées de haricots. Avec tous ces gens qui regardaient, commentaient, attendaient, filmaient.

C'était un jour de grande chaleur, il fallait veiller à ne pas perdre ses nerfs. Il fallait se calmer. Respirer. Moi aussi, après tout, j'aurais eu besoin d'aboyer, de mordre quelqu'un. Mon voisin d'à côté, par exemple, celui qui affectionne tant les statues d'ornement, lorsqu'il est venu sonner à la porte le lendemain matin pour me signifier que mon bateau « bouchait la vue » depuis la lucarne de sa salle de bains. J'ai été obligé de lui rappeler que nous, les Warliss, avions eu la décence de ne pas lui faire de reproches lorsque nous avions subi les grands travaux de son coin barbecue, qui aurait bien justifié à lui seul une autorisation de permis de construire. Cet improbable bloc de béton et de briques, réplique d'une chaumière miniature avec sa cheminée, de laquelle s'échappe une prégnante odeur de grillades mêlée à celle du charbon de bois chaque week-end d'été que Dieu fait, est une affliction pour les sens, au point de vous donner presque envie de devenir végétarien. Et je me suis aussi abstenu de lui faire remarquer que la montée du garage de sa villa était encombrée depuis des années par l'épave d'un camping-car modèle Grand Canyon, avec son pare-brise digne d'un home cinéma, son antenne parabolique et sa passerelle porte-vélo, le tout recouvert d'un duvet de mousse uniforme, donnant à ce taudis sur roues l'apparence d'une décharge des engins spatiaux de la grande période post-soviétique, comme ça, pile sous la baie vitrée de notre salle de séjour.

L'humain est susceptible dès que l'on porte atteinte à son cadre de vie, on le sait bien : toutes les guerres trouvent leur origine dans la délimitation des frontières. Et en matière de frontières dans les lotissements, nous ne sommes jamais très loin de la guerre civile.

Mais le drame, le véritable drame pour moi était de me retrouver désœuvré pour la première fois de ma vie. Voilà un programme que je n'avais jamais envisagé. Le chômage. Le vertige de se retrouver au chômage, une réalité dont j'avais entendu parler, comme tout le monde évidemment, mais que je tenais aussi éloignée de moi que l'angoisse de la calvitie ou les problèmes liés au surpoids. Impossible de ne pas me dire, par exemple, que quelqu'un qui passait plus de quinze jours au chômage ne le faisait pas un peu exprès. Oui, c'est vrai, je l'avoue, j'avais toujours imaginé jusqu'alors qu'un chômeur longue durée était un fainéant. Au mieux, un fainéant qui s'ignore.

Dès lors, mon premier réflexe fut de me fixer l'objectif de récupérer un nouveau moteur pour le *Warliss*, ou même la totalité des pièces détachées afin de le remettre moi-même en état de fonctionnement. Un beau projet en perspective, qui m'occuperait les mains et la tête. Une façon surtout de ne pas rester à tourner en rond dans la maison. À écouter les reproches de Françoise, qui me serinait que j'avais été un sacré nigaud d'apposer ma signature au bas du document de l'assureur qui, dans les faits, et en échange du remorquage du *Warliss*, m'engageait à abandonner tout recours à la compagnie d'assurances. Oui, c'était ça, l'idiotie. Je n'aurais jamais dû signer ce papier. Parce que, d'après elle, on aurait pu faire appel, « faire valoir nos droits, leur faire cracher leur fric à ces escrocs d'assureurs ». J'étais abasourdi.

On en avait eu bien souvent, elle et moi, des sujets d'engueulade, parfois même, comme beaucoup de gens, pour le simple plaisir de créer un peu d'animation dans notre morne vie, mais là, j'étais battu. Évidemment que je pensais comme elle, et je m'en serais collé des baffes d'avoir été aussi naïf !

L'autre épreuve, strictement familiale pour le coup, fut de devoir faire acte de présence aux déjeuners du dimanche avec nos fils Luc et Fabien. Jusqu'alors, je dois l'avouer, je m'étais débrouillé pour y échapper. En général, au moment de ces visites, je dormais, dans le pire des cas je faisais semblant de dormir. La moindre des choses, quand on passe ses nuits en mer, c'est que ceux qui sont restés à terre vous fichent la paix. Mais là, mon alibi se retrouvait en cale sèche dans le jardin. Et désormais je ne pouvais plus échapper à ces déjeuners.

Ah, le malheur de devoir écouter Luc et Fabien raconter les petits drames quotidiens de la gendarmerie ! Les entendre s'interpeller – et ça ne s'invente pas – par leur grade respectif, « brigadier Fabien » et « mon lieutenant Luc », pour dérouler les derniers faits divers de la région : accidents de la route, meurtres ou suicides sur fond d'alcoolisme, braquages de supermarchés. Pour l'essentiel, des délits commis par des locaux. Et puis la longue, longue, très longue liste des méfaits perpétrés par les migrants qui arrivaient toujours plus nombreux pour tenter de passer en Angleterre, comme si elle pouvait encore représenter une terre d'accueil ! C'est vrai, c'était dingue d'entendre Luc et Fabien nous raconter les vols de bidons dans les entrepôts, commis par ces gens pour élaborer des radeaux ; les conflits entre ethnies, qui se terminaient parfois à coups de machette ; les Afghans notamment, qui fuyaient un pays de nouveau sous le joug des intégristes, et qui étaient, paraît-il, les plus enclins à la violence, les plus experts dans l'art de se soustraire à leur renvoi vers leur pays natal. Depuis quelque temps, le plus grave, toujours selon Luc et Fabien, c'était le vol de fret sur les parkings des camions. Phénomène inquiétant. Jusqu'alors, les migrants se contentaient de crocheter les remorques pour se planquer entre les marchandises. On avait vu ça dans des tas de reportages à la télé : vision banale du désordre engendré par la peur, ou orchestré par les combines marchandes des passeurs, et qui faisait les choux gras des programmes débilitants de BFMTV. Mais c'était fini, tout ça. Bien fini. Désormais, les migrants volaient le chargement des camions pour en faire commerce sur Internet. « Un fléau qui en dit long sur l'évolution du problème de la politique migratoire française », ajoutait Fabien. Finalement, il était plus que probable que ces étrangers envisageaient de s'établir durablement sur notre sol, voilà ce que signifiaient ces vols à la roulotte, et qu'il « fallait se préparer à de méchantes surprises, comme l'apparition de supermarchés clandestins ». C'était possible, oui, tout à fait envisageable. Pas une seule journée sans qu'un routier grec, yougoslave, allemand, anglais, italien, vienne déposer une plainte à la gendarmerie. En général, ces vols avaient lieu pendant leur sommeil. Ces pauvres chauffeurs, épuisés par leurs trajets, n'entendaient même pas paraît-il les voleurs fouiller à l'arrière des remorques et emporter parfois la moitié de leur cargaison. Électroménager, vêtements, nourriture, tout y passait.

« Voici le monde que nous allons laisser aux futures générations ! concluait Luc en se levant de table, engageant Fabien à faire de même. Allez, brigadier Fabien, il est treize heures cinquante, on nous attend à la gendarmerie ! »

Terrible épreuve pour les nerfs, mortification des sens ! Leur présence m'était insupportable au point d'en avoir des quintes de toux. Oui, lorsque mes fils franchissaient le seuil de notre maison, l'air devenait irrespirable, ma gorge se nouait, mes poumons se contractaient. Je mettais les raisons de cette sensation d'oppression sur le compte des lacrymogènes dont ils faisaient usage pendant les entraînements, ou comme semonce pour mater je ne sais quel excité gardé à vue dans les quartiers de dégrisement de leur gendarmerie. Mais comme mes problèmes respiratoires persistaient après leur départ, j'en étais venu à me demander s'il ne s'agissait pas d'une allergie. Cette idée m'obsédait au point de limiter avec eux tout contact physique. En guise de salutation, je me contentais d'une petite tape amicale sur le bras ou l'épaule.

C'est aussi durant cette période que j'ai commencé à ressentir des vertiges. Une nuit surtout, en me relevant avec l'alibi de pisser, pour ne pas rester bêtement au lit à fixer le plafond. À me demander si Françoise dormait réellement ou si elle aussi gambergeait, à ne même pas oser lui poser la question, tant je me sentais coupable d'être là, avec elle, à cette heure-ci, dans le lit conjugal, alors que j'aurais dû être en mer en train de relever mes filets. Des vertiges monstrueux, en m'extirpant du lit, alors que je cherchais un appui dans l'obscurité pour ne pas chavirer. C'était la chambre tout entière qui s'était mise à tanguer. Et puis à nouveau ce sentiment d'oppression et des palpitations, mais alors très puissantes, presque des rugissements. Un orage en moi. Des vagues de sang balancées dans les valves, sous ma cage thoracique. Avec des à-coups par moments. Des sautes. Plus fortes encore, lorsque j'ai ouvert la lucarne des W.-C. pour inspirer un grand coup, et que j'ai vu passer dans le ciel le faisceau lumineux du phare du Cap Gris Nez, se propageant dans l'obscurité du raz Blanchard où j'avais failli perdre la vie. Ce trait de lumière qui passait et repassait avec la régularité lente d'un métronome, en pénétrant la brume, semblait en sectionner des tranches. Volutes et spirales hasardeuses, insensées, appétissantes tel le plus fameux des fromages de tête. Là, devant cette splendeur offerte par la lucarne des W.-C., ce fut le déchaînement. Lorsque j'ai posé la main sur mon sein gauche, j'ai senti le va-et-vient du piston, ça palpitait fort. Ce devait être le trop-plein d'énergie ou l'effet du silence auquel je n'étais pas habitué. Peut-être mon cœur battait-il de cette même façon en temps normal sans que je l'entendisse, parce qu'il était couvert par le vacarme du *Warliss* ? Dieu qu'il me manquait, ce bruit de moteur, ce joyeux tintamarre des pistons et soupapes, et l'odeur du diesel plus encore ! Vrai, si on avait créé un « parfum diesel » pour vapoteuses, j'aurais investi sur-le-champ dans l'un de ces gadgets. J'en aurais acheté des fioles d'un litre pour me la faire passer, cette obsession. Parce que, oui, obsédé par le moteur du *Warliss*, voilà tout ce que j'étais.

Ces sournoises palpitations, j'en ai parlé dès le lendemain au pharmacien de Saint-Omer, qui m'a incité à consulter, et m'a indiqué une cardiologue à Calais, Catherine Pakoret, qu'il connaissait personnellement puisque c'était sa belle-fille. Et comme je rechignais, il l'a appelée pour moi, devant moi, pour me rendre service, parce que d'après lui il m'aurait fallu des mois avant d'obtenir un rendez-vous et que mon problème semblait urgent. Très urgent. « On ne lambine pas avec ces choses-là », a-t-il dit, l'air grave, en remontant ses lunettes sur son front avant de composer le numéro sur son portable.

La jeune docteresse Pakoret m'a reçu quelques jours plus tard dans son cabinet, tout en bois brun. Quantité d'objets sur les murs, quelques-uns alignés dans des vitrines, des antiquités égyptiennes, africaines ou vietnamiennes, je n'en sais rien, je ne suis pas connaisseur. Il y avait aussi, tassé dans un coin de la pièce du côté de la corbeille à papiers, un petit personnage en terre cuite dont les yeux étaient matérialisés par deux perles turquoise, qui lui donnaient l'expression attentiste et curieuse d'un chimpanzé. Toutes les parties de son maigre corps étaient couvertes d'inscriptions et de dessins. Quand je lui ai demandé, pour détendre l'atmosphère et me rendre aimable auprès d'elle, que j'étais ému de découvrir si jeune – j'aurais pu être son grand-père – quelle était la provenance de cette curieuse statuette, la cardiologue m'a confié l'avoir trouvée chez un antiquaire des puces de Saint-Ouen à Paris, lorsqu'elle y étudiait à la Sorbonne, et qu'il s'agissait d'un mannequin d'acupuncture. Qu'elle était passionnée par l'étude des civilisations et que, dans une autre vie, elle aurait aimé devenir ethnologue, « ou même archéologue », a-t-elle ajouté en m'invitant à me mettre torse nu. Cette confidence me l'a rendue immédiatement sympathique. Les personnes qui avouent à demi-mot ne pas avoir encore trouvé tout à fait leur place dans l'existence m'ont toujours fait l'impression d'être supérieurement intelligents. Et plus encore à ce moment-là de ma vie. Tandis qu'elle déplaçait son stéthoscope sur mon dos, après m'avoir averti d'une voix gentille que ce serait un peu froid, son attention s'est portée sur mes mains, bien abîmées, et qui me faisait là, dans ce cabinet cossu, l'effet d'êtres celles d'une momie. La jeune dame, visiblement interloquée par ma peau parcheminée, m'a demandé l'air distrait si je travaillais dans une chaudronnerie. Je lui ai répondu que c'était juste l'effet du sel, du froid, du contact avec les cordages en nylon et des câbles, et plus encore l'écaille des poissons et les carapaces de crustacés. Saletés de bestioles toutes en épines, antennes et pinces, et qui nécessitent de devoir normalement porter des gants. Mais les gants, à la longue, on finit par ne plus les supporter parce qu'ils sont fabriqués avec du mauvais caoutchouc et qu'ils puent, cuits par le sel eux aussi, ou remplis d'eau. Et plonger ses doigts dans des vasques en caoutchouc remplies d'eau froide et malodorante est parfois plus déplaisant encore que ne pas porter de gants du tout. Et tant pis pour les mains. De même que l'on finit par préférer les gerçures et les coups de soleil au port de cagoules fabriquées dans cet identique caoutchouc bas de gamme qui irrite la peau du visage. Au point que vos oreilles se tannent, et vous font l'impression d'avoir passé votre vie à recevoir des gifles. Les métiers de la mer font assez mauvais ménage avec l'épiderme. Certains marins s'enduisent de graisse de phoque, comme on en utilisait autrefois pour le cuir, et qui a paraît-il des vertus protectrices. Mais l'efficacité de ce remède reste à prouver : certains jours de grande chaleur, vous avez l'impression de devenir un poisson pané, à cause de la poussière générée par le diesel qui s'y agglutine et vous noircit la peau. Et ce n'est pas drôle.

En fait de commentaire, Catherine Pakoret s'est contentée d'une petite moue, et elle m'a demandé de respirer le plus normalement possible, puis de toussoter, tandis qu'elle déplaçait méticuleusement le pavillon de son stéthoscope sur ma poitrine. Puis, remisant son instrument dans la poche de sa veste, elle a eu l'air embarrassée en m'annonçant que mon rythme cardiaque n'était pas « fameux-fameux » et nécessitait que l'on pousse les examens avec la pose d'un Holter. Comme je lui indiquais que je n'étais pas certain d'avoir les moyens de payer ce qui me faisait alors l'effet d'être un luxe et à coup sûr une perte de temps, elle m'a rassuré en m'informant que tout était pris en charge par la sécurité sociale et que cet examen nous en dirait un peu plus long sur la marche à suivre. Bref, je n'aurais rien d'autre à faire que de vivre normalement pendant un jour et une nuit, afin de pouvoir collecter des informations précises. J'ai bien tenté de négocier, mais le temps de le dire, je me suis retrouvé harnaché avec ce fameux Holter, mon torse recouvert de fils maintenus à grand renfort de sparadraps sur mes poils, et qui me faisaient ressembler, à cet instant, alors que je croisais mon regard ébahi dans le miroir accroché derrière le bureau de la cardiologue, au petit singe accroupi.

Lorsque je suis revenu la voir deux jours plus tard, à l'hôpital de Wimereux cette fois, où elle effectuait des gardes, l'endroit m'a paru assez triste. Pas de boiseries ni d'antiquités dans des vitrines. Lumière blafarde, étagères surchargées de paperasserie, odeurs de produits d'entretien. Bref, c'était l'hôpital. Je m'en souviens, elle était vêtue ce jour-là d'un tailleur gris perle, assorti à ses yeux qu'elle avait assez jolis d'ailleurs et qui parcouraient l'écran, tandis qu'elle répétait pour elle-même « bon, bon, bon… » et puis encore « bon, bon, bon… » en se mordillant les lèvres, comme une étudiante découvrant qu'elle n'a pas les notes suffisantes pour décrocher son baccalauréat. C'est ainsi que je la perçus, troublée. Très perplexe. Les conclusions de l'examen étaient franchement mauvaises. En fait, bien plus mauvaises qu'elle ne l'avait envisagé, me dit-elle. C'était même un miracle que je tienne encore debout avec un cœur aussi mal en point. Conséquence d'une mauvaise hygiène de vie, du manque de sommeil, évidemment, mais aussi à cause de mes mauvaises dents qui, comme on le sait désormais, ont des répercussions sur toutes les parties du corps, le cerveau et le cœur en particulier. Son regard sur moi avait soudain changé, je n'étais plus le solide gaillard se levant depuis toujours aux aurores, ne craignant ni le froid ni le soleil réputé si cruel en haute mer, et se vantant même de pêcher sans gants et sans cagoule. Non, à cet instant, j'eus la nette impression d'être plutôt un genre de miraculé, une énigme médicale. De la famille de ces bâtisses moyenâgeuses qui tiennent encore debout malgré une charpente vermoulue, de ces arbres foudroyés qui continuent de générer du feuillage ou de ces vieilles bagnoles qui roulent sur les jantes. Quantité de personnes avec un cœur aussi usé que le mien n'auraient eu d'autre choix que de rester allongées dans un lieu calme, silencieux, au frais, si ce n'est définitivement, sous une pierre tombale.

Selon elle, après interprétation des examens, ce qu'il aurait fallu, c'était de me poser un pacemaker sans plus attendre. Et ce terme « pacemaker », je l'avoue, m'a fait un sale effet parce qu'il s'agissait d'un mot étranger. La première image qui m'est venue à l'esprit a été celle d'un instrument télécommandé qui donnerait des infos à la terre entière sur mon état général. L'autre idée, saugrenue, j'en conviens, était qu'aucune technologie contemporaine ne saurait être compatible avec un vieux corps comme le mien. Qu'en fait de pile, il aurait dû recourir à une marque ancienne, de celles qui équipaient les montres Lip ou Yema, par exemple. Et, pire encore, qu'une fois réalisée cette installation technologique sophistiquée serait sujette à des courts-circuits dès lors que j'aurais repris mes activités de pêcheur, ce qui ne saurait tarder. Car rien de ce qui fonctionne à pile ne trouve sa place sur un bateau, à cause du sodium et de l'eau. Rien. Il faut avoir vu les piles d'une lampe torche de mauvaise qualité se fendre et se recouvrir d'une mousse verdâtre pour le savoir. Comme je m'agitais sur mon tabouret en émettant quelques réserves à l'idée de me transformer en robot mû par une pile électrique, la jeune cardiologue, décidément de plus en plus nerveuse, m'affirma que dans mon cas ça n'était pas du tout négociable. « Cette pile ne remplacera pas votre cœur, mais prendra le relais en cas de défaillance. Un peu comme un groupe électrogène, si vous voulez… », s'est-t-elle empressée d'ajouter, pour employer sans doute une image à la portée d'un type dans mon genre.

Tout cela me faisait souci, d'autant que je n'avais rien dit à Françoise de cet examen afin de ne pas l'inquiéter. Dissimuler le Holter, par exemple, n'avait pas été une mince affaire. J'avais dû pour la première fois, enfiler une veste de pyjama, moi qui avais toujours dormi torse nu. Ajoutez à cela que, de ma vie, je n'avais jamais pris le moindre traitement, ne serait-ce qu'un cachet d'aspirine, et que j'avais entendu plus d'une fois mon épouse, en parlant de moi, affirmer non sans fierté que j'étais « fort comme un chêne » ! Bref, j'étais convaincu que si je lui annonçais de but en blanc que j'étais au bord de l'infarctus, elle en ferait une maladie à son tour. Son cœur lâcherait à coup sûr plus vite encore que le mien. Et je ne m'en remettrais pas, parce que Françoise était tout ce qui m'importait dans la vie. En fait, ma seule véritable raison de tenir debout. J'aurais pu bien sûr, pour l'épargner, disparaître quelques jours, en prétextant un stage de formation France Travail, me faire poser cette pile et n'en souffler mot à personne. Oui mais alors, comment expliquer cette proéminence sous la peau, « cet objet sphérique de rien du tout », comme l'avait qualifié la jeune cardiologue pour minimiser ce qu'elle imaginait être une coquetterie de ma part.

Tandis que je gambergeais, elle a imprimé un formulaire qu'elle m'a tendu en me faisant promettre de la rappeler rapidement.

Une fois sorti de l'hôpital, je suis resté un moment dans mon fourgon à contempler le document : une cinquantaine de lignes avec des cases à cocher. À quoi m'engageait ce questionnaire auquel je ne comprenais rien ? À suivre une diète les jours précédant l'intervention ? À une prise de sang ? À indiquer une liste de gens à prévenir pour le cas où j'y laisserais ma peau ? Ou même, peut-être, à ne pas poursuivre le corps médical en cas de pépins post-opératoires ?

Là m'est revenu à l'esprit ce maudit papier que m'avait fait signer l'assureur après l'incident du *Warliss*. Et il m'a paru opportun de me débarrasser de ces quelques pages qui constituaient, finalement, la seule preuve tangible de mon problème cardiaque.

En théorie, pour acquérir ces précieuses pièces mécaniques pour le *Warliss*, il suffisait d'arpenter les ferrailles navales de la région, dont la plupart, hélas, et je m'en suis rendu compte à cette occasion, avaient mis la clé sous la porte depuis belle lurette. Il restait tout de même une casse de bateaux, modeste, située en amont d'un estuaire fréquenté par quelques paisibles pêcheurs de palourdes, et dont le propriétaire, Dusan Borjvak, un nonagénaire encore assez guilleret, avait bien connu mon père autrefois, pour avoir été lui aussi un migrant de Polésie, mais d'une génération plus tardive. Il n'était pas passé par les mines de la région de Lens en débarquant en France, il s'était établi directement ici, dans les ateliers de réparation navale. C'était d'ailleurs ce malin vieillard qui avait ouvert le premier atelier de mécanique sur le port, cédé plus tard à Jacques Allonzier. Lui encore qui avait encouragé mon père à venir travailler dans ce coin de la Manche, plutôt qu'en Bretagne comme il l'avait d'abord envisagé.

Mon père était originaire du village de Mazyr sur la rive droite de la rivière Pripiat, qui prend sa source à quelques kilomètres de la frontière polonaise. Tandis que Dusan, lui, était de Włodawa, un lieu jadis réputé pour ses foires à chevaux et ses marchés. Bon pied, bon œil, Dusan devait sa grande forme physique à sa passion pour la danse qu'il pratiquait à l'occasion de thés dansants où il faisait volontiers valser les veuves de marins pêcheurs – elles ne manquent pas dans la région –, au point que les gens lui avaient attribué le surnom amusant de « Dusan le tourneur de veuves ». Un bienfaiteur, à sa façon. Un homme plein de sensibilité tactile qui pouvait, d'une simple pichenette sur une pièce métallique, vous en dire la composition et en identifier les défauts : fissures, niveau de corrosion, etc. Qu'il s'agisse d'un piston de moteur ou d'un trombone à coulisse, car Dusan était aussi tromboniste amateur au sein d'un orchestre qui faisait perdurer l'esprit des bals populaires dans le style de Kubiak, une fanfare franco-polonaise dont les disques passaient en boucle à la maison lorsque j'étais gosse. Une autre des marottes de Dusan était les blagues qu'il servait à la chaîne, au sujet des voitures Lada, notamment, qu'il aimait dénigrer, comme s'il avait pu ainsi se moquer de la Russie dans son ensemble.

Par sympathie et solidarité pour la mémoire de mon paternel, Dusan fit le déplacement jusqu'à la maison afin d'établir son propre diagnostic du *Warliss*. Je me souviens très bien de son beau regard ce jour-là, ses yeux vert délavé et ses paupières étoilées de vaisseaux sanguins, comme souvent chez les vieux qui vivent au grand air. Il portait un bonnet de laine élimé arborant un motif de dragon crachant le feu : ce couvre-chef avait dû lui être offert autrefois par une marque d'huile à moteur. En débarquant dans mon jardin, face à l'épave du chalutier, il m'a envoyé un coup de coude, l'air de dire : « T'inquiète mon bonhomme, à tout il y a toujours une solution ! » Descendre avec lui dans la cale du *Warliss* m'a fait l'impression de pénétrer dans un train fantôme. À cause des fils électriques calcinés surtout, qui pendaient en grappes du plafond, nous obligeant à marcher voûtés pour ne pas nous salir la tête. Et puis cette odeur de cendre froide et de graisse humide émanant des parois qui prenait à la gorge. Équipé d'un modèle de lampe de camping Butagaz dont je n'imaginais pas qu'il ait pu encore en exister, Dusan a frappé un petit coup sur chaque section du moteur du bout de sa clé à pipe pour en capter l'écho, avec l'air concentré d'un accordeur de piano. Baissant la voix comme s'il se trouvait dans une crypte, il m'a confié que c'était lui, déjà, dans les années 1960, qui avait cédé ces mêmes pièces mécaniques à mon père. Ils en avaient passé des heures ensemble dans cette cale, à poser l'arbre de transmission, à ajuster les roulements, et même à installer le treuil. « Un sacré bonhomme, ton père, de la race des perfectionnistes ! m'a-t-il dit, l'air attendri, en dirigeant sa lampe vers chaque recoin du bateau. Et qui avait déployé la même énergie à apprendre la langue française et à savoir l'écrire ! »

Dusan se souvenait assez nettement de l'obsession de mon paternel à éradiquer son accent polésien. C'est vrai, j'avais un peu oublié cette honte qu'il avait nourrie au point qu'il passait des journées à recopier des pages et des pages de modèle d'écriture, ou à écouter des programmes de lecture sur une radiocassette, articulant chaque mot avec un crayon dans la bouche. Reprenant chaque lettre avec l'ardeur qu'un ouvrier met à l'usinage d'un pas de vis, jusqu'à ce que la prononciation file, glisse, roule. Ce qui n'était d'ailleurs jamais tout à fait le cas. On ne se débarrasse pas si facilement d'un accent. Le vieux Dusan pouvait d'ailleurs imiter mon père en train de bégayer, car, oui, et ça je l'avais un peu oublié aussi, mon père, à force de radoter ses leçons, avait fini par avoir des tics de bègue. Ce qui avait renforcé ses complexes, au point qu'il avait fini par cesser presque totalement de parler, devenant aussi muet que les poissons qu'il s'évertuerait jusqu'à la fin de sa vie à extraire de la Manche. Ah ce silence, ce foutu silence de mon père !

Cet après-midi-là, Dusan, qui semblait décidément très ému de retrouver la cale du *Warliss*, a aussi évoqué la Polésie, le patelin de Mazyr. Une région pauvre, mais tellement belle ! Je la connaissais, cette rengaine. Je l'avais entendue si souvent lorsque mon père me décrivait ce bourbier de forêts et de marécages. Ce lieu où il avait rencontré ma mère qui, elle, était de Pagirai, un autre village plus pauvre encore, où ne subsistaient que quelques bûcherons. Des tas de villages portaient ce nom de Pagirai, qui voulait dire, je crois, « à côté du bois, de la forêt ». Oui, en imagination je me représentais bien tout ça. L'écho des haches dans la forêt, l'abattage des ormes et des chênes. Tout ce bois dont on concevait des embarcations, parce qu'il n'y avait que ça à faire dans ces coins-là, en ce temps-là. La Polésie, prise en tenaille entre la Biélorussie, la Pologne, l'Ukraine, la Russie occidentale et la Volhynie. Un endroit grand comme la France, envahi tant et tant de fois. Une terre dont les paysans extirpaient à n'en plus finir les obus, les grenades et les mines laissées par les Allemands, puis par les Russes. Ces rhizomes d'acier dont ils faisaient des tas, en bordure des champs de labour, et qui racontaient mieux encore que n'importe quel monument la misère de toutes ces batailles. « Tu vois, Stan, m'a dit Dusan en me dévisageant, ton père et moi, on n'aurait jamais dû les quitter, nos marécages. Mais nous étions jeunes, et nous croyions volontiers à une vie meilleure. Ton père surtout, qui était très adroit de ses mains. Il était magnifique son navire, mais quand il l'a achevé, eh ben il s'est rendu compte que marin ce n'était pas son truc. Il n'était pas pêcheur dans l'âme, tu vois... pas fait pour tuer. D'ailleurs, dans nos pays, pêcheur ou chasseur n'étaient pas des métiers, pas plus que forgeron ou meunier, non, le seul métier qui avait de la valeur, c'était celui d'agriculteur. Moujik. Tout le reste n'était qu'entreprise diabolique. On était superstitieux dans nos patelins, Stan, très superstitieux... »

En poursuivant son inspection du *Warliss*, Dusan a été touché de redécouvrir un mécanisme que mon père avait mis au point dans la cabine : un ingénieux système de tablette murale qui se repliait au point de s'intégrer entièrement à la paroi. Une façon de gagner de la place. Mon père était particulièrement fier de ce bureau d'appoint, sur lequel il lui arrivait de poser ses livres de grammaire ou son magnétophone. La nuit de sa disparition, alors que j'étais censé veiller sur lui, je me rappelle m'être endormi précisément sous cette tablette. Et mon réveil fut si brutal qu'en me redressant ma tête a heurté ce maudit accessoire, qui s'est replié sous le choc et est depuis resté bloqué dans la cloison. J'aurais pu démonter le mécanisme afin de la remettre en service, mais je ne l'ai jamais fait, peut-être pour ne jamais oublier ce jour funeste, ou par superstition, je ne sais pas. Parce que cette tablette de bois marquait un instant, d'une façon presque aussi radicale que les aiguilles de l'horloge d'Hiroshima. Le temps était fixé là, dans cette paroi.

Toujours sur le sujet de la disparition de mon paternel, Dusan penchait volontiers pour la thèse du suicide. Il ne voyait pas comment un type aussi adroit dans l'art de siffler un litre d'alcool d'une main et de piloter son navire de l'autre avait pu faire une fausse manœuvre, ou tomber à la flotte en remontant ses filets. « Ton père a dû vouloir en finir. Il était de nature trop sensible, trop perfectionniste, surtout. D'ailleurs, il suffisait de voir comment chaque pièce du navire avait été assemblée. L'ampleur de la panne survenue en mer résultait certainement de ce perfectionnisme : tout a sauté en chaîne, parce que tout était assemblé de trop près. Trop serré. Conçu pour ne jamais tomber en panne ! »

Pour autant, d'après Dusan, il ne faisait aucun doute que la cause de l'explosion du moteur était due au carburant frelaté. « Si l'idée c'était de faire des économies, t'as rien gagné en utilisant du mauvais fuel, Stanislas », m'a-t-il asséné en conclusion. Mais le jugement était porté sans méchanceté aucune, et accompagné d'un clin d'œil malicieux qui semblait vouloir relativiser.

Pour faire court, il ne disposait d'aucune pièce mécanique compatible avec la réparation du *Warliss*, et ne voulait pas prendre le risque de me refourguer du matériel de mauvaise qualité, ou déjà rafistolé, comme on en trouve parfois sur les épaves.

Héritage, fichu héritage que ce navire ! Évidemment, Dusan avait raison, mon père, en disparaissant, m'avait collé le *Warliss* dans les pattes comme on vous impose d'office un avenir. Enfin, c'est ce que je m'imaginais à l'époque. La suite allait me réserver quelques surprises à ce sujet. Pour autant, je n'adhérais absolument pas à la thèse du suicide. Mon père ne se serait pas fait la malle sans m'avertir, il n'aurait pas agi ainsi, ça n'était pas son genre. Pas du tout. Pour moi, il avait été victime d'un accident, probablement dû à un malaise ou à une fausse manipulation, dont personne n'est à l'abri, à plus forte raison lorsqu'on est parfaitement ivre, comme l'était souvent mon père à la fin de sa vie. En fait d'héroïsme, il était une épave d'homme, une éponge. Suintant de sève et de sucre. Un alambic en surchauffe. Et c'est ce qui a fait qu'à la toute fin, je ne devais surtout pas le lâcher d'une semelle. Il me fallait rester derrière lui, vigilant, au taquet, comme un père derrière un sale gosse, finalement. Je ne redoutais pas sa violence, parce que violent, il ne l'était pas ; je redoutais son désarroi, son déséquilibre, sa maladresse. Son obsession de vouloir bien faire. Et en premier, celle de vouloir à tout prix savoir lire, écrire et s'exprimer comme un bon Français et qui lui collait des complexes à n'en plus finir. Oui, voilà, mon père était une somme de complexes non résolus, qu'il imaginait sans doute pouvoir dissoudre dans l'alcool, de la manière dont on dérouille les pièces d'acier dans l'acide. Lourd, le père, lourd de tout ça. À la toute fin, c'est-à-dire quelques mois avant qu'il ne disparaisse, je l'arrimais à un filin de sécurité : il était comme relié à son navire par un cordon ombilical en nylon. Moi, depuis la cabine, au gouvernail, je faisais tout mon possible pour ne pas m'assoupir. C'était un combat de chaque instant, et comme ne pas dormir du tout était impossible, j'avais trouvé la parade, je dormais par à-coups : mes yeux se fermaient, je sommeillais quelques secondes, je les rouvrais, avec la précision mécanique d'un déclencheur d'appareil photo. Pour prévenir de la mort, ne pas nous laisser avoir par elle, cette chienne. Et c'est donc ainsi, en l'espace d'un clignement de paupières qu'il était tombé à l'eau.

Et je garderai à jamais intact le souvenir de mon sursaut lorsque, me retrouvant seul, j'ai fait plusieurs fois le tour du bateau en retournant les casiers et les filets, comme si mon père avait pu s'y dissimuler. Cette succession de gestes était absurde ; je hurlais « Papa ! Papa ! » en dirigeant le projecteur vers les vagues qui, cette nuit-là, étaient des montagnes aux flancs compressés par le vent et les courants. Une infinité de sombres mâchoires aux crocs saliveux d'écume, et qui donc avaient eu raison de cet homme, mon père.

Pauvre de moi ! Parfois, afin de maintenir à distance mon sentiment de culpabilité, je me persuadais qu'il avait été victime d'une mort soudaine. Sans douleur. Il aurait pu, par exemple, avoir pris le palan en pleine tête, et avoir été ainsi catapulté, inconscient, par-dessus bord. Oui, un accident stupide, de ceux qui arrivent aux acrobates. Ces petits arrangements avec la réalité, cette négociation entre moi et moi-même, me permettaient de continuer d'avancer, de m'envisager encore un brin d'avenir.

Dans le but d'acquérir un moteur neuf pour le *Warliss*, j'ai voulu contracter un prêt bancaire. Inutile de préciser que la poignée de banquiers avec lesquels j'ai eu rendez-vous ont freiné des quatre fers face à ma demande. Pour eux, ce prêt de vingt mille euros destiné à remettre mon embarcation à flot revenait à les jeter directement à la mer. On le savait, la pêche à bord des petits chalutiers ne valait pas lourd au regard des gigantesques bateaux-usines qui sillonnaient la Manche, et sortaient de l'eau en quelques heures ce que nous récoltions, nous les petits pêcheurs, en une année de travail acharné. Au mieux, et pour les plus empathiques de ces employés d'agences bancaires, j'ai eu droit à quelques sourires gênés, les autres ne s'étant même pas donné la peine de donner suite. Rien de plus humiliant que le silence. On me disait « Je vous rappelle ! », et puis rien, aucune nouvelle. Je me suis senti, dans ce laps de temps, devenir aussi insignifiant qu'une mouche. Et même plus, parce qu'une mouche, on lui donne de l'attention, ne serait-ce que pour la chasser. Tandis que moi, je ne suscitais pas le moindre intérêt. J'aurais même voulu vendre mon âme à Lucifer qu'il ne m'aurait pas rappelé, j'aurais, à coup sûr, été filtré par le répondeur de l'enfer. Je faisais pourtant des efforts de présentation, j'avais renoncé à mon confortable ciré et à mes bottes de caoutchouc pour un costume acheté en solde. Mais ma sincérité de vétéran engoncé dans cet apparat de premier communiant poussiéreux ne produisit aucune magie, tout cela resta sans effet. Bien sûr, j'aurais pu me renseigner auprès des organismes de crédit rapide qui vous proposent à grand renfort de spots publicitaires de vous tirer d'affaire sur des airs de comédie musicale et à des taux d'intérêt exorbitants. Mais il aurait fallu pour cela être capable de déchiffrer les contrats truffés d'alinéas. Chose parfaitement impossible pour moi. M'en remettre à ces bandits du marketing revenait à me saborder tout à fait. Il m'arrivait par exemple de recevoir des messages téléphoniques me proposant de rappeler instamment un numéro pour résoudre mon problème. Et lorsque je rappelais, crédule, enthousiaste, je tombais sur une bande-annonce de dix minutes. Appel surtaxé, arnaque ordinaire. La seule explication plausible était que quelques-uns des agents bancaires à qui j'avais laissé mes coordonnées avaient dû les transmettre à encore plus voyou qu'eux. Quelque part, dans les grandes agences d'arnaque en ligne, je devais être désormais répertorié dans la très lucrative catégorie des cas sociaux, autistes, illettrés, attardés, séniles et autres bons à se faire plumer. Monde de dingues. Je me faisais l'impression de tomber des nues en mesurant là, dans cette phase de capotage, la chance dont j'avais bénéficié jusqu'alors.

Parfois, lorsque je passais devant le casino de Cayeux, j'étais tenté d'aller balancer quelques jetons dans la gueule béante des machines. De nourrir la bête veule du hasard, comme j'avais vu mon père le faire parfois. L'alcool vous donne l'assurance des vainqueurs, qu'il s'agisse du volant d'une voiture, du gouvernail d'un bateau ou d'une manette de machine à sous. C'est fou ce que mon père perdait ! Et dans ces cas-là, moi, l'enfant, j'avais encore le devoir de veiller. De dissimuler le dernier billet de dix francs de son portefeuille afin que toute sa maigre paie n'y passe pas. Alors non, pas de casino, je ne devais compter que sur moi, sur mon travail.

Parmi les offres d'emploi régionales, j'avais entendu dire qu'on recrutait au rayon poissonnerie de la galerie marchande de Saint-Martin. Françoise avait été la première au courant parce que ce rayon-là était tenu par une amie à elle, Thérèse, une copine de lycée. Thérèse lui avait proposé que je l'appelle. *A priori*, mes petits problèmes d'illettrisme ne lui posaient pas de soucis, disait-elle, parce que cet emploi consistait essentiellement à garnir les rayons et à servir les clients. Et qu'elle s'occupait, elle, de la pesée et de l'impression des étiquettes à coller sur l'emballage. Il fallait juste s'y connaître en poisson, ne pas confondre une perche avec une truite, une moule avec un bigorneau. C'était donc un emploi possible pour moi, mais j'ai préféré décliner l'offre, parce que ce face-à-face avec les clients de la galerie marchande me paraissait une épreuve digne des travaux d'Hercule. Ce qu'il me fallait, c'était un travail dans le secteur de la navigation. Retourner sur l'eau, vivre au grand air. La seule chose qui me passionnait, au fond.

Au port de Boulogne, j'ai appris qu'un bateau-usine recrutait, il fallait embarquer pour des périodes de deux à trois mois à destination du Nord, bien au-delà de l'Islande. À la toute limite du Groenland. Là où l'on sort encore du maquereau et de la morue en pagaille. Mais pour cela il fallait avoir moins de trente ans et se soumettre à une visite médicale poussée ainsi qu'à des tests toxicologiques afin de rassurer les employeurs sur votre solidité cardiaque et leur permettre de vérifier par la même occasion que vous ne carburiez pas aux amphétamines, ni à la cocaïne, comme pas mal de très jeunes marins. Un infarctus en mer aurait été forcément malvenue pour les compagnies maritimes : à proximité des côtes, il aurait fallu faire dépêcher un hélicoptère de sauvetage, et, en haute mer, lorsqu'il n'y a plus rien d'autre à faire que constater un décès, stocker votre dépouille dans les cales de congélation, à proximité des poissons et crustacés. Ce qui n'est jamais très bon pour le moral de l'équipage, et Dieu sait si le moral est important lorsqu'on passe plusieurs semaines en mer.

Dans ce même secteur portuaire, j'ai aussi postulé à un emploi de grutier. Ça aurait été bien, ça, pour moi, grutier. Des journées passées suspendu dans les airs, à extraire les conteneurs des cargos pour les aligner bien proprement sur les quais. Je connaissais justement un type, Jean Armand, qui, à la veille de la retraite, m'avait invité à lui rendre visite dans ce qu'il appelait son « donjon d'acier », sa cabine de pilotage. On y accédait par un escalier métallique en colimaçon de quelques centaines de marches qui donnait un peu le vertige, enfin, c'est là que j'ai découvert que je l'avais, le vertige. Mais c'était peut-être aussi de me savoir le cœur fragile. Depuis ma visite à la cardiologue, je n'entendais plus que lui, ce fichu palpitant. Jusqu'à la nausée. Surtout là, en grimpant vers la tourelle des commandes perchée à trente mètres du sol, bien certain d'y trouver la solution à mes problèmes d'emploi. L'ascension valait vraiment le détour. Depuis là-haut, le monde paraissait merveilleux, jamais je n'aurais imaginé la zone portuaire aussi vaste, ni aussi bien agencée. On aurait cru observer une maquette dont les habitants – employés, conducteurs de Fenwick, contremaîtres, agents des douanes – ne semblaient pas plus grands ni plus offensifs que des fourmis. Et je me suis dit, en accédant à cette cabine, que cette altitude de trente mètres était précisément la distance idéale à entretenir avec la société des humains. Qu'à défaut de la fuir par la mer, comme je l'avais fait jusqu'alors, je pouvais momentanément m'en extraire par les airs. Oui, un boulot idéal. Une planque perchée, inespérée. Après des décennies de bons et loyaux services, Jean avait demandé sa retraite anticipée, il avait deux ans de moins que moi, son visage et ses mains ne portaient aucun stigmate : ni rides ni brûlures. L'air poupin, de la bedaine, quelques cheveux blancs, et encore. Là, dans sa tourelle, il m'a avoué, hilare, se sentir l'homme le plus serein du monde. « Pas de patron ! Je suis tranquille, tellement peinard, Stan, si tu savais ! » Pour rendre l'endroit tout à fait confortable, il l'avait personnalisé en y ajoutant deux enceintes qui lui permettaient de se passer en boucle quelques enregistrements de musique électronique, tels que Vangelis, dont la lenteur rythmique, les notes suspendues de xylophone et les sons de compresseurs épousaient à merveille ceux du roulis des câbles et des bras hydrauliques de sa grue. Le tableau de bord de sa cabine climatisée semblait si bien organisé, si simple à utiliser ! En pressant sur un bouton, vous faisiez descendre à l'aplomb d'un navire le câble au bout duquel valsait le palan. En appuyant sur un autre, vous le déplaciez d'un cran vers la gauche ou la droite. Un peu comme le jeu consistant à hameçonner un ours en peluche dans les fêtes foraines. Rien de très compliqué *a priori*. Il suffisait d'avoir une bonne vue, le geste sûr et méthodique... Mais encore fallait-il être en mesure de déchiffrer le nom des navires ou des transporteurs affichés sur ces foutus conteneurs ! Donc, là encore, je me trouvais dans une impasse, empêtré dans mon illettrisme. Et il était évidemment inenvisageable d'embobiner les gens de l'administration portuaire qui, de toute façon, connaissaient mon handicap.

J'eus tellement honte de cette déconvenue que lorsque Jean me rappela deux jours plus tard pour connaître les raisons de mon désistement, je lui fis croire que j'avais trouvé un meilleur emploi. Plus tranquille, mieux payé, mieux chauffé. Et j'ai bien senti qu'il était heureux pour moi, un vrai copain ce Jean.

À la maison, l'ambiance n'était pas au beau fixe. Je rentrais sur les coups de dix-huit heures, calé sur les sorties d'usines, ce qui me semblait être un horaire honorable pour ne pas perdre la face auprès de Françoise qui, en plus du ménage qu'elle faisait depuis longtemps chez quelques habitants du lotissement, avait accepté de sous-traiter la blanchisserie de la gendarmerie. Ainsi, désormais, elle récupérait chaque semaine des dizaines de polos, chemises, calots et vestes d'uniformes qu'elle nettoyait et repassait dans les règles de l'art.

Lorsque, le soir venu, je rentrais bredouille de ma recherche d'emploi en passant piteusement par le garage, il me fallait enjamber les uniformes sales qui jonchaient pêle-mêle le sol de la buanderie, et qui me donnaient l'impression de traverser une manifestation où tout un bataillon d'officiers de gendarmerie – une fois n'est pas coutume – aurait péri. Les uniformes propres étaient quant à eux disposés un peu partout dans le salon, empilés avec la rectitude d'une ville nouvelle. Sur le canapé notamment, que j'évitais de toute façon afin de ne pas passer pour un fainéant, et puis aussi un peu par superstition. Ce canapé, avec ses confortables coussins, je craignais en y posant ne serait-ce qu'une fesse, de ne plus jamais pouvoir m'en décoller, comme nombre de ceux qui entament le troisième âge. Ces mornes plaines où le plus gaillard des individus finit toujours par se ramollir, se flétrir, s'endormir, s'enliser de façon aussi insidieuse que les explorateurs dans les sables mouvants de la forêt amazonienne. Je ne voulais pas être un chômeur du troisième âge, je ne voulais pas finir bégayant, cardiaque, radotant, aigri, enlisé. Sénile. Non. Je me faisais chaque matin la promesse de tenir debout. De ne pas céder, ne pas craquer. Voir venir.

Françoise, entre deux coups de fer à vapeur donnés aux uniformes, m'a rappelé la proposition d'emploi de sa copine Thérèse. « Mais pourquoi tu n'y vas pas, Stan, dans la galerie marchande ? Arrête de faire ta chochotte. Tu pourrais au moins faire l'effort d'essayer. Tu crois qu'à ton âge on va te redonner un emploi de capitaine ? Tu crois qu'on va te reconfier un bateau ? Tu t'es bien regardé, Stan ? » J'ai préféré ne rien répondre.

Le chien Marcelin, brave chien, avait élu domicile dans l'épave du *Warliss*, au fond du jardin. Il n'avait jamais été un bel animal, n'était d'aucune race connue sinon de la famille assez vague des ratiers, des compagnons plutôt toniques que les chasseurs apprécient pour leur petite taille. Qui trouvent leur place sous un siège de camionnette, le cas échéant dans une boîte à gants, vous débarrassent des taupes et des mulots et sont appréciés pour leur humeur, certes belliqueuse, mais constante. Animal sans pedigree, le mien vieillissait à vue d'œil. Son poil sentait de plus en plus fort et tirait vers le gris-beige tout autour des oreilles qu'il avait, curieusement, de plus en plus sensibles. Au moindre cri de mouette, par exemple, il se mettait à aboyer comme si cela avait été une invitation à reprendre la mer. Des jappements de joie, d'hystérie. Il était sans doute en proie à la sublimation, comme les religieux cédant à la transe, et il aurait fallu lui administrer des antidépresseurs ou même, selon Françoise, le faire euthanasier. C'eût été une façon d'abréger ses souffrances, et les nôtres par la même occasion, parce que c'était à en devenir dingue de l'entendre clabauder.

De mon côté, la nuit venant, ma tête déroulait des cauchemars au kilomètre. En premier lieu, celui où, adolescent, je me réveillais seul sur le *Warliss*, appelant mon père. Toujours le même rêve, celui de sa disparition, qui me faisait revivre toujours plus intensément cet épisode traumatique de mes quinze ans. Dans ces cauchemars, en me redressant dans la cabine du *Warliss*, je me cognais la tête contre la tablette du tableau de bord, qui se repliait sous le choc. Et lorsque je me réveillais pour de bon, c'était avec d'authentiques crampes dans les cervicales et une conséquente migraine. D'autres fois, dans un demi-sommeil, et là c'était plus inquiétant, je sentais une présence silencieuse au-dessus de moi, identique à mon rêve prémonitoire de la veille du naufrage, quand cet étrange poisson-chat à tête humaine m'avait rendu visite. Impression furtive, comme un frôlement. Le ressenti de cette présence, je dois l'avouer, m'intriguait énormément.

J'évitais bien sûr d'en parler à Françoise ou à mes fils qui, lorsqu'ils passaient déposer leur baluchon de linge sale chaque mercredi, me regardaient bizarrement. C'est-à-dire de façon suspicieuse, comme on observerait un vieux marginal. Et je découvrais à cette occasion que ce que l'on tolère plus ou moins chez un type qui travaille, à savoir les cheveux en bataille, une barbe de cinq jours, les ongles mal taillés, des poches sous les yeux ou une parka trop ample comme j'ai toujours aimé les porter, devient une preuve flagrante de laisser-aller chez un sexagénaire qui passe ses journées à quémander un emploi sur le port ; or c'était mon cas. Pour être tout à fait sincère, les jours filant, j'avais l'impression de devenir à peu près aussi dingue que Marcelin. Comme lui au fond du jardin, j'observais les mouettes qui tournoyaient dans le ciel, à l'aplomb du *Warliss*, et je me demandais de quoi auraient été faites nos journées si nous les avions passées tous les deux en mer. Quel temps il faisait là-bas dans les vagues, comment ça tanguait. Ce que nous aurions rapporté dans nos filets, combien nous aurions gagné à la criée. Calculs insensés et stériles, que je ne pouvais m'empêcher de fantasmer. J'en étais d'ailleurs venu à me demander si ces mouettes n'avaient pas trouvé dans cette façon de voler autour de l'épave une sorte de revanche pour toutes les fois où nous les avions ignorées, au large justement, lorsqu'elles semblaient réclamer leur part des filets : congres, grondins, vieilles, chinchards et autres poissons trop petits que je renvoyais systématiquement dans les vagues. Satanées mouettes ! Foutues saletés de bestioles à plumes ! J'aurais rêvé d'en attraper une et de la clouer vivante sur la coque, comme il était d'usage de le faire autrefois avec les chouettes sur les portes des granges en Polésie. Ou encore, plus vicieux, de lui sectionner les pattes et de la renvoyer faire un compte rendu de ma potentielle cruauté à ses camarades, comme un avertissement. Oui, sûr que ça les aurait définitivement calmées ! La plupart de ces oiseaux ne se contentaient pas de ricaner, ils faisaient aussi leurs besoins sur la tête de mon chien, sur mon navire, sur ma pelouse et sur celle de mon irascible voisin, qui envoyait désormais des courriers recommandés à la mairie afin de signaler la présence incongrue du *Warliss* dans le lotissement.

C'est au cours de cette période propice aux hallucinations que deux types se sont présentés au portail. Deux hommes étranges, qui avaient l'air contrit. Trop polis pour être tout à fait honnêtes, curieusement vêtus, l'un affublé d'un chapeau comme en portaient les vieilles dames d'autrefois, à bords larges, agrémenté d'un ruban taillé dans un feutre mauve duveteux. L'autre, ça m'a marqué, portait un pantalon de velours orange. Ces deux individus, aussi voyants qu'un leurre fluorescent pour la pêche au gros, étaient anglais. Deux Britanniques d'un certain âge que Françoise avait mentionnés au détour d'une conversation, entre deux salves de reproches, ce qui expliquait que je ne m'en sois pas souvenu. Ces septuagénaires s'étaient récemment installés dans une villa au bout du lotissement, celle de style moderne, en briques, avec de grandes baies vitrées. Juste après les bacs à déchets recyclables. Un endroit très à l'écart resté en friche pendant des années, car peu ensoleillé, et qui avait été mis en vente à un prix défiant la raison, quelque temps après la crise du covid, lorsque la bulle immobilière avait explosé dans la région, comme il est d'usage de dire. Après avoir supposé que ces deux énergumènes étaient frères, car ils avaient le même nom : Dunhill, comme la marque de cigarettes. Françoise émit finalement l'hypothèse qu'il s'agissait en réalité d'un couple. Oui, John et Irving Dunhill étaient de vieux amants. Leur présence était aussi insolite dans notre austère quartier d'Audresselles que celle d'un duo de perroquets. Eux aussi possédaient un chien, mais avec pedigree. Une sorte de monstre aux proportions de banquette, constamment essoufflé et qui répandait sa bave le long des trottoirs, tandis qu'il s'efforçait à grand-peine de suivre ses maîtres, lesquels aimaient se déplacer en trottinette électrique. C'est donc juchés sur leurs engins que les Dunhill se présentèrent à mon portail ce matin-là, et me demandèrent dans un français plutôt correct si, par hasard, je ne souhaiterais pas me débarrasser de mon chalutier, car ils étaient à la recherche d'un bateau « vintage » pour faire des promenades en mer… Je me trouvais donc en face de deux spécimens de la variété évoquée par Allonzier : celle des Anglais qui avaient choisi de venir s'installer dans notre région pour y passer du bon temps.

Je sais à présent que j'aurais dû réfléchir, inspirer un grand coup et me taire, mais ce jour-là n'était pas un très bon jour, parce que je n'avais pas fermé l'œil de la nuit, ni de la précédente, d'ailleurs. Je contenais en moi une telle colère contre le reste du monde que je me suis permis de l'exprimer, d'un bloc d'un seul, en leur gueulant, dans un langage fleuri, je dois le reconnaître, de dégager sur-le-champ. De retourner dans leur satanée villa pour y tailler leurs foutus rosiers et brosser les dents de leur horrible clebs. Ou, mieux encore, directement dans leur putain de pays qui, il ne fallait pas l'oublier, avait voté pour le Brexit. La source même de tant de tracas pour les chalutiers français qui avaient vu leurs zones de pêche se réduire plus rapidement que la banquise sous le réchauffement climatique. Ajoutez à ces insultes quelques gestes obscènes ne nécessitant, eux, aucune traduction. C'était une dégueulasserie telle que Françoise dut intervenir en présentant des excuses aux deux olibrius, qui sont remontés fissa sur leurs trottinettes et ont filé sans demander leur reste.

Brouillard, brume, brouillard, intense brouillard, honte, honte, honte sur moi. Comment avais-je pu être aussi sot ? En y réfléchissant, je me dis que, plus encore que victime d'un naufrage, d'une cardiopathie ou de la disparition traumatisante de mon père, je naviguais à la dérive de moi-même. Je voyais dans le reste du monde une conjuration d'ennemis. Aussi aveugle qu'une taupe, je ne connaissais pas le véritable visage du diable et je méritais donc tout ce qui allait m'arriver.

C'est en sortant de la halle à la criée, dans les quartiers de la zone portuaire où je continuais de quémander une affectation, que je suis tombé sur lui, le diable. Il se rendait d'un pas alerte au bar des Quatre Tonnerres, seul débit de boissons toujours en activité sur le port. Il me convia d'une tape dans le dos à l'accompagner. Robert Malendreck, mon ami d'enfance Robert, qui aimait se faire appeler Maxence par coquetterie. Un type que j'avais toujours apprécié pour sa gentillesse, ses faux airs de timide, et aussi parce que autrefois nous comptions lui et moi parmi les plus mauvais élèves de notre classe de transition, comme on disait alors. Cette section technique du lycée où s'entassaient, dans la logique inverse d'un club VIP, les futurs manutentionnaires, maçons, menuisiers, qui n'avaient pas brillé lors de leurs études secondaires et pour lesquels les professeurs ne nourrissaient plus d'ambition, pas plus qu'ils n'avaient de patience à leur égard. Dans ces classes où tout se jouait sur la carrure, la grande gueule et la largeur des biceps, Maxence avait essuyé les moqueries des uns et des autres, car il était alors petit et chétif. Autour de la vingtaine, il avait eu sa revanche en devenant assez mignon, cultivant un air rebelle et une moue qui n'était pas sans évoquer Adam Ant, une rock star romantique des années 1980. Un obsédé du look, ce Maxence, du genre à investir sa paie dans des costumes et des bagnoles, dans lesquels il écumait les discothèques de la région. Comme si une vie entière ne lui suffirait pas pour rattraper le temps perdu de son adolescence humiliée. Il aimait se décolorer les cheveux, portait un petit diamant à l'oreille et des vêtements en cuir blanc, dont une veste à franges qui faisait son effet lorsqu'il passait devant vous à cent trente à l'heure, le bras à la portière de sa Renault Fuego équipée de jantes larges et de phares longue portée, les yeux masqués par une paire de lunettes aux verres miroir, dont l'un, je m'en souvenais, était fissuré. Lorsqu'il vous fixait de derrière ses carreaux sans tain, c'était comme si la mort en personne vous interrogeait. Une vraie destinée de héros, ce Maxence.

Après la disparition de mon père et la lente décrépitude mentale de ma mère, qui de toute façon avait plongé depuis longtemps dans les eaux sombres de la démence, nous avions lui et moi envisagé de produire des concerts régionaux de folk. Il y avait un rêve possible de ce côté-là, c'était le tout début de la mode des festivals. Celui des Vieilles Charrues n'existait pas encore. Le monde nous tendait les bras. En théorie ce boulot d'organisateur de concerts pouvait être une façon de joindre l'utile à l'agréable. Il nous aurait suffi de louer quelque terrain vague pour y installer une scène, et d'ameuter tous nos amis, qui à leur tour auraient prévenu les leurs. Des milliers de gens se seraient déplacés chaque samedi soir pour venir s'éclater sur des airs de bourrée. Nous aurions pu vivre ainsi, dans la légèreté des notes, en tirant bénéfice de la convivialité des foules. J'étais jeune, j'avais la foi, du temps devant moi. Mais après avoir véhiculé des enceintes et des tonneaux de cidre et de bière aux quatre coins du département, tandis que Maxence s'était attribué le rôle plus reluisant de manager et de trésorier, rôle qu'il tenait de façon plutôt approximative, c'est-à-dire en réinvestissant tous nos bénéfices dans de la mauvaise cocaïne, j'ai finalement renoncé pour retourner au *Warliss* et embrasser le métier de marin pêcheur. Cette activité était certes moins mirobolante, mais elle m'avait permis de prendre en charge les derniers mois de vie de ma mère en maison de santé et finalement de lui offrir une sépulture digne de ce nom. Ainsi va la vie. La dernière fois que j'avais croisé Maxence remontait à plus de dix ans, et j'avais fait mine de ne pas le reconnaître, car il venait de déposer le bilan d'un bar à hôtesses au bord de la nationale dans la nouvelle zone commerçante de Saint-Martin. Tout son fric y était passé, en plus de celui qu'il avait emprunté à ses amis et à sa famille, pour leur plus grand malheur.

Il n'avait pas beaucoup changé, Maxence, quoiqu'il fût un peu plus bouffi. La bière, me suis-je dit, tandis que nous prenions lui et moi place au comptoir des Quatre Tonnerres, où il n'eut pas besoin de lever le petit doigt pour que le patron lui serve un demi, comme bien souvent les piliers de bar. Bénéficiant du statut d'habitué, il avait sans doute ici son ardoise où il devait être possible de déchiffrer à la minute près son rythme de la journée : un demi, plus un demi, plus un demi… Je vis que l'ongle de son index était long et taillé en biseau, comme à l'époque où il s'initiait avec plus ou moins de succès à la guitare électrique. Mais il m'expliqua que cet ergot lui servait désormais à gratter les tickets de la Française des jeux : Loto, Cash, Keno, et Astro principalement, dans lesquels il investissait fougueusement. Car Maxence aimait à rappeler qu'il était du signe du Scorpion, qui représentait, toujours selon lui, le signe de l'excès, du chaos et de la résurrection.

Comme pas mal de types qui traînaient dans les bars du port, il avait eu vent de mon accident survenu en mer, ce qui semblait réellement l'affecter. Bien solidaire surtout sur le sujet des assureurs, qu'il désignait par « ces petites raclures d'assureux », clamant avoir lui aussi tout perdu à cause d'eux. Même si dans son cas, je dois l'avouer, c'était plutôt litigieux. Pour faire simple, après ses rêves d'organisateur de concerts, son projet avait été de créer un bar sélect où les routiers viendraient passer du bon temps, lâchant un billet de cinquante euros pour une coupe de mauvais champagne avalée les yeux dans les yeux avec des jeunes filles expertes dans l'art de trouver passionnant n'importe quel nigaud qui possédait un permis poids lourds en guise de CV. Il avait nommé son bar les Champs-Élysées de Saint-Martin, nom porteur, plein de poésie. Cette affaire aurait pu marcher puisque, dans ces années-là, il en passait des centaines par jour, des camions, sur ce tronçon de route, et qu'il avait investi dans une enseigne lumineuse lisible depuis l'échangeur routier situé à seulement trois cents mètres en amont. Un rempart de néons dessinant la silhouette d'une femme en porte-jarretelles avec chapeau haut de forme, alanguie sur le capot d'un camion. C'était chic, inventif, et ça changeait des rébarbatives enseignes des Buffalo Grill, Formule 1, Go Sport du voisinage. Maxence avait tout de même commis l'erreur basique d'engager comme entraîneuses des jeunes filles des pays de l'Est, sans considérer que la plupart des routiers qui passaient dans la région auraient préféré avoir l'illusion de flirter avec une femme française « traditionnelle », ou du moins, l'idée qu'ils s'en faisaient. Oui, c'était un faux pas en termes de business plan que de proposer des filles de l'Est à des camionneurs qui, pour la plupart, venaient de l'Est, justement. À peu près aussi maladroit que d'offrir du nougat à des natifs de Montélimar. Pour ces chauffeurs au long cours, avoir une relation tarifée avec ces filles slaves revenait à passer un moment avec leur propre sœur, ou leur mère. Et ils n'avaient pas parcouru des milliers de kilomètres dans leurs satanés semi-remorques pour ça.

La femme qui semblait le plus à leur goût dans cet établissement, à la rigueur, c'était Nadine, l'épouse de Maxence. Une Normande d'une petite quarantaine d'années qu'il avait réussi à séduire en lui faisant miroiter un avenir comme directrice associée. Mais Nadine n'appréciait pas vraiment d'être confondue avec les jeunes poules slaves payées pour aguicher les routiers. Chacun son boulot ! Elle les remettait même gentiment à leur place, ces bonshommes, lorsque ces derniers la reluquaient comme des taureaux en rut. Au moindre geste déplacé, il n'était pas rare qu'ils se prennent une paire de claques. Attitude peu commerçante, il faut le reconnaître, d'autant que Nadine maîtrisait quelques mouvements d'autodéfense appris durant ses années de lycée. Bref, le projet des Champs-Élysées de Saint-Martin avait pâti de l'ambiance « caserne », qui ne correspondait pas exactement à l'image que l'on se fait du luxe français. En quelques semaines, refroidis par un tel accueil, les camionneurs cessèrent de fréquenter les lieux, préférant d'autres bars à filles qui proliféraient comme des mycoses à la frontière belge. Le fiasco total. La Bérézina. En fait de clientèle, les huissiers n'avaient pas tardé à défiler pour effectuer leur besogne de charognards, obligeant Maxence à trouver rapidement une solution à ses déboires financiers, faute de quoi on lui saisirait son mobilier, son bar, son jacuzzi, ses canapés recouverts de fourrure, ainsi que tous les néons de son enseigne, qui représentaient l'essentiel de son investissement.

C'est durant cette période d'intense pression psychologique qu'il avait eu l'idée d'incendier son établissement pour faire marcher l'assurance. Rien de très original, ni de réellement complexe à mettre en œuvre. Un simple allume-feu balancé dans le stock d'alcool avait suffi à déclencher l'incendie qui, hélas, alimenté par un fougueux nordet, s'était rapidement propagé aux établissements voisins : Go Sport, Auchan, la Grande Récré, Buffalo Grill ; d'un bloc à l'autre, toute la zone artisanale de Saint-Martin était partie en fumée. Ce spectacle digne des *Mille et Une Nuits* avait nécessité l'intervention de pas moins de cinq casernes de pompiers, et déclenché dans la foulée une enquête de police. Maxence, de nature assez sensible et peu rodé à l'inconfort des gardes à vue, n'avait pas mis longtemps à avouer son méfait. Ce qui exonérait du coup les assureurs de l'addition. Ainsi, non seulement il restait comptable des dettes de son bar, mais en plus il lui fallait payer pour l'anéantissement de son local et de celui des établissements voisins. L'ensemble du litige avoisinait la bagatelle de quatre-vingt millions d'euros.

J'étais estomaqué par son récit. En comparaison, mon sort de marin en quête d'un moteur pour son chalutier me faisait l'effet d'un paradis terrestre et mental. « Sales petits fumiers d'assureux, répéta Maxence en commandant une seconde bière. Quand tu penses à tout le fric qu'on leur laisse, à ces gougnafiers ! »

À l'issue d'un procès assez fastidieux, Maxence fut condamné à cinq ans de prison dont deux fermes effectués en maison d'arrêt de Dunkerque. Cet établissement de taille moyenne, avec vue imprenable sur la mer lui donna l'occasion de réfléchir en profondeur au sens de son existence. Sa vie passée et cette idée folle de vouloir être chef d'entreprise lui parurent soudain ridicules, puisqu'en admettant qu'il trouve un emploi en sortant de prison, il lui aurait fallu environ trois siècles et demi de Smic pour rembourser les assurances. C'était dingue, foutu d'avance. Seul dans sa cellule, sous anxiolytiques, il lui arrivait même de piquer des fous rires en songeant à tout ça. Oui, de vraies crises de rire, à en avoir des crampes d'estomac.

Au sortir de cette longue période de réflexion pénitentiaire, débarrassé de toute illusion, il avait retrouvé sa Nadine et tous deux s'étaient fait la promesse de ne plus jamais verser un seul centime de loyer à un quelconque propriétaire et de se soustraire à toute forme d'impôt.

« Pas un centime, tu m'entends, Stan ? » m'a soufflé Maxence avec des relents de houblon, empoignant de pleines poignées de cacahuètes qu'il engloutissait nerveusement avec la puissance d'un sanibroyeur. Très en colère, le Maxence, très fâché. Lui et Nadine, animés par la volonté commune d'en finir pour toujours avec ce qu'il nommait « la grande hypocrisie sociale et judiciaire », avaient donc élaboré une combine imparable. Un numéro auquel ils se livraient désormais chaque nuit sur les autoroutes, avec un troisième compère recruté en prison qui se prénommait Jonathan et dont je n'allais pas tarder à faire la connaissance.

Maxence qui, depuis peu, n'avait plus aucun point sur son permis de conduire cherchait quelqu'un possédant un utilitaire pour compléter l'équipe. Je lui indiquai que j'avais moi-même un Peugeot Traffic, sur quoi il me donna rendez-vous quelques jours plus tard sur le parking d'une aire d'autoroute juste après la bretelle de Fréthun.

D'après Maxence, il ne tenait qu'à moi d'intégrer leur bande, ça dépendait de mon mental, on verrait sur place.

J'ai hésité à donner suite à cette proposition. Oui vraiment, je sentais bien que quelque chose risquait de déraper, de m'emporter vers un monde assez peu soucieux du respect des lois ; pourtant ça m'avait rendu curieux. Vraiment curieux. Moi aussi, après tout, je me sentais lésé par les assureurs, et je ne demandais rien de mieux que prendre une revanche en ne versant plus un centime aux impôts, à l'Urssaf ou aux caisses auxquelles j'avais cotisé pendant tant d'années au titre de marin pêcheur et qui me réservaient une vieillesse misérable. Je n'étais pas aussi fou que Maxence, mais je n'en étais pas moins un type qui s'était fait plumer. Et puis, je dois l'avouer, ces quelques bières descendues au comptoir des Quatre Tonnerres m'avaient rendu léger. Une douce sensation de roulis que je n'avais plus ressentie depuis que mon bateau se trouvait en cale sèche dans mon jardin. Peut-être aussi parce que nous étions en novembre et qu'il faisait encore doux. Le ciel, dans lequel ondulaient de longs boyaux nuageux immaculés, comme parfois sur la côte d'Opale, semblait plus bleu qu'à l'ordinaire. Un bleu si profond et porteur d'espérance qu'en revenant de ce rancard seul au volant de ma camionnette, je me rappelle avoir chantonné. Ça ne m'était plus arrivé depuis des années, peut-être même depuis la disparition de mon père. C'était étrange, inexplicable, comme peut l'être la révélation de la foi. Quelque chose bougeait dans ma destinée.

Je suis donc rentré un peu plus tard qu'à mon habitude ce soir-là. Et Françoise qui, je m'en souviens, repassait les uniformes de la gendarmerie en écoutant d'une oreille distraite je ne sais plus quelle émission de radio, fut très étonnée d'apprendre que j'avais pris l'apéro avec Maxence. Comme presque tout le monde, elle était au courant de ses ennuis judiciaires qui avaient défrayé la chronique des journaux régionaux. Elle se souvenait encore assez bien, par exemple, de la photo en une de *La Voix du Nord* sur laquelle on voyait des dizaines de camions de pompiers s'acharner sur l'incendie de la ZAC de Saint-Martin. Un feu digne du Vésuve. Une pure vision de l'enfer. « Il est déjà sorti de prison ? » me demanda-t-elle distraitement tout en baissant le son de la radio et en appuyant sur le bouton vapeur de son fer à repasser, pour en diminuer la pression. Je lui ai annoncé, l'air détendu, qu'il était non seulement sorti de prison mais qu'il était désormais un honnête patron d'entreprise, et envisageait de m'offrir un emploi. Quand elle a voulu savoir, l'air soucieux, en quoi ça allait consister, pris de court, je lui ai fait croire qu'il gérait une société de livraison pour Amazon. Je ne sais pas pourquoi, peut-être parce que pour un type de ma génération, Amazon semblait être un monde parallèle où tout et n'importe quoi pouvait se faire sans plus de justification. Quoi qu'il en soit, ça m'a semblé être un bon alibi pour justifier de passer ma première nuit dehors, et Françoise n'a pas sourcillé.

La section du parking de Fréthun où nous avions rendez-vous n'était pas facile d'accès, car elle était exclusivement réservée aux poids lourds à destination de l'Angleterre ; ils y faisaient halte avant de reprendre la direction du tunnel. Cet espace était conçu pour désencombrer les parkings de Calais. Pas moins de quatre ou cinq cents véhicules venus de tous les coins de l'Europe et chargés de tout ce qu'il est possible d'imaginer donnaient à cette zone l'atmosphère d'une cité endormie. Un lieu que la diversité des modèles de cabines, rivalisant de modernité, combinée aux graphismes des remorques – le tout éclairé par la lumière orange des lampadaires dont l'intensité semblait spécialement tamisée pour faciliter le sommeil des chauffeurs – rendait malgré tout magique. Certains véhicules stationnaient là plusieurs jours, le temps pour les services administratifs du fret de vérifier les documents des marchandises, le poids des véhicules à vide et en charge, bref… Et en sus des commerces et restaurants ouverts vingt-quatre heures sur vingt-quatre pour le confort des camionneurs, il y avait des sanitaires installés en lisière d'une forêt de pins qui délimitait l'aire. Et c'était justement là, dans le périmètre champêtre des douches, qu'opéraient Maxence, Nadine ainsi que leur complice Jonathan, un trentenaire taciturne aux cheveux ras, portant la barbe, toujours vêtu d'un pantalon de treillis et d'un sweat à capuche et qui ne se déplaçait qu'à vélo de compétition. Maxence me l'avait présenté comme étant « une relation de prison », et je n'avais pas voulu en savoir plus, tant Jonathan, avec son regard par en dessous et son style bileux, était l'image même du type que l'on imagine avoir ses habitudes en milieu carcéral.

Leur combine était assez basique : Nadine, que je découvris ce soir-là plantureuse et bien plus maligne que je ne me l'étais figurée, déambulait entre les camions. Vêtue d'une mini-jupe en skaï aux reflets métalliques et d'un bustier à paillettes façon catadioptre, elle posait un pied sur le pare-chocs de l'un des engins avec l'alibi de renouer les lacets de ses cuissardes, dévoilant ainsi un postérieur de compétition. Puis, avec la même désinvolture, elle approchait son smartphone de son visage comme pour se remaquiller. Ce qui avait pour effet de projeter sur son regard et sa bouche une lumière aux nuances bleutées se distinguant de celle, plus morne, des lampadaires. Cette chorégraphie étonnante avait dû nécessiter des heures de mise au point. Elle était à la fois économe et parfaitement hypnotisante : un piège pour le regard et les sens.

De fait, il ne se passait pas plus d'un quart d'heure sans qu'un chauffeur routier, appâté par son petit manège, descende de sa cabine afin de la solliciter pour une passe. Nadine affichait l'air surpris d'une non-professionnelle, puis ayant finalement accepté la sollicitation, elle orientait son client vers le secteur discret des sanitaires. Là, tandis qu'elle commençait à s'affairer sur la braguette du camionneur pour lui retirer son pantalon, Maxence et Jonathan intervenaient lampe torche à la main, en hurlant « Brigade de répression du proxénétisme ! Personne ne bouge ! » avec l'attitude énergique de policiers de séries télévisées.

Maxence n'avait pas vraiment une tête de flic, loin de là, mais un simple brassard orange contribuait à le rendre crédible et ce, d'autant que le routier, pantalon baissé dans la lumière aveuglante braquée sur lui, était sacrément déstabilisé. C'est d'ailleurs dans cet instant de vulnérabilité que Maxence et Jonathan le prenaient en photo puis, le plaquant au mur, lui passaient les menottes avant d'entamer une étrange négociation : Maxence, les papiers du chauffeur en main, menaçait d'immobiliser son véhicule et d'appeler sur-le-champ la société qui employait le malheureux. Il était capable de formuler cette intimidation dans plusieurs langues, en grec, en allemand, en bulgare, jusqu'à ce que le camionneur prenne la mesure de ce qu'il risquait pour avoir sollicité une passe. Maxence, plutôt convaincant, intégrait à son discours de policier rédempteur quelques articles de loi énoncés avec l'impassibilité d'un expert-comptable, soulignant au passage les longues peines de prison qu'encourait en France la clientèle des prostituées, pas moins de dix ans, tout de même. Auxquels s'ajoutaient des amendes pouvant atteindre plusieurs dizaines de milliers d'euros, si l'on se référait aux articles de loi punissant le proxénétisme aggravé. Car évidemment, Nadine jouait les effarouchées, jurant ses grands dieux qu'elle n'était pas une professionnelle. Du coup, les chauffeurs hébétés se retrouvaient potentiellement coupables d'avoir voulu mettre sur le trottoir une innocente Française. C'était très, très grave. Surtout une fois en prison, si l'on connaît le sort que les autres détenus réservent aux proxénètes.

Le plus rude des routiers, mains menottées dans le dos et pantalon sur les chevilles se mettait à pâlir, voire s'effondrait en larmes. Maxence, grand seigneur, faisait alors mine de s'en émouvoir et proposait de passer l'éponge en échange d'un don matériel pour la Loterie des orphelins de la gendarmerie. Une kermesse née de son imagination, pour laquelle il avait rédigé une sorte de prospectus qu'il brandissait avec le même aplomb que sa lampe torche et sa fausse carte de police. Il ne fallait pas longtemps au camionneur pour saisir cette chance de s'en tirer à bon compte. Il ouvrait en grand les portes de sa remorque sur des marchandises en abondance, parmi lesquelles Maxence et son complice faisaient leur marché. Presque un tiers de la cargaison y passait, les bons jours.

Ce matériel serait ensuite refourgué à des marchands d'occasion ou de surplus, comme il y en a encore quelques-uns au bord des nationales du nord de la France : La Grange aux démarques, Solderie Loisir, Grenier des tout p'tits prix… Voilà, pour l'essentiel de la combine.

Parfois, lorsque les camionneurs mettaient en doute la légitimité des compères, exigeant de voir de plus près leur carte de policier, le ton montait, et c'était alors Jonathan qui intervenait, à renfort de gifles ou de prises de judo qu'on lui avait enseignées dans le cadre de sa formation comme gardien de prison. Car, oui, j'appris à cette occasion que Jonathan n'était pas « l'ex-compagnon de cellule » de Maxence, mais qu'il officiait comme surveillant à la maison d'arrêt de Dunkerque. Et que le coup de main qu'il donnait de nuit à Maxence et Nadine lui permettait d'arrondir ses fins de mois afin de financer sa passion pour la compétition cycliste qu'il pratiquait en amateur, avec acharnement. Le matériel performant, les combinaisons, l'octroi de la licence représentaient un budget pour lequel ses revenus de surveillant ne suffisaient pas. S'il n'est pas totalement sot d'envisager les sports cyclistes comme un art, Jonathan était un artiste blessé, ombrageux, complexé et insaisissable, à l'image des virages en lacets qui mènent au col du Grand Galibier. Dans le but de toucher un jour le Saint-Graal de la compétition professionnelle et, qui sait, de participer au Tour de France, il avait tenté de trouver des sponsors en s'adressant aux entreprises locales et même aux banques réputées pour soutenir certaines équipes sportives. Tout ce qu'il avait obtenu, c'était une proposition de vêtements imperméables avec le logo du Crédit Mutuel, et cette déconvenue l'avait profondément contrarié. Oui, très mécontent, le Jonathan, vraiment très en colère. Il avait donc lui aussi une revanche à prendre sur le système et le genre humain dans son ensemble. Et tandis qu'il s'en prenait violemment aux chauffeurs routiers, il n'était pas difficile de l'imaginer en train de mater des détenus avec une identique ardeur. Il ne se déplaçait qu'à vélo, un modèle haute performance en aluminium qui lui avait, paraît-il, coûté le prix d'une petite voiture de sport. Rien ne semblait plus important pour lui que cette machine qu'il mettait à l'abri dans un coin du parking, la recouvrant d'une couverture pour, disait-il, préserver la qualité de gomme des pneus. Il lui parlait à voix basse : « Alors, belle bête, tu es en forme ? Tu as besoin d'un peu d'huile ? Que je te passe un coup de chiffon ? Tu es contente que papa t'emmène en balade ? » Un authentique barjo, effrayant, très effrayant. Il arborait aussi quelques tatouages, comme cette imposante tête de mort sur l'un de ses mollets. Une manière d'impressionner ses adversaires et de se démarquer du peloton lors de ses compétitions dominicales.

Après ce déchaînement de violence, les camionneurs récalcitrants finissaient toujours par filer doux et renonçaient à s'opposer au pillage de leur remorque.

D'après Maxence, qui aimait relativiser la dimension malhonnête de son entreprise, les routiers abusés déposaient le jour même une plainte à la gendarmerie pour un simple vol de marchandises, qui serait le plus naturellement du monde attribué aux migrants, dont quelques campements s'étaient d'ailleurs établis dans les bois aux alentours. Ce type d'incident étant couvert par les assurances des compagnies de transport internationales, les routiers étaient automatiquement blanchis.

Je compris ce soir-là l'origine des mystérieux vols de cargaisons dont Luc et Fabien faisaient état au cours de nos très rébarbatifs déjeuners du mercredi, et qui justifiaient, toujours selon eux, que l'on renvoie, *manu militari* et jusqu'au dernier, chaque migrant dans son pays.

En rentrant de cette première nuit, je me suis senti assez mal à l'aise. Comme encrassé de l'intérieur. D'ailleurs, en pénétrant dans le garage du pavillon, sur les coups de cinq heures du matin, je n'ai pas résisté à l'envie de prendre une bonne douche, ce qui a eu pour conséquence de réveiller Françoise. Elle est descendue en robe de chambre et m'a demandé là, dans le coin buanderie, au travers du rideau de douche, comment s'était passé mon travail pour Amazon, m'obligeant à lui mentir en affirmant que tout s'était à peu près bien passé, mais que je n'étais pas certain de vouloir poursuivre.

— Pourquoi ? Ton copain Maxence n'a pas été réglo ? Tu as des doutes sur lui ?

— Non, non, Françoise, Maxence est impeccable, c'est même un parfait exemple de réinsertion sociale. Sa petite entreprise de livraison est très sympa, avec une franche atmosphère de camaraderie, très démocratique, tu vois, mais quelque chose me dit que je ne suis pas fait pour cet emploi de nuit.

Françoise parut très dépitée.

— Toi, mon Stan, si courageux qui t'es levé pendant des années au milieu de la nuit pour partir en mer, tu ne te sens pas à la hauteur d'un emploi de livreur ? C'est dommage, parce que ça pourrait être une bonne façon de voir venir la retraite…

Là-dessus elle me cita en exemple des connaissances qui avaient pris des boulots sur le littoral, jardinier, employé municipal, vigile… et à l'inverse, ceux qui avaient péri en mer, comme mon paternel notamment, dont la photo était encadrée au mur de la buanderie. J'aimais beaucoup cette image, prise dans les années 1970 et où on le voyait en pleine construction de son bateau. Le bateau n'était alors qu'une grande carcasse de bois brut fraîchement poncé. Mon père, un marteau à la main et un mètre à mesurer dans l'autre, fixait l'objectif, l'air de se demander ce que j'allais faire de cette photo, sachant que je l'avais réalisée dans le cadre d'un concours photographique régional organisé par la firme Kodak. Ça devait être trois ans avant sa disparition. La carcasse du navire, impressionnante, ressemblait à un squelette de dinosaure. Un monstre de beauté qui allait nous réserver quelques surprises, mais j'étais loin de m'en douter à ce moment-là. Pour ma pauvre mère et moi-même, ce navire incarnait la réussite, l'avenir. En tout cas, c'était incontestablement le chef-d'œuvre de mon père. Cette photo encadrée, je ne sais pas pourquoi, je n'ai jamais envisagé de lui attribuer une place dans notre salon, où les portraits de nos fils étaient pourtant nombreux aux murs. Peut-être était-elle trop précieuse à mes yeux, ou peut-être me faisait-elle peur. Ou alors, et c'était la raison la plus plausible, parce que ce recoin de la buanderie où j'avais l'habitude de prendre une douche au retour de mes nuits en mer et de faire sécher ma combinaison de pêcheur était pour moi l'espace le plus authentique. Ma place, finalement. Mon sanctuaire. Mon père était là, suspendu au mur de mon sanctuaire, énigmatique, il me fixait depuis ce lointain été 1975. Que pensait-il de moi qui avais deux ans de plus que lui lorsqu'il avait disparu ?

Me considérait-il comme quelqu'un de respectable ? Était-il fier de voir que je lui avais succédé à bord du *Warliss*, et que j'avais plus récemment résisté à la tentation de le brader aux deux Anglais ?

Ils étaient d'ailleurs revenus à la charge, ces deux-là, plus sournoisement, en proposant à Françoise quelques heures de ménage chez eux. Les malins ! Cette tâche, Françoise l'accomplissait désormais les mardis et jeudis, sans rechigner, comme tout ce qu'elle faisait. Et cela me donnait à moi le sentiment d'être un fainéant capitalisant sur l'alibi de finir par mettre la main sur un moteur de bateau plutôt que de me contenter d'un emploi de vendeur de poisson chez sa copine Thérèse, comme n'importe quel chômeur analphabète doté d'un peu de bon sens en aurait rêvé. Qu'aurait pensé mon père de tout ça ?

Comme Françoise, serviette à la main, attendait que je sorte de la douche, je lui livrai une autre bonne raison de ne pas poursuivre mes activités de livreur Amazon avec Maxence.

— Justement, Françoise, c'est la peur de prendre goût au petit confort qui m'empêche d'envisager cet emploi ! Lui rappelant que mon objectif restait de reprendre mon activité de pêche, plutôt que de finir comme manutentionnaire chez Amazon.

Ce à quoi elle rétorqua tout en me frictionnant le dos que si mon objectif était d'économiser pour acheter un moteur, ce boulot était tout indiqué pour moi. C'était ma chance, une belle opportunité !

— Réfléchis bien, mon Stan… Je comprends que tu rechignes à travailler dans la poissonnerie de ma copine Thérèse, mais ce boulot-là, il me semble tout à fait dans tes cordes, au contraire.

C'est vrai que j'aurais dû y réfléchir. Et lui révéler toute la vérité, parce que les mensonges nous font perdre un temps fou dans la vie, si désespérément courte, on le sait à partir d'un certain âge. Il m'aurait fallu tout lui dire de ce qui s'était réellement passé cette première nuit-là. Lui raconter l'arnaque, le visage blême des camionneurs dans le faisceau des lampes torches tandis que Maxence et son complice gardien de prison menaçaient d'immobiliser leurs véhicules. Et puis Nadine, la redoutable Nadine, avec sa technique d'aguicheuse, sa jupe et son maquillage qui la faisait ressembler à un scarabée. Aussi attirante que répugnante. Ses longs cheveux noirs, laqués-luisants, tel un casque d'obsidienne reposant sur ses épaules. Autant à l'aise dans l'obscurité des parkings qu'une divinité égyptienne dans l'histoire du temps. Sa façon de tout contrôler, de dire « mon Max » à son homme, de me parler à moi comme à un larbin. Et toutes ces marchandises spoliées, que j'avais transportées dans mon fourgon, et empilées dans un conteneur en marge du port de Calais où Maxence et Françoise possédaient leur villa, une baraque au décor de lupanar, achetée sous un nom d'emprunt. Mais surtout, et c'était ça le plus grave, que je m'étais moi aussi prêté cette nuit-là au jeu avec mon brassard orange, sommant les chauffeurs de me présenter leurs papiers et les clés de leurs camions, et que rien ne s'était passé comme prévu. Parce que j'avais eu peur, et que cette frayeur avait été lue dans mon regard. Oui, lorsque j'avais voulu me prêter au jeu de mes compères, ça avait failli immédiatement mal tourner par ma seule faute. Un routier s'était même furieusement rebellé, forçant Jonathan à lui distribuer quelques concrètes paires de claques devenues des coups de poing, tout ça pour le calmer. Le « refroidir », comme il disait. Ce qui m'a considérablement choqué, je dois bien le reconnaître. J'avais mesuré à cet instant toute la difficulté pour moi d'endosser le costume et le mental d'un bandit.

Je ne me suis jamais senti une référence en termes d'honnêteté, loin de là. Par exemple, il m'est arrivé au cours de ma vie de me laisser aller à commettre quelques menus larcins, notamment dans les grandes surfaces. Décoller l'étiquette d'une boîte de conserve discount pour la mettre sur une autre, plus chère ; ajouter de temps à autre quelques fruits dans le sachet une fois l'étiquette de prix imprimée par la balance électronique ; ou « oublier » parfois un produit au fond de mon caddie en passant à la caisse. Pour les faits les plus graves, je me suis même livré un jour à de la corruption, en soudoyant l'inspecteur de l'auto-école afin qu'il me délivre mon permis de conduire. Bien ennuyé que j'étais alors de ne pouvoir déchiffrer certains panneaux, particulièrement ceux qui surplombent les autoroutes et où des phrases lumineuses s'affichent, vous prévenant de je ne sais quoi en clignotant. Oui, voilà, je l'avoue, j'avais eu le cran un jour de proposer à un inspecteur d'auto-école une poignée de billets en échange de mon permis. Et l'inspecteur, jeune père de famille dont l'épouse était à nouveau enceinte alors qu'elle venait d'accoucher, avait accepté le dessous de table. « Un service réciproque », m'avait-il dit. Sans doute parce qu'il avait bien vu que je me débrouillais sans problème au volant d'une voiture, pour avoir commencé à conduire dès l'âge de seize ans. Le fait que je ne sais ni lire ni écrire m'a ainsi obligé en toutes choses à devoir m'arranger des lois et des convenances.

Mais là, il s'agissait d'une autre paire de manches, ça n'était plus avec un jeune inspecteur d'auto-école que je devais négocier, mais avec ma propre conscience. Et ce petit jeu-là ne faisait pas partie de mes habitudes. Je m'étais toujours considéré comme plus ou moins rebelle et marginal. Si je l'avais été, c'était par goût de la provocation, pour le plaisir enfantin de déranger, de me sentir appartenir à la caste des voyous, en opposition à la norme. Et j'avais pu mesurer, au contact de ces petits bandits, qu'en fait de voyoucratie, j'avais atteint mon seuil de compétence.

Selon Maxence qui me prit à part à l'issue de cette première nuit d'apprentissage, tandis que je l'aidais à empiler des cartons dans son conteneur, ce trac, cette crainte d'être malhonnête, provenait de mon éducation. Ça n'était pas ma faute, après tout, si j'étais né dans un modeste milieu d'immigrés, me dit-il, précisant que la société, pour ce qu'il en avait compris, se divisait en deux grandes catégories : les bergers et les moutons. Que les bergers, incarnés par les hommes politiques, étaient essentiellement conditionnés dès leur plus jeune âge à se croire supérieurs aux autres. Qu'on leur inculquait le sens de l'autorité dans des écoles de commerce ou de sciences politiques. Qu'une fois sortis de ces pouponnières, bardés de diplômes, la notion d'honnêteté était relativisée par la conscience qu'ils avaient de devoir diriger le troupeau et, le cas échéant, de le saigner comme de le tondre, sans états d'âme. « Et toi, mon pauvre Stan, ton problème c'est que justement, tu en as une, d'âme, une âme de pauvre. Et que cette âme, que tu traînes comme un boulet, t'oblige, comme un patron le fait avec son employé… »

Comme je ne devais pas avoir l'air très convaincu, il m'expliqua que tous ces camionneurs étrangers, dont il avait choisi de tirer profit, étaient des êtres sans vergogne qui non seulement se foutaient de savoir si les marchandises qu'ils transbahutaient en provenance de l'Orient et de l'Asie – où le coût de la main-d'œuvre était dérisoire – risquaient de couler notre économie occidentale, mais qu'ils n'avaient pas plus de scrupules à nous prendre nos emplois de maçons ou de charpentiers. Surtout, et là c'était l'argument massue, qu'ils venaient tous ici pour violer nos femmes. Oui, finalement, c'était encore ça qu'ils préféraient nous prendre, ces étrangers : nos femmes. Thèse soutenue par la pétulante Nadine, qui ne mâchait pas ses mots elle non plus, lorsqu'il s'agissait de qualifier ces « putains de crouilles » d'Albanais, de Turcs, d'Italiens et j'en passe, qui auraient voulu qu'elle fasse avec eux ce qu'ils n'auraient jamais permis à leurs propres femmes, sœurs ou cousines.

Maxence, je le reconnais, n'avait pas tout à fait tort à mon sujet, parce que j'étais bel et bien né dans une famille de pauvres, éduqué par un père complexé, que j'avais vu toute mon enfance se donner un mal de chien pour s'intégrer à ce qu'il imaginait être la bonne société française. Celle des petits notables de province, commerçants, patrons de pêches, employés de l'administration, qui ne manquaient jamais de le ramener à ses origines. D'où chez mon père cette obsession de limer son accent lorsqu'il déroulait à son interlocuteur un tapis rouge de formules de politesse surannées et apprises par cœur. Par exemple, il ne disait pas juste « s'il vous plaît », mais rajoutait « je n'en ferai rien » ou « tout le plaisir est pour moi » ou « c'est la moindre des choses » lorsque quelqu'un le doublait dans la file d'attente de la boulangerie ou du cinéma. Ce que les gens n'hésitaient pas à faire tant mon père portait sur lui les stigmates des êtres éternellement inhibés, inférieurs, et sur lesquels on peut nonchalamment s'essuyer les pieds.

Maxence avait vu juste, j'étais fondamentalement le fils d'un type comme ça.

Le lendemain soir, j'ai hésité à rejoindre le parking de Gravelines, un autre rendez-vous de camionneurs où j'étais censé retrouver mes camarades pour me livrer à une nouvelle tentative. Envahi par le doute, me regardant dans le miroir du coin buanderie, j'ai formulé quelques prières à voix basse : « Dieu, si tu existes… » Et puis je lui ai demandé de me montrer le chemin dans cette tempête de la vie, et de me protéger des chimères, surtout. Je l'ai déjà dit, je n'ai jamais vraiment cru en Dieu, dont j'ai toujours pensé que s'il existait réellement, il mériterait d'être traduit devant le tribunal de La Haye pour tous les crimes contre l'Humanité dont il a été un témoin passif, mais tout de même, j'ai ressenti le besoin de m'en assurer une fois encore. Avec la ténacité requise pour actionner le fil du démarreur d'un moteur encrassé, j'ai donc énoncé ma demande : « Dieu, si tu existes, montre-moi la voie, prête-moi les outils du courage ! Tu m'entends ? Dieu ! Dieu ! »

Et là, j'ai eu une sorte de révélation. Oui. En me retournant, je me suis retrouvé le nez dans les uniformes de gendarmerie que Françoise avait lavés et suspendus à des cintres. Pas moins d'une dizaine de vestes alignées avec la rigueur d'une escadrille, dont les bandes fluorescentes luisaient dans la pénombre. J'ai ressenti un choc peut-être équivalent à celui éprouvé par Moïse dans l'épisode du buisson ardent. Toute cette armée vestimentaire semblait attendre une consigne de ma part. J'en ai eu le souffle coupé. Après une courte hésitation, je me suis autorisé à enfiler l'uniforme de Luc qui, à vrai dire, était le seul à ma taille, et où Françoise avait brodé une étiquette nominative rouge et blanc comme c'est l'usage pour les gosses qui partent en pensionnat.

Passé le stade du dégoût, j'ai été pris d'un vertige du genre de ceux qu'éprouvent les enfants lorsqu'ils étrennent leur première panoplie de cow-boy ou d'aviateur. Et au sujet duquel je peux me demander désormais si je n'ai pas été victime d'une première bouffée délirante. Il y avait la sensation du tissu acrylique matelassé, un peu rigide juste ce qu'il faut, comme c'est le cas des vêtements de sport d'hiver. Toutes ces poches à velcro et fermetures éclair, prévues pour le rangement des accessoires nécessaires au maintien de l'ordre : menottes, sifflet, bombe lacrymogène, matraque électrique, jumelles... Mais ce qui me fascinait tout particulièrement, c'était ce galon sur le bras, celui de lieutenant, ce fameux grade qui faisait la fierté de Luc. Ce petit bout d'étoffe surpiqué de fil doré qui vous procurait un ascendant immédiat, pas seulement sur le quidam, mais sur les autres gendarmes. Toucher ce galon me fit un effet irréel, des frissons me remontaient dans tout le corps. J'étais comme sous emprise, et je me suis rappelé ce jour où Luc était rentré à la maison avec cette distinction. Son drôle de regard, son sourire affligeant. C'était d'ailleurs à partir de là qu'il avait commencé à donner du « Brigadier » à son frère Fabien, exigeant qu'il lui réponde par « Mon lieutenant ». Oui, Luc avait indéniablement perdu la boule en accédant à ce grade. Parce qu'il en est ainsi du pouvoir, dont on dit communément qu'il monte à la tête, aussi abruptement que la plus brûlante des eaux-de-vie. En me contemplant dans le miroir, ce soir-là, je parvenais à envisager le désordre psychologique qui avait affecté Luc. Il fallait bien une veste aussi solide et toutes ces fermetures pour contenir un tel désordre mental, et à y regarder de plus près, cet uniforme n'était pas si différent d'une camisole de force.

Lorsque le même soir, sur les coups de vingt-trois heures, j'ai débarqué dans la zone des sanitaires du parking de Gravelines, je suis resté un moment en retrait à observer Maxence et son fidèle Jonathan qui s'en prenaient à un routier. L'Italien réagissait laconiquement aux invectives de Maxence. Il lui riait même un peu au nez alors que ce dernier tentait de l'impressionner avec la peine encourue pour avoir sollicité une relation sexuelle tarifée. Il devait être habitué, ce bougre de camionneur, à négocier avec des policiers corrompus qui sont légion en Italie. En fait de contribution pour les orphelins de la gendarmerie, il était en train de proposer à Maxence de lui faire don d'un joint d'herbe – à moitié consommé le joint – qu'il disait avoir conservé précieusement dans sa poche pour son petit-déjeuner du lendemain. Maxence, qui ne se laissait pas déborder par les pitreries de l'énergumène transalpin, continuait d'énoncer calmement les peines prévues par les textes de la loi française, ajoutant au proxénétisme la consommation de stupéfiants qu'il évaluait de façon exagérée à cinq années de prison supplémentaires. Là, le chauffeur, visiblement enfumé, est parti dans un long fou rire. Bref, il ne croyait pas un traître mot de ce qu'était en train de lui promettre Maxence, qu'il surnommait « il mio piccolo poliziotto », avec l'affection réservée à un ours en peluche.

Je suis resté en retrait à observer tout ce cirque depuis ma camionnette. Comme un acteur assis au bord de la scène ou un marmot en train de contempler un spectacle de marionnettes. J'hésitais à en rire ou à m'en émouvoir.

Au moment où Jonathan s'apprêtait à intervenir avec toute la violence dont je le savais capable, en distribuant des claques maison au camionneur pour lui faire retrouver le sens du respect, je fis irruption dans mon sensationnel uniforme de gendarme, ma lampe torche braquée dans leur direction. À cet instant, l'Italien, Nadine, Maxence et Jonathan se sont retournés et je ne suis pas près d'oublier leur expression. Ils avaient la bouche ouverte, incapables qu'ils étaient d'articuler le moindre mot. C'était peut-être aussi parce que je m'étais appliqué à moduler ma voix et que le faisceau de ma puissante lampe, celle dont je me servais sur mon chalut, les empêchait de me reconnaître. Leur attitude m'évoquait celle d'un groupe de pèlerins victimes d'une hallucination collective à Lourdes ou d'une bande de campeurs témoins de l'atterrissage d'une soucoupe volante. Ces situations surnaturelles où les mots ne sont plus d'aucune aide, et particulièrement ceux qui font les formules de politesse. Profitant de la stupeur générale, j'ai hurlé « Que se passe-t-il ici ? Tentative de corruption ? » en continuant de braquer le puissant faisceau lumineux sur leurs visages figés. Le routier italien, qui tenait encore son joint à la main, cessa de fanfaronner et se mit à bredouiller des justifications en mauvais français. Aux peines décrétées par Maxence, j'ajoutai la tentative de corruption d'agent des forces de l'ordre, qui lui faisait encourir pas moins de six années d'emprisonnement supplémentaires. Afin de ne laisser aucune place au doute, je fis mine de me servir de mon téléphone comme d'un dictaphone pour notifier, à voix haute, une contravention avec ordre de saisie du camion et mise en garde à vue immédiate de son conducteur. Sur le ton que les patrons ou les chirurgiens emploient en général pour dicter des comptes rendus à leur secrétaire. Me penchant vers Maxence, je lui demandai avec cette même voix assurée s'il avait bien été confronté à une tentative de corruption. Ce qu'il me confirma d'un hochement de tête. Sans prononcer un mot, par crainte de saboter mon numéro d'acteur par une maladresse. J'étais bon, oui, je me sentais réellement très bon, très puissant. Porté par la grâce.

Lorsque je lui notifiai derechef la possibilité de modérer la sanction s'il faisait un don à la Loterie nationale des orphelins de la gendarmerie, le chauffeur italien n'a même pas cherché à négocier. Ni une, ni deux, il nous a ouvert en grand les portes de sa remorque, qui contenait un important stock de téléphones portables, avec en prime quelques billets de cinquante euros, que ce nigaud apeuré glissa furtivement dans ma poche en guise de remerciement pour ma mansuétude. Avant de remonter dans son bahut et de disparaître pour toujours dans la perspective brumeuse de l'autoroute.

Nous nous sommes retrouvés tous les quatre sur le parking. Mes complices, très désarçonnés par ce numéro de bluff, s'approchèrent en me dévisageant avec béatitude.

— Mais c'est dingue, Stan, où t'as dégoté cet uniforme ? Ça a dû te coûter un bras !

Maxence s'exclamait en caressant les bandes fluorescentes de ma veste, mais avec précaution, comme s'il risquait de se brûler les doigts ou de se compromettre en y laissant ses empreintes digitales.

— Ça va te paraître dingue, mais pendant quelques secondes j'ai vraiment cru avoir affaire à un authentique gendarme !

Et moi de minimiser en expliquant que cet uniforme provenait d'un vide-grenier, où je l'avais négocié pour une dizaine d'euros seulement.

Nadine, qui ne m'avait pas montré beaucoup de sympathie lors de mon premier soir d'essai, semblait elle aussi tourneboulée.

— T'as raté ta vocation Stan, moi je dis que c'est pas « marin pêcheur » que t'aurais dû faire, mais amiral ! C'est fou comme tu portes bien l'uniforme. Tu dois avoir ça dans tes gènes, m'a-t-elle susurré, avec dans les yeux un air tout à fait coquin. Comme si, à partir de là, je pouvais lui demander ce que je voulais.

En l'occurrence, ce que justement elle ne faisait pas aux camionneurs étrangers dans les W.-C. du parking. Ça n'a pas échappé à Maxence qui a eu un très démonstratif fou rire tout en lui collant une tape sur les fesses :

— Le prestige de l'uniforme, et après on dira que le costume ne fait pas le moine, hein, ma Didi, il t'excite le Stan avec son style autoritaire ! Ça te change des pouilleux dans mon genre !

Puis, se tournant vers moi :

— Bon, Stan, je dois t'avouer que l'autre soir, on a eu un petit doute à ton sujet, mais là, il est complètement dissipé. Tu es engagé dans l'équipe et le partage se fera à parts égales.

Jonathan, qui semblait nettement plus réservé, me fit répéter le nom du village où avait eu lieu le vide-grenier qui m'avait permis de dénicher un tel uniforme, si bien entretenu, avec ces authentiques galons. En tant qu'agent pénitentiaire, il était bien placé pour savoir que ces tenues de gendarme étaient interdites à la vente même dans les surplus militaires. Il m'a dévisagé longuement avec son sale regard de fouine, inspectant chaque couture de ma veste, de mon calot, de mes gants, comme s'il cherchait à en percer le mystère. J'ai bien vu là le petit maton, méfiant, intrusif, qu'il devait être. Du genre à vous plaquer contre un mur pour se livrer sans prévenir à une fouille corporelle impromptue et violente. Comme je lui assurai ne plus me souvenir du nom du patelin où j'avais dégoté cet uniforme, il se contenta de marmonner un « ouais, ouais » dubitatif.

Cet uniforme, il aurait sans doute été plus simple d'avouer que je l'avais emprunté à l'un de mes fils, mais j'ai préféré m'abstenir. Toujours ce sentiment de honte poissarde. Je pouvais à la rigueur assumer le fait de truander, d'être un fieffé cochon capable de mentir à sa femme pour rejoindre le soir venu une bande de voleurs à la petite semaine, mais plus difficilement celui d'être le père de deux gendarmes. Un sujet tabou. En général, lorsqu'on me demandait quels métiers exerçaient mes garçons, j'improvisais, allant parfois jusqu'à leur inventer de graves problèmes psychiatriques nécessitant un internement de longue durée, ce qui coupait court à toute curiosité.

J'avais de toute façon quelques raisons de me méfier de Jonathan, qui était suspicieux à un point pathologique. Le mot paranoïaque semblait avoir été inventé pour un type de son acabit. Et puis, révéler la fonction de mes fils à mes nouveaux camarades de jeu aurait forcément enrayé l'élan positif de Maxence à mon égard. Au moindre problème, j'aurais été suspecté de jouer les balances, alors non, le mieux était finalement de garder tout ça pour moi.

Ainsi, les affaires se sont mises à marcher et je ne pouvais que m'en féliciter. Cela peut sembler ridicule, mais j'avais à ce moment-là besoin de me rappeler en permanence que j'étais un peu plus qu'un simple nigaud. Bien sûr, j'aurais préféré avoir un travail en règle, comme Jean Armand au sommet de sa grue sur la rade de Calais. Mais en attendant ce jour béni je pouvais déjà me réjouir d'avoir gagné ma place dans cette entreprise frauduleuse. Chaque chose en son temps. Le monde prenait forme, positivement. Et d'ailleurs, en rentrant ce matin-là seul au volant de ma camionnette, je me suis de nouveau surpris à fredonner sur je ne sais quelle idiotie qui passait à la radio. Le paysage même se rendait complice de ce bonheur. Le soleil qui se levait timidement irriguait les plantations de chicons et de betteraves de pâles rayons vaporeux, jetant comme par accident quelques reflets dans les étangs où à la surface de la glaise qui s'ouvrait en généreux sillons, à perte de vue. Çà et là, en bordure de route, des monticules de pommes de terre conféraient à ce plat pays des rondeurs sensuelles de seins, de dômes de basiliques. Le genre de visions qui m'étaient familières lorsque je rentrais de mes nuits en mer. La fatigue me rendait léger, d'humeur presque poétique. Les pylônes électriques, d'ordinaire si rébarbatifs et laids, me faisaient l'effet de géants levant haut leurs bras sur mon passage. Tout m'acclamait, me reconnaissait. Hourra, Stan ! Hourra !

En cela, il est étourdissant le spectacle d'une journée qui commence.

À proximité de la maison, j'ai pris la peine de couper le moteur pour ne pas réveiller les voisins, une autre habitude de mes années de travail nocturne. Franchissant les derniers mètres du lotissement en roue libre, tous feux éteints, je me suis garé en marche arrière, cul à cul avec la porte du garage. Mais alors que je déchargeais le stock de smartphones confisqué au camionneur italien pour l'entreposer dans la buanderie, toujours dans l'obscurité, cet abruti de Marcelin s'est mis à aboyer depuis la cale du *Warliss*. Fort, très fort. Et puis, suspectant un intrus, il a bondi hors du navire pour venir grogner devant la porte du garage que j'avais eu, de fait, la plus grande peine à fermer sans en faire couiner les roulettes. Comme devenu fou, l'animal se jetait de tout son poids contre la porte, et ça faisait un boucan à réveiller tout le quartier. Et ce bâtard n'obéissait à aucune de mes injonctions, formulées, il est vrai, à voix trop basse.

— Chuuut, Marcelin, c'est moi, t'entends !

Loin de se calmer, c'est désormais avec sa tête qu'il cognait contre la tôle, avec la fougue d'un bouquetin. Et ça faisait bong, et bong, et re-bong !

Jusqu'à réveiller Françoise, évidemment, qui a surgi dans la semi-pénombre du sous-sol, en peignoir. Toute dépeignée, en pétard, livide d'inquiétude.

— Mais qu'est-ce que c'est que ce raffut ! Et tout ce matériel, d'où ça sort ? a-t-elle lancé en désignant mon butin de téléphones portables que je peinais à dissimuler sous une bâche plastique.

— Hein, ça ?... Rien, trois fois rien, ce sont des articles que les gens commandent sur Amazon !

— Ah bon, et pourquoi Amazon ne les stocke pas dans ses hangars ? Ça serait quand même plus régulier. Imagine qu'on ait une inondation ou un incendie, qui c'est qui paiera la casse ? Ça serait quand même ballot qu'on ait encore des problèmes avec les assureurs, hein mon Stanou !

— Oui, heu... Alors, en fait, la situation est un peu plus compliquée, Françoise.

— Qu'est-ce qui est compliqué ?

— Ben, en réalité, tous ces produits sont des invendus dont Amazon m'a fait cadeau !

— Cadeau ? Invendus ?

— Oui, comment te dire... le temps qu'on livre les clients, figure-toi que de nouveaux produits plus modernes ont été mis sur le marché, alors... Alors, les clients refusent ceux qu'ils ont commandés initialement pour exiger la version plus récente...

— Vraiment ? dit-elle, l'air dubitatif, en se donnant quelques coups de brosse à cheveux, qu'elle garde par habitude dans la poche de son peignoir.

— Oui, vraiment, ai-je poursuivi. Et comme les gens d'Amazon ne veulent pas se retrouver avec un trop gros stock de produits refusés sur les bras, plutôt que les renvoyer aux fabricants, ce qui leur coûterait une fortune en frais de transport, ils préfèrent nous en faire cadeau, à nous, les chauffeurs... On vit vraiment dans un monde de dingues ! ai-je conclu en empilant les cartons, avec l'air accablé d'un employé subissant les directives extravagantes de son entreprise.

— Et... et tu comptes en faire quoi, de tous ces produits obsolètes ? ajouta-t-elle d'une voix émue, en se penchant sur les smartphones comme on s'apitoierait sur des chatons abandonnés.

— Eh bien, je... je ne sais pas. Je me disais qu'on aurait pu les refourguer à des surplus de produits démarqués. Tu sais, ces hangars le long de la nationale. En les négociant au rabais, on pourrait rapidement amasser de quoi investir dans un nouveau moteur pour le *Warliss*. D'autant qu'à l'avenir, je risque d'en rapporter d'autres, de ces marchandises refusées par les clients, et il serait dommage de les laisser pourrir dans notre garage, hein ?

Le mensonge était énorme, et aujourd'hui encore je me demande comment Françoise a pu avaler un truc pareil. Mais je crois qu'il y a dans la vie des moments où la conscience ne demande qu'à se faire duper. Peut-être sentait-elle que tout ça était malhonnête. Mais comment résister à l'idée que la folie du monde ne fonctionne pas toujours à sens unique ? Qu'Amazon, cette énorme verrue tentaculaire, n'était pas juste là pour vous plumer ou couler définitivement le commerce de proximité, mais pouvait à l'occasion se révéler généreux avec ses employés ? On entendait tant et tant d'histoires abracadabrantes sur le sujet du commerce et les méandres du recyclage, à commencer par ces fabricants qui, paraît-il, concevaient des objets censés ne pas durer. Le bobard que j'avais servi à Françoise au sujet de ces smartphones et des futurs produits dont Amazon me gratifierait n'était finalement pas plus fou ni plus laid que cette folie commerçante qui nous était imposée par les médias et les campagnes marketing. Tout cela revenait en fait exactement au même. Et puis, plus prosaïquement, il faut reconnaître qu'ils étaient tout de même épatants, tous ces téléphones dans leur emballage flambant neuf. C'était un peu Noël avant l'heure dans le sous-sol de notre modeste demeure.

Concernant la revente de cette cargaison et de celles à venir, Françoise trouvait plutôt risqué de courir les marchands de matériel d'occasion qui formaient, il faut le reconnaître, une société assez peu recommandable. Ces hangars refourguaient principalement des marchandises saisies par les douanes, ou de la contrefaçon de basse qualité. Des outils fabriqués en Chine qui se déformaient ou tombaient en panne dès les premières manipulations. Des denrées avariées, ou des cosmétiques qui vous collaient des boutons, bons pour la poubelle. Bref, selon mon épouse qui était très loin d'imaginer, la pauvre, dans quelle combine elle s'apprêtait à tremper, céder nos produits à ces marchands revenait à donner de la confiture aux cochons !

Réflexion faite, elle décréta que le mieux, à l'avenir, serait de passer par Leboncoin ou plus simplement, de créer notre propre compte de vente sur Instagram.

Grâce à ma nouvelle méthode, les affaires avec Maxence, Jonathan et Nadine tournaient bien. Pour varier les plaisirs et ne pas nous faire repérer, nous avions élargi notre périmètre d'action, poussant parfois jusqu'aux abords de la frontière belge. Là où transitent des camions en provenance du nord de l'Allemagne, ce qui nous garantissait des marchandises de qualité. Au fil de nos expéditions nocturnes, je ne désespérais pas de tomber sur des pièces mécaniques, voire sur un moteur complet pour le *Warliss*. Je convoitais surtout un moteur de la marque MTU : des engins solides, économes, recouverts d'une épaisse couche de peinture bleu céruléen résistant à la rouille. Une telle acquisition m'aurait permis de mettre un terme à mes activités illégales et de reprendre la pêche. En même temps je ne sentais pas un réel enthousiasme de la part de mes comparses à cibler ce genre de transporteurs routiers. Eux visaient en priorité les produits de luxe, précieux, tape à l'œil, faciles à écouler. Dans ce but, il arrivait aussi que nous tombions sur des chargements entiers de pures imitations, sacs Vuitton, Rolex, etc., façonnés dans les pays de l'Est ou en Turquie, et qui s'écoulaient en un temps record sur les plateformes de vente en ligne, assez peu regardantes il est vrai quant à l'authenticité des étiquettes.

Pour gagner en crédibilité dans mon rôle de gendarme et éviter d'être reconnu, j'avais investi dans des postiches, moustaches et lunettes de vue que je portais comme ça, pour l'aspect sévère que me conféraient les épaisses montures en écailles. Oui, vraiment, je l'avoue, j'avais pris goût à me grimer au point d'en avoir des frissons lorsque je croisais mon reflet dans le miroir de la buanderie. Il m'arrivait même de me donner des ordres à moi-même, m'interpellant par mon grade :

— Lieutenant Warliss, tenez-vous droit. Virez-moi ce sourire ! Un coup de peigne ne serait pas superflu, un coup de rasoir non plus ! L'œil plus vif, je vous prie !

Et ça marchait, oui, très bien, même. De ma vie, je ne m'étais jamais senti aussi rassurant pour moi-même. Aussi fort. Cet uniforme valait bien mieux que le plus efficace des antidépresseurs, voilà exactement ce que je pensais. Lorsque, la nuit venant, je posais un pied sur le bitume des autoroutes, je n'étais plus Stanislas Warliss, citoyen analphabète de seconde zone, mais je devenais un représentant des forces de l'ordre. Et le regard que je portais désormais sur le monde n'était plus subjectif, découragé et critique, mais placide et assermenté. J'incarnais le tangible, la pertinence. Seul un gendarme ou un policier sait la satisfaction que procure ce pouvoir. Parfois, cela donnait lieu à des situations tout à fait indépendantes de ma volonté. Comme ce jour où j'ai empêché un groupe de supporters de foot de s'en prendre à un caissier de station-service. Ces abrutis avinés qui se rendaient en bande à Lens pour assister au match n'avaient pas supporté la vue d'écharpes du PSG dans les rayons du magasin et, n'ayant trouvé rien de plus malin à faire, s'en étaient pris au type qui tenait la caisse. Un petit jeune en l'occurrence, qui faisait ce job de nuit pour payer ses études et avait eu la maladresse de leur dire que les activités footballistiques le passionnaient à peu près autant que les concours du plus rapide mangeur de saucisses. Ça avait mis hors de lui l'un des supporters qui avait gueulé qu'on ne pouvait pas être un « humain normal » si on n'aimait pas le foot. Et tous ces décérébrés de faire gicler leurs bières sur les rayons en braillant l'hymne de leur club. Un vrai troupeau de nazillons animés par une fougue que rien ne semblait pouvoir endiguer. Mais lorsque j'ai fait irruption dans la boutique en réajustant mon calot et en hurlant que j'allais procéder à un test d'alcoolémie général, ça a bien calmé tout ce petit monde et je n'ai pas boudé mon plaisir à leur faire éponger les flaques au sol avec leurs écharpes de supporters. L'image de ce troupeau de porcs avinés en train de faire le ménage à quatre pattes reste pour moi un souvenir extraordinairement satisfaisant. On a les plaisirs que l'on peut.

L'argent rentrait et c'était joyeux. Pour la première fois avec Françoise, nous nous octroyions des petits plaisirs bourgeois, comme aller au cinéma le samedi après-midi. Flâner dans les couloirs du centre commercial de Saint-Martin pour y faire du shopping. Objets décoratifs charmants, bougies parfumées. Nouveaux meubles pour la maison, que nous envisagions dans un style « bohème » et qui nous changeaient de nos vieux canapés et commodes de bois vernissé que j'avais pris d'ailleurs un plaisir fou à bazarder à la benne. Tous si tristes et démodés qu'Emmaüs les avait jugés impropres à la récupération. Aux produits alimentaires discount, nous préférions désormais ceux issus de l'agriculture biologique, beaucoup plus chers certes, mais qui nous donnaient l'impression d'appartenir à un monde intelligent

En revanche, nous nous révélions remarquablement timides dès lors qu'il s'agissait de refaire notre garde-robe, aussi sans doute parce que nous découvrions à quel point les coupes de vêtements avaient évolué et semblaient désormais réservées à des corps sveltes et jeunes. Ce que nous n'étions plus, nous en prenions conscience ici. J'encourageais tout de même Françoise à céder à des caprices de minette, en lui offrant une belle montre, une paire de lunettes de soleil de qualité pour mettre son merveilleux regard à l'abri des U. V., et des chaussures dont la hauteur des talons l'obligeait à réapprendre à marcher. Et je ne manquai pas, ce jour-là, de sourire en la regardant emprunter les escalators du centre commercial, aussi mal assurée dans ces souliers que si elle était affublée de patins à roulettes.

Parfois aussi, nous nous contentions de rester assis sur les imposantes banquettes des allées climatisées, parmi les plantes vertes, bercés par la musique d'ambiance. Pour le seul plaisir de regarder les gens passer, sans prendre le risque d'être confondus avec les SDF qui venaient aussi s'y affaler. Nous découvrions ainsi le loisir de ne rien faire, de savoir perdre du temps. Le vrai luxe, finalement. Nous n'aurions pas été plus heureux je crois de bénéficier d'une chaise longue à nos initiales sur je ne sais quelle plage de Saint-Tropez ou sur la Croisette.

Lorsque nous passions devant la poissonnerie de Thérèse, je souriais intérieurement à l'idée que j'aurais pu me retrouver derrière cet étal, déguisé en marin, en train de faire des grâces aux clients.

À la maison, il y avait aussi quelque chose de très réconfortant à observer mon épouse jouer à la marchande avec nos produits « tombés du camion », dont elle baissait de moitié les prix, vérification faite sur les sites de Darty ou Carrefour pour les rendre accessibles aux moins fortunés. Enfin, il lui fallait les trier par catégories, les peser pour les envois postaux, les photographier sous des angles avantageux, ce à quoi Françoise se livrait dans l'ancienne chambre de Luc et Fabien, transformée pour l'occasion en mini-studio photo. Elle œuvrait principalement sur les réseaux sociaux sous le pseudonyme de @francescaprixcasses. Pour rendre crédible son activité, elle endommageait ou rayait un peu les emballages qu'elle présentait comme « article de seconde main ». Et, pour ne pas éveiller les soupçons, elle continuait de blanchir les vêtements de la gendarmerie et de passer l'aspirateur chez quelques voisins, dont les deux Anglais du bout de l'allée.

C'est d'ailleurs à cause de ces deux Anglais que les ennuis ont failli arriver, ce jour où Françoise m'a confié avoir accepté de leur céder une vingtaine de ces téléphones portables récupérés dans la remorque du camionneur italien. Comme je lui faisais part de mon inquiétude à l'idée qu'ils nous attirent des ennuis en les revendant à leur tour, reprochant à Françoise son manque de discrétion, elle avait tenté de me rassurer en me jurant qu'ils étaient des gens dignes de confiance. John surtout, le plus âgé des deux, qui était un « ex-garde-côte », selon elle. Je lui ai demandé, inquiet, d'où elle tenait cette information, ce à quoi elle m'a dit l'avoir découvert en époussetant chez eux quelques photos encadrées. Sur l'une d'elles, un petit cliché datant des années 1970, pris sur un patrouilleur de la Royal Navy, John Dunhill, plus jeune de quarante ans, y apparaissait vêtu d'un costume militaire de camouflage comme en portaient effectivement les gardes-côtes anglais autrefois. Françoise m'a tout de même avoué avoir été fort surprise que John, une fois en possession de son lot de téléphones portables, les avait désossés pour en récupérer les composants électroniques que lui et son compagnon semblaient utiliser pour de mystérieuses expériences en lien avec le son et la musique expérimentale dans le sous-sol de leur belle maison, transformé en laboratoire et dont la porte vitrée restait hermétiquement fermée.

Tout cela m'intriguait énormément, même si je me faisais un devoir de ne rien laisser paraître. Je décidai d'être plus vigilant et encourageai ma trop bavarde épouse à faire de même.

Pour autant, animé par une curiosité quasi obsessionnelle à leur égard, je pris l'habitude de me poster à la lucarne de la salle de bains avec mes jumelles. Et ce que j'observais n'était pas pour me rassurer car, certains jours, Irving Dunhill se livrait à un étrange manège : il disposait sur sa pelouse un aquarium dans lequel tournoyaient quelques truites, puis il orientait vers elles une sorte de microphone de conception artisanale. À quoi tout cela rimait-il ? À quels genres de jeux pervers ces individus s'adonnaient-ils ? Par mesure de sécurité, j'ai pris garde à ce que Marcelin ne s'aventure plus au bout de l'allée.

Dès le début, Luc et Fabien se sont montrés plutôt suspicieux quant à mon emploi de livreur pour Amazon, et plus encore quand ils ont appris que cette société m'offrait des produits refusés par les clients. Lorsqu'ils me demandaient des détails sur les conditions de mon engagement, craignant que je me sois fait avoir comme l'idiot de service que j'étais à leurs yeux, je me contentais d'affirmer que tout était réglo. Agacés, mes fils levaient les yeux au ciel en poussant de profonds soupirs exaspérés.

— T'es en train de nous dire que tu n'as pas de contrat de travail, papa ? C'est ça ? Tu bosses en sous-main pour Amazon et ils ne t'ont même pas fait un contrat en bonne et due forme ? Et ces produits que maman revend sur Internet, t'es sûr qu'Amazon ne va pas lui réclamer un droit de franchise ? Tu crois pas que t'as suffisamment déconné avec l'assurance de ton bateau, tu veux t'attirer les foudres de l'administration fiscale ?

Comme je peinais à fournir des arguments et que Fabien affirmait vouloir mener une enquête sur le sujet, Françoise prit ma défense, clamant haut et fort que ce contrat existait bien et que tout était parfaitement en ordre.

— Ce sont des contrats prévus pour une nouvelle forme de commerce, qui ne concernent que les achats en ligne.

Moi aussi, au début ça m'a surprise, mais c'est bien légal. Même Instagram qui a des tas de moyens de contrôle automatiques, n'intervient pas. Ça veut bien dire qu'il n'y a pas de problème ! disait-elle en martelant la table. Et pour ce qui était de la « petite enquête » que Fabien avait dit vouloir mener, elle se montrait tout aussi catégorique.

En bref, elle recommandait à Luc et Fabien de s'occuper de leurs oignons et de faire preuve d'un peu plus de distance.

— C'est normal que ça vous choque, les enfants. Pour vous qui n'avez jamais manqué de rien, la vie se résume à des formalités et à des articles de loi, et c'est tant mieux. Mais il y a des moments où il faut aussi savoir faire preuve d'imagination, et admettre que le monde du commerce progresse et que certaines choses nous dépassent ! Votre père et moi nous adaptons simplement à notre époque, qui est celle de la compétitivité et du libre-échange, avait-elle conclu en ajustant leur col de chemise, avec l'air attendri de la mère poule qu'elle était.

L'air un peu embarrassée, tout de même. Parce qu'elle devait bien sentir au fond que quelque chose clochait, et qu'ils avaient raison, nos enfants, de s'inquiéter. Mais ce plaisir qu'elle éprouvait à jouer à la marchande l'emportait sur la raison.

Une fois la journée terminée, après avoir expédié tous les colis, Françoise prenait place en robe de chambre et pantoufles devant son ordinateur afin de poursuivre ses activités d'autoentrepreneuse en organisant le service après-vente : conseils d'utilisation sur les produits refourgués, retour de ceux défectueux. Il s'agissait d'être à l'écoute, ce qu'elle faisait à merveille. À l'occasion, il lui arrivait de prendre l'un de ses clients au téléphone. Lors de ces communications qui duraient parfois jusque tard dans la nuit, ces inconnus livraient un peu de leur intimité : problèmes de couple, sexualité, déboires professionnels, tout y passait. Depuis la pièce voisine où je tentais de trouver le sommeil, je l'entendais répondre d'une voix égale : « je vois, je vois… ne vous inquiétez pas, tout ça va s'arranger. Il faut laisser le temps au temps… » et j'en passe. C'était dit avec tant de conviction que moi aussi, j'en arrivais à me convaincre que rien de grave ne se produirait, que tout était pour le mieux dans le meilleur des mondes.

Un soir pourtant, tout a basculé. C'était, je m'en souviens, en février, nous nous étions établis avec Maxence et Nadine sur les anciens parkings de l'Hoverport. En retrait de la zone portuaire de Boulogne-sur-Mer. Un endroit où accostaient autrefois les très prestigieux aéroglisseurs qui assuraient une liaison régulière avec l'Angleterre. De cette période, il ne restait plus que quelques hangars et comptoirs de douanes en tôle rouge et orangée laissés à l'abandon. La gigantesque esplanade jadis destinée à accueillir les touristes fortunés était désormais utilisée comme dortoir par les camionneurs qui économisaient sur les tarifs des zones de repos sécurisées par des vigiles. La municipalité avait installé un coin sanitaire et poubelles à leur intention, qui se démarquait, par sa modernité et son éclairage au néon, de l'ambiance fantomatique du reste du décor. Des buissons avaient envahi une partie de la zone, jusqu'à former par endroits un sous-bois épais, dont les branches d'épineux retenaient les sacs plastiques et autres détritus que ces mêmes camionneurs peu précautionneux balançaient directement depuis la fenêtre de leurs bahuts.

Il faisait un froid de gueux. Les grandes marées poussaient une brume glacée sur la partie nord du littoral. Je la connaissais bien, cette météo sinistre qui, en mer, présente tout de même l'avantage de remplir les filets de merlans profitant des courants pour remonter vers le Danemark et la Norvège. Bref, c'était un soir lugubre à souhait. Maxence, Nadine et moi-même avions trépigné une bonne heure parce que Jonathan avait décidé de nous rejoindre à vélo. Une façon de se mettre en forme pour une compétition qui devait se dérouler le samedi suivant, et en vue de laquelle il lui fallait commencer son programme de produits dopants qui, pris à petites doses, seraient indétectables le jour J dans les analyses de sang.

Nous aurions pu commencer notre opération sans lui, mais il n'y avait aucune activité sur le parking cette nuit-là. Au loin, nous entendions le bruit des vagues et le ronflement des hélicoptères qui effectuaient leurs rondes sur la côte, en prévention du passage de clandestins ou de je ne sais quels trafics organisés par voie maritime à la nuit tombée. Mais peut-être s'agissait-il du naufrage d'un chalutier, parce que les hélicoptères restèrent longtemps en stationnaire au-dessus du phare de la digue Carnot, qui est un coin noirement dangereux à cause de quelques épaves de barges d'accostement de la dernière guerre, lesquelles font mauvais ménage avec les filets et peuvent déséquilibrer une embarcation en moins de temps qu'il ne faut pour le dire.

Bref, nous attendions dans ce coin désert, battu par un vent humide, et ce n'est rien de dire qu'il fallait être en forme pour ne pas succomber au cafard.

Un bref instant, j'ai vu un goéland passer dans la lumière d'un lampadaire. Présence furtive, l'oiseau tenait quelque chose dans son bec que j'ai tout d'abord pris pour un détritus ramassé dans une poubelle du parking, mais en fait de détritus, il s'agissait d'un autre volatile. Vision insolite, le goéland s'était emparé d'un autre oiseau, qui tentait de se soustraire à son emprise. Une chouette peut-être, qui visiblement ne faisait pas le poids. Deux battements d'ailes bruissant dans l'obscurité, un animal dominant et sa proie qui s'acharnait à rester en vie et se débattait. Sans succès. Quelques plumes et fragments de duvets voletaient autour d'eux, tels des flocons de neige.

Là-dessus, Jonathan était arrivé sur sa bicyclette, la lampe frontale vissée à son front luisant de sueur. Essoufflé. Apparemment très énervé par les effets du produit dopant, le corps boudiné dans sa combinaison synthétique dont le comble du ridicule se concentrait au niveau du coussinet sous l'arrière-train, prévu, paraît-il, pour préserver l'entrejambe des irritations. Mais aussi son casque en forme de coquille d'amande, et puis ses chaussures rigides qui lui comprimaient les pieds, et lui faisaient une démarche claudicante. Sitôt descendu de son vélo, Jonathan ne se donna pas la peine de nous saluer, ni même de s'excuser pour son retard, hurlant au diable qu'il s'était perdu en route et avait failli endommager les jantes en aluminium de sa précieuse monture dans des nids-de-poule, assez habituels sur les départementales de la région. Comme si Maxence, Nadine et moi-même y pouvions quelque chose ! Il faut dire qu'il n'y avait effectivement personne d'autre que nous sur qui il aurait pu passer sa colère. Une vraie bombe à retardement, ce soir-là, Jonathan ! Si les produits dopants avaient été phosphorescents, il aurait pu faire office d'ampoule électrique. Littéralement survolté, le gars. Même sa voix semblait différente, comme si elle était montée de deux octaves. Oui, curieusement, la consommation de produits dopants donnait au très viril Jonathan une voix de fausset. Pendant qu'il s'éloignait de sa démarche chaloupée pour arrimer son vélo à un poteau de signalisation et passer un survêtement, Nadine s'est rendue aux W.-C. afin d'enfiler sa tenue. Nous laissant seuls, Maxence et moi-même, face à l'immensité de la nuit. Là, en regardant le ciel, mon vieil ami m'a dit « T'as vu Stan, elle est étrange cette lune... », d'un air interrogatif, plein d'innocence inquiète, comme s'il sentait venir quelque chose. En quelques minutes en effet, le plafond nuageux s'était ouvert sur un ciel illuminé d'étoiles au centre duquel brillait l'astre lunaire. C'était une vision de conte de fées, un paysage comme on en voit seulement en rêve ou dans les livres religieux. Plus aucun bruit, ni celui des hélicoptères, ni même la rumeur de la Manche qui semblait subitement, elle aussi, s'être calmée, comme tenue en respect par ce phénomène céleste irradiant. Maxence est resté une bonne dizaine de secondes le regard porté vers le haut, avec une expression que je ne lui connaissais pas. Quelque chose d'un premier communiant en attente de l'hostie. C'est à ce moment qu'une goutte de sang lui est tombée sur le visage, qu'il a essuyée négligemment du revers de sa manche, imaginant une goutte de pluie, mais qui a laissé sur son front une longue traînée écarlate. J'ai pensé qu'il s'agissait du sang de l'oiseau qui se débattait quelque part au-dessus de nous. Cette idée m'a procuré une sensation si morbide que j'ai préféré ne rien dire à Maxence. « Oui, me suis-je contenté de répondre en levant la tête, t'as raison Maxence, elle est vraiment belle cette lune... »

Il y a eu là un assez long silence, habité par le seul bruit de nos respirations qui matérialisaient dans l'air des volutes vaporeuses et bleutées. Le genre d'instant qui vous donne envie de fredonner, mais alors à voix très basse, pour ne rien déranger de l'équilibre des choses. M'est alors revenu le souvenir de nous, plus jeunes, lorsque nous rêvions à un autre destin et nous retrouvions dans des patelins paumés pour y installer des sonos et des lumières, avec l'ambition de partager notre passion pour la musique. Nous étions alors si insouciants ! Rien ne nous semblait impossible. Nous méritions l'amour et la confiance des autres. J'aurais presque pu, en tendant l'oreille, saisir quelques notes de musique restées en suspens dans l'atmosphère. L'âpre voix de Neil Young, par exemple, avec ses accords de guitare scandés. Ce rythme lourd, un peu boueux, ou encore celui, virevoltant, de ce groupe dont j'ai oublié le nom et qui chantait *The horse with no name*, dont Maxence connaissait les paroles par cœur, autrefois. Oui, à cet instant, je me suis retenu de demander à Maxence s'il se souvenait encore de cette drôle de musique qui nous transportait. Mais je n'en fis rien, parce que le silence qui était posé là, entre nous, rendait l'instant solennel et que je le sentais bien rêveur lui aussi.

Un nuage a occulté la lune, et le ciel s'est refermé. Nous laissant lui et moi dans une obscurité presque totale.

À cet instant, le parking a été balayé par le puissant faisceau des phares d'un camion arrivant par la voie transversale, et dont la caisse arborait le sigle d'une tête de boeuf accompagné d'une inscription sur fond rouge, impossible à déchiffrer de mon point de vue. Maxence m'a dit qu'il s'agissait d'un camion frigorifique.

Fidèle à mon habitude, je me suis planqué dans la camionnette afin d'enfiler mon uniforme. J'en ai profité pour retirer mes gants, mettre en route la soufflerie d'air chaud et allumer l'autoradio, qui déroulait cette nuit-là un programme d'opéra. Un homme chantait d'une voix aussi aiguë que plaintive, et je fus obligé de reconnaître que je trouvais ça émouvant. Dans l'encadrement du pare-brise, à une dizaine de mètres devant, je pouvais observer ce qui constituait désormais pour moi un petit film rébarbatif : Nadine errant seule en mini-jupe aux abords du camion qui venait de s'immobiliser dans l'atmosphère poisseuse de l'Hoverport.

Comme d'habitude, elle s'est penchée pour relacer ses souliers en se cambrant. Le soulier gauche, puis le droit. Comme une gymnaste exécutant une figure pour la énième fois, son postérieur orienté vers l'axe du camion. Ses cils papillonnant avec une identique précision tandis qu'elle se redressait, puis se remaquillait face à son smartphone réglé en mode « autoportrait » qui nimbait son visage d'une lueur bleutée, vaguement irréelle. Spectacle soporifique s'il en est, mais qui nous permettait de mener à bien nos affaires et de gagner correctement notre vie. Et j'ai été traversé à cet instant par l'idée que l'existence se résumait à bien peu de choses, finalement. Pas seulement celle des hommes, mais des espèces vivantes dans leur ensemble. Il faut avoir vu, par exemple, un paon séduire une paonne avec tout son fatras de plume et de roucoulements pour mesurer à quel point la nature est frigide par essence et nécessite des artifices. Tout cela pour assurer la reproduction des espèces ! Ce qui nous sépare des oiseaux, finalement, ai-je pensé en observant ce manège, c'est que chez la plupart d'entre eux c'est le mâle qui revêt le plumage, la dentelle, les couleurs, les porte-jarretelles, lui qui roucoule et se trémousse.

J'en étais à ce point de mes considérations philosophiques quand la porte de la cabine du camion s'est ouverte et qu'un homme en est descendu : la cinquantaine, court sur pattes, petite bedaine, attifé d'un chapeau cloche et vêtu d'une combinaison de vinyle comme en portent les bouchers. Il s'est approché de Nadine pour lui parler, en tenant son téléphone à la main, et j'ai pensé qu'il devait l'utiliser comme moyen de traduction pour négocier sa passe, comme le font beaucoup de camionneurs qui ne parlent pas français. Nadine a hoché distraitement la tête puis, selon le rituel établi, s'apprêtait à diriger notre pigeon vers les toilettes du parking. Et là, bercé par l'air d'opéra et la soufflerie de ma camionnette, je me suis assoupi. Rien, deux minutes à peine. Exactement comme la nuit de la disparition de mon père. Quelques images ont défilé dans ma tête, confuses, comme il arrive presque toujours dans les siestes brèves. Parmi celles-ci, j'ai entraperçu le poisson-chat de mes cauchemars. Présence silencieuse, et qui commençait à m'obséder. La bestiole carapacée semblait toute proche, un instant j'ai cru la voir passer dans l'axe du pare-brise, comme au travers d'une ouverture de bathyscaphe. Elle a effectué un tour sur elle-même et s'est postée face à moi. Son imposante mâchoire s'est mise en mouvement, comme pour me dire quelque chose, dévoilant une rangée de dents éparses et usées. L'intérieur de sa gorge, obscur, faisait l'effet d'un cratère rougeoyant, dont les parois se contractaient puis se dilataient. En fait de mots, des bulles sortaient de son œsophage, couleur de plomb, et se dispersaient dans l'obscurité. Ce qu'essayait de me raconter, ou ce contre quoi cet animal chimérique tentait de me mettre en garde, je n'en savais fichtre rien. Le mouvement de sa queue a remué du brouillard, créant un trouble passager entre moi et la réalité de ce décor de parking.

Mais lorsque je me suis réveillé, en sursaut, Jonathan était déjà en train de s'en prendre au camionneur. Nadine, en retrait, fumait une cigarette en forçant sur son air habituel de culpabilité, et Maxence ouvrait les portes arrière de la remorque pour se servir en marchandises. En fait, tout semblait parfaitement en ordre.

J'ai enfilé précipitamment mes gants, ajusté mon calot, et je suis sorti de la camionnette pour me diriger à grands pas vers Jonathan, alors que Maxence déchargeait un premier colis visiblement lourd. Pour le peu que j'ai pu voir de l'intérieur de cette remorque, il y régnait une atmosphère lugubre : des quartiers de viande et des cartons éclairés par la seule veilleuse du plafonnier, le tout baignant dans la brume glacée du système réfrigérant se mêlant à celle, humide, du parking. Ces deux brumes dessinaient des motifs nacrés dans l'atmosphère, comme parfois l'eau au contact de l'essence. À cela s'ajoutait une odeur de sang et de polystyrène peu agréable.

Au moment où j'allais jouer mon rôle de gendarme rédempteur, et surtout empêcher Jonathan de secouer le chauffeur, ce qu'il s'apprêtait à faire pour se détendre les nerfs, le camionneur s'est emparé d'un maillet de boucher, dissimulé sous la remorque de son véhicule. Un outil comme on en utilisait autrefois pour étourdir les bovins, avec son long manche en bois et son marteau en acier, aplati sur le devant, et avec lequel il a asséné un grand coup dans la figure de Jonathan, lui faisant éclater la boîte crânienne, d'un geste, d'un seul. Un effroyable choc. Et le souvenir que je garde de cet instant est un son de papier froissé. Oui, étrangement, en éclatant, la tête de Jonathan n'a rien fait de plus qu'un froissement. Et puis, presque immédiatement, j'ai entendu les jurons de Maxence se jetant sur le routier pour tenter de lui arracher son outil, et qui s'est pris à son tour un grand coup de maillet sur le front. Exactement à l'endroit où la goutte de sang était tombée quelques instants plus tôt. Maxence a effectué quelques tours sur lui-même à la façon d'un danseur ivre, puis s'est effondré à quelques mètres des poubelles. Le chauffeur me voyant arriver s'est précipité vers son camion. Et, alors que je me hissais sur le marchepied pour tenter d'ouvrir la portière de sa cabine, qu'il avait eu le temps de verrouiller, il a démarré en braquant violemment son volant, m'envoyant valdinguer sur le bitume.

L'engin a disparu dans la brume en enchaînant les vitesses. Première, seconde, troisième, quatrième. Et puis plus rien d'autre que l'odeur du diesel et les cris stridents de Nadine. « Putain de chien de misère de mort ! Maxence est mort, il est mort ! »

Elle s'était jetée sur son mari qui, en réalité, respirait encore et balbutiait quelques mots incompréhensibles. À quelques mètres de là, Jonathan, lui, semblait tout à fait mort. Son visage, fracassé par le coup de maillet, était incliné sur le côté, avec un air d'idiote stupéfaction. On pouvait lire dans ses yeux grands ouverts une expression pleine d'humilité en opposition avec l'arrogance naturelle du bonhomme. Que voyait-il au ras du bitume, qu'avait-il soudain compris ? Nul ne le saura jamais.

Dans un même élan, Nadine et moi avons chargé Maxence sur le siège passager de la camionnette. Elle a pris place à côté de lui, et j'ai démarré en trombe. « Un hôpital ! On doit trouver un putain d'hôpital ! » braillait-elle en tenant son mari hagard serré contre elle, tout en frappant de sa main libre le tableau de bord, comme s'il s'agissait d'une mule acariâtre.

Je me suis engagé vers la sortie du parking, puis sur la nationale en donnant des coups de klaxon syncopés pour simuler un son d'ambulance. Warning allumé, et pied au plancher, jusqu'à atteindre les cent vingt kilomètres heure tolérés par mon très poussif Renault Trafic.

L'hôpital, situé à une cinquantaine de kilomètres, s'imposait tel un vaisseau lumineux dans la brume de Kervan-les-Fosses. Un patelin que les dépliants touristiques présentent avantageusement comme une cité médiévale, même si de « médiéval » il ne subsiste que l'enseigne en fer forgé d'une crêperie rivalisant avec les néons d'un kebab dans l'avenue principale, et puis aussi un musée proche de la mairie, où il est possible, paraît-il, d'admirer le bric-à-brac poussiéreux de l'ancienne conserverie de maquereaux. Ces vieilleries ne déplacent plus les foules depuis des lustres.

Il y avait encore, accrochées aux fenêtres du centre hospitalier, quelques banderoles défraîchies datant des manifestations de septembre, dont les revendications, que je ne pouvais déchiffrer, me faisaient l'effet d'une grille de mots rébarbative et vaine, puisque personne ne peut décemment imaginer qu'un hôpital puisse se mettre en grève.

Pour ne pas attirer l'attention d'un groupe d'infirmières en blouses vertes qui déambulaient mollement dans leurs Crocs en fumant leur cigarette sous le porche de l'admission des urgences, je me suis garé en retrait, derrière un imposant chariot de linge sale qui formait un paravent adéquat pour souffler et réfléchir, surtout. En fait d'urgence, il fallait mettre au point un mensonge avec Nadine, une histoire qui tienne à peu près la route pour justifier l'état de Maxence, qui avait très mauvaise mine et peinait à respirer. Sa tête, agitée de soubresauts, évoquait un jouet mécanique bas de gamme comme on en voit parfois sur les étals des marchés. Entre deux inspirations, le pauvre homme produisait des borborygmes, à la façon des tuyauteries de salle de bains d'avant, semblant n'obéir à aucune logique, sinon à celle des flux contrariés et baladés d'une canalisation à une autre. Ça faisait des « brrrrr », et puis des « qrrrrr » et des « brrrgggrrrrbrrr » qui n'aidaient pas à la concentration. Il fallait pourtant trouver une justification à son état pour les soignants qui rempliraient la fiche d'admission aux urgences. Circonstances, heure et lieu de l'accident, etc. Pour moi le mieux était de faire croire à un accident domestique, et je proposais à Nadine de nous entendre sur l'idée que Maxence avait chuté en voulant repeindre le plafond de leur cuisine. Une chute d'escabeau, une banale chute d'escabeau.

— Et pourquoi tu ne viens pas avec moi aux urgences, hein ? À deux on serait plus crédibles ! marmonna-t-elle, accrochée à son homme comme à une bouée en train de se dégonfler et qui laissait échapper des petits sifflements agaçants.

— Non, impossible, Nadine, il ne faut pas qu'on nous voie ensemble.

— Mais pourquoi ?

— Mais parce que ce sera louche ! Ma présence à tes côtés paraîtra suspecte. Ça déclenchera forcément une enquête dans le genre « l'ami de la famille qui était en réalité l'amant de l'épouse » ou je ne sais quel truc tordu, comme on en voit dans les faits divers. Non, allez, cours vite aux urgences, et le temps que tu reviennes, j'aurai allongé Maxence sur le trottoir, bien comme il faut, avec sa veste enroulée sous sa tête !

Sur le chemin du retour, en réempruntant la D238, débarrassé de Nadine et de Maxence, j'ai ressenti l'urgente nécessité de repasser par le parking, où j'avais bêtement égaré un gant dans le feu de l'action. La poisse, vraiment. Je m'en suis rendu compte en remisant mon uniforme dans mon sac. J'avais bien cherché sous les sièges de ma camionnette, retourné les poches de ma veste, rien. C'était d'autant plus stressant que je n'avais pas oublié la mauvaise idée qu'avait eue Françoise d'y broder le nom de Luc sur la doublure. Si quelqu'un mettait la main sur cet accessoire, j'étais foutu. Revenir sur le parking de l'Hoverport était risqué, mais je n'avais pas le choix. Et puis, en fait d'improvisation, je n'étais plus à ça près. Ce satané gant avait dû tomber quand j'avais essayé d'ouvrir la portière du camion en marche, il devait forcément traîner quelque part sur le bitume. En fait, je n'avais d'autre choix que de le retrouver.

En arrivant au parking tous feux éteints, je fus frappé de constater que tout était resté à l'identique. L'ambiance était tout aussi glauque qu'une heure plus tôt : même désert de goudron hanté par des nappes de brume qui se matérialisaient en stratifications sous l'halogène des lampadaires, et que le vent faisait tourbillonner à d'autres endroits. Rien n'avait bougé. Enfin, c'est ce dont je tâchais de me convaincre en garant mon fourgon dans la zone la moins éclairée de l'aire de stationnement. Derrière les anciens hangars des aéroglisseurs, aux murs recouverts de plaques de tôle, dont certaines, dessoudées, produisaient un son de frappement métallique lugubre. Là, en coupant le contact, j'ai cru voir passer furtivement une ombre, le long de l'îlot des sanitaires. Comme un individu agenouillé, et dont je me suis persuadé qu'il devait s'agir d'un renard ou d'un blaireau, nichant dans les proches buissons. Assez typiquement le genre de bestioles qui redoutent de se trouver nez à nez avec un humain. Donc je n'avais rien à craindre de cette ombre, absolument rien. Il m'a pourtant bien fallu encore trois ou quatre minutes pour me décider à m'extraire de mon fourgon, non sans avoir pris la peine de scruter chaque recoin de l'Hoverport. Vers les anciennes passerelles de déchargement des aéroglisseurs, notamment, où il n'était pas rare que des SDF viennent se réfugier pour y fumer un joint ou y sommeiller, parce que l'endroit, vitré, était bien abrité, et pourvu du mobilier des anciennes salles d'attente. Fauteuils, canapés, et même quelques rouleaux de moquette recouverts de mousse et de lichens. Enfin, j'ai longuement scruté le ciel pour m'assurer qu'aucun hélicoptère n'y effectuait sa surveillance. Le fait que je n'entendais aucun battement n'était pas significatif, car le vent venait de l'ouest et aurait de toute façon déporté le son des hélices vers la Manche. Mais bon, après vérification, tout semblait OK.

Le corps de Jonathan gisait à quelques mètres de l'îlot des sanitaires, dans une mare de sang qui réfléchissait la lumière des lampadaires. Les bras et les jambes écartés, comme s'il sautait de joie, mais dans une posture figée à l'horizontale. L'une des jambes de son pantalon de jogging s'était retroussée lors de sa chute et dévoilait sur son mollet le tatouage de tête de mort, finalement bien moins impressionnant que son visage aplati, qui, en l'état, avait l'aspect monstrueux d'une baudroie, à cause de cet étrange regard à plat, devenu vitreux entre-temps. Je fus tenté de couvrir son visage avec sa capuche, ou même juste de lui fermer les paupières comme il est convenu de le faire, mais l'idée m'a semblé saugrenue. Le mieux, c'était de ne pas le regarder. J'ai réglé le faisceau de ma lampe frontale en mode longue portée, et scruté le bitume, à l'endroit où j'avais chuté du camion un peu plus tôt. Mais le gant ne s'y trouvait pas. Pour ne rien laisser au hasard, j'ai fouillé jusque dans les buissons où il aurait pu être poussé par le vent, mais il ne s'y trouvait pas non plus. Au passage, j'ai pris soin de récupérer quelques objets appartenant à Maxence : ses lunettes de soleil, une petite boucle d'oreille agrémentée d'une pierre verte, qu'il retirait en général pour jouer les policiers, la gardant dans sa poche comme un fétiche. Et puis son portable, surtout, qui traînait sur le sol et dont l'écran avait été brisé dans la bagarre : il aurait constitué une preuve accablante, le cas échéant. Je me suis promis de rendre tout ça à Nadine lorsque je la reverrais.

Quant à mon gant de gendarme, il m'a semblé évident qu'il avait dû rester accroché à la poignée de la portière du camion. Car je me souvenais très clairement qu'à l'instant de ma chute, ma main était nue. J'avais même quelques éraflures cuisantes dans la paume pour me le prouver. Vraiment pas de chance, parce que s'il trouvait cet accessoire, le routier assassin saurait mon nom et celui de mes fils par la même occasion. M'efforçant de penser à autre chose, je revins à la contemplation du corps inerte et désarticulé de Jonathan, en essayant de me figurer la perception qu'en auraient les agents d'entretien lorsqu'ils le découvriraient au lever du jour. Là aussi, une mise en scène s'imposait. Quelque chose de simple, d'évident. L'idéal, pour justifier une telle blessure, était de faire croire à une collision avec un véhicule qui aurait pris la fuite. Il suffisait pour accomplir cette mise en scène de déplacer le vélo de Jonathan, qu'il avait cadenassé à un poteau, à côté de son corps. Et de lui rouler dessus. C'était rude, mais je n'avais pas vraiment d'autre option. Et l'idée me vint aussi que si c'était moi qui m'étais retrouvé à sa place, Jonathan n'aurait pas été plus délicat.

Dans ce but, j'ai fouillé les poches de son cadavre à la recherche de la clé du cadenas de son vélo mais oh, frayeur, il n'y en avait pas car il s'agissait d'un antivol à combinaison. Pas surprenant de la part d'un individu dont le quotidien consistait à trimballer d'imposants trousseaux d'un couloir à l'autre d'une maison d'arrêt. Se promener avec une clé devait revenir pour un surveillant de prison à se trimballer avec une pelle pour un ouvrier des ponts et chaussées ou un bac à frites pour un employé de chez McDonald. Aucun intérêt, *a priori*. Je suis retourné dans ma camionnette pour y récupérer un pied de biche, que j'engageai dans le U métallique du cadenas, en pressant de toutes mes forces pour le faire céder. En vain. Cette saloperie d'antivol était fondue dans le meilleur des aciers. Ce qu'il m'aurait fallu, c'est une scie meuleuse électrique, ou un maillet comme celui qu'avait utilisé le camionneur pour enfoncer le crâne de mes camarades. Je tentai le tout pour le tout en balançant des grands coups de barre dans la mollette du système à code, espérant faire voler en éclats le mécanisme. Mais là encore, peine perdue.

Désappointé, je suis resté agenouillé sur le bitume à contempler ce foutu vélo. Le froid qui me passait par les articulations ne m'aidait pas à réfléchir, au contraire. J'en étais à un tel point de fatigue, que j'aurais pu m'assoupir, ainsi, dans la position de la prière. Après réflexion, j'ai traîné le corps de Jonathan le plus loin possible jusque dans les buissons, et je l'ai recouvert d'un épais tapis de feuilles mortes et de branchages. Une façon d'honorer sa dépouille et de me donner bonne conscience. Ce fut un étrange rituel exécuté avec les gestes d'un commis de cuisine qui tenterait de donner une présentation appétissante à de la viande avariée. Je ne sais pas pourquoi j'ai fait ça, j'étais abasourdi.

Je m'apprêtais donc à quitter les lieux en me promettant de ne plus jamais y remettre les pieds lorsque, en effectuant une marche arrière, j'ai aperçu dans le faisceau de mes feux de recul une forme cubique posée en déséquilibre sur le côté droit de la chaussée. C'était le carton que Maxence avait eu le temps d'extraire de la remorque avant de se jeter dans la bagarre. Un colis d'environ quatre-vingts centimètres par quatre-vingts, et qui pesait son poids de viande congelée. Enfin, c'est ce que je me suis dit en le hissant à l'arrière de mon fourgon, dans ce même objectif de supprimer tout indice de notre passage et du terrible drame qui s'était joué ici.

À mon arrivée dans le lotissement sur les coups de six heures trente, moteur coupé comme à mon habitude, Françoise m'attendait devant la porte du garage, les poings sur les hanches, l'air renfrogné.

— Qu'est-ce que tu foutais, Stan, t'as vu l'heure ?

— Rien, rien… j'ai eu un petit contretemps.

— Un contretemps ? Mais enfin, ça peut pas fonctionner comme ça ! J'étais inquiète, moi !

— C'est bon Françoise, c'est bon… j'ai tout de même rapporté quelque chose ! ai-je bafouillé en contournant la camionnette pour extraire du coffre le carton ramassé sur le parking.

— Un seul ?

— Oui, la soirée a été compliquée…

J'ai profité de ce moment de trouble pour entrer dans le garage et déposer le carton devant le congélateur. Confuse, Françoise m'a suivi à petits pas, attrapant au passage un cutter dont elle s'est servie pour trancher les rabats du colis afin d'en vérifier le contenu, comme elle avait coutume de faire. Trois petits coups de lame, tchac, tchac, tchac… Et là, au troisième coup, le carton s'est ouvert en grand, et la tête d'un gosse a surgi comme un diable de sa boîte. Noire, la tête, sous une masse de cheveux crépus. Un petit Africain emballé dans du papier bulle et vêtu d'une cape de survie en aluminium qui faisait ressortir sa peau sombre, et donnait à son regard une brillance surnaturelle. Il avait l'apparence d'un super-héros de bande dessinée. Nous avons poussé tous les trois un cri de frayeur qui résonne encore à mes oreilles. Strident, à vous en faire exploser les tympans.

— Qu'est-ce que c'est que ce gosse ? a piaillé Françoise, brandissant son cutter. Prête à se défendre.

— Mais qu'est-ce que j'en sais, moi ! ai-je rétorqué en dévisageant l'enfant qui continuait de hurler. Sans doute encore plus effrayé que nous ne l'étions de se retrouver là, dans une cave, face à un couple de créatures âgées dont la femelle brandissait une lame.

L'enfant sentait affreusement mauvais parce qu'il avait fait ses besoins dans sa tenue de survie. Il avait peut-être sept ou huit ans, son visage était assez ingrat, à cause de ses joues trop lourdes et congestionnées par la terreur et l'épuisement. Les mots qu'il proférait n'avaient la sonorité d'aucune langue connue, pour Françoise et moi en tout cas qui ne comprenions que le français. Nous l'avons libéré avec mille précautions. Au fond de son colis traînaient quelques résidus d'emballage de barres chocolatées et une bouteille en plastique remplie d'urine. En attrapant les mains du gosse pour l'extraire du colis, je fus frappé de constater à quel point elles étaient glacées. Ce qui expliquait ses tremblements et ses claquements de dents, qui n'étaient donc pas seulement d'effroi. Ce gosse frisait l'hypothermie. Comment avait-il pu survivre à de telles conditions, difficile de l'imaginer. Après vérification, il n'avait aucun papier d'identité sur lui.

Françoise lui fit immédiatement couler un bain avec une épaisse dose de mousse, dans lequel il entra sans se faire prier. De lui, pendant quelques minutes, nous n'avons plus vu que le bout de son nez qui émergeait de ce nuage savonneux. Et puis son drôle de regard qui pointait par instants, et continuait de nous dévisager avec incrédulité. Ses yeux étaient sombres, tels deux miroirs d'ébène, très intimidants. Enfin, Françoise le frictionna tout entier et lui fit un shampoing, non sans peine car il s'agitait en tous sens en vociférant ce même charabia, hachuré par son bégaiement, et qui devait être à coup sûr « Papa, maman ! » ou « J'ai peur ! ». Au moment où Françoise a voulu le faire sortir du bain, il s'est agrippé de toutes ses forces au rebord de la baignoire, et je remarquai qu'il avait à l'intérieur des poignets des inflammations peu ragoûtantes. Tandis que j'essayais de l'ausculter, il fit un geste si brusque que je reçus son poing dans la figure. On a dû s'y reprendre à plusieurs fois pour le mettre debout, l'essuyer, puis lui passer une robe de chambre qui appartenait à Françoise et lui faisait une drôle de silhouette de Roi mage. Nous sommes redescendus dans la cuisine, et nous avons intimé à Marcelin l'ordre de ne plus aboyer, parce qu'il s'en prenait sauvagement au gosse. « Ta gueule, Marcelin ! Allez ouste dehors ! » Mais une fois dehors, le chien aboya de plus belle en nous observant par la baie vitrée, craignant à coup sûr que le gosse prenne sa place dans la maisonnée. Nous avons baissé le store, puis fait asseoir l'enfant à la table de la cuisine, où il s'est mis à engloutir un paquet de biscottes et un pot de confiture, tout entier. Et comme il se remettait à pleurer de façon désespérante, Françoise lui a servi un bol de cornflakes, puis du jus d'orange, qu'il a ingérés sans presque reprendre sa respiration.

— Qu'est-ce que foutait ce gosse dans ce carton, Stan ? m'a demandé Françoise avec insistance, en lui versant une autre rasade de jus.

— J'en sais rien, je te dis. Un coup de malchance. C'est tombé sur nous, voilà tout.

Françoise m'a dévisagé, et j'ai bien vu qu'elle tiquait, parce qu'elle me connaît bien et qu'elle devait lire un grand malaise dans le pathétique masque qui me sert de visage. Ce que foutait ce petit dans ce carton, je ne pouvais pas l'expliquer ; en revanche cela justifiait à coup sûr la violente réaction du camionneur que nous avions tenté d'arnaquer quelques heures plus tôt sur le parking. Cet individu n'avait évidemment aucun intérêt à ce qu'on découvre qu'il faisait du trafic de clandestins. La couverture de survie dont disposait l'enfant, sa bouteille pour pisser, et même la façon dont était scellé son colis prouvaient qu'il ne s'y était pas réfugié de lui-même. Un trafic de clandestins, un foutu trafic de clandestins, voilà dans quoi nous avions mis les pieds. En regardant ce gosse s'empiffrer à la table de la cuisine, je me suis dit que ce n'était vraiment pas de chance. Ni pour lui ni pour moi, et encore moins pour Françoise qui n'avait rien à voir avec tout ça, et qui continuait de me dévisager en passant un coup de torchon sur la bouche du petit, lequel semblait insatiable. On y est bien resté une heure, dans cette cuisine, à le regarder bouffer. Jusqu'au moment où il a été pris de sommeil, ça lui est tombé dessus d'un seul coup. Son regard si dense est devenu opaque, et ses paupières se sont baissées, lourdes comme des rideaux de fer. Son corps s'est affaissé, au point que son front a heurté son assiette. Comme s'il avait été victime d'une syncope. Je l'ai retenu avant qu'il ne bascule de sa chaise. Et lorsqu'il s'est trouvé dans mes bras, et qu'il a été pris de ronflements, je me suis dit qu'il n'était vraiment pas épais et j'ai eu l'impression de serrer contre moi un matou ronronnant.

— Il tombe de sommeil, j'ai dit à Françoise, comme si ce n'était pas évident. Où est-ce qu'on va le mettre à dormir ?

Notre première idée a été de l'allonger sur le canapé, mais il y aurait mal dormi, à cause de la lumière du soleil qui pointait le matin. Et c'était sans compter sur cet abruti de Marcelin qui continuait de nous surveiller depuis la porte vitrée du couloir, où il avait fini par pénétrer, en passant par le garage, et qui se serait remis à coup sûr à aboyer dès que nous tournerions le dos.

— On pourrait le faire dormir dans la chambre de Luc et Fabien, m'a proposé mon épouse.

L'idée n'était pas mauvaise, mais cette chambre transformée en débarras au départ de nos enfants, et que Françoise avait investie pour ses activités de vente par correspondance, était un vrai foutoir. Entre les cartons de vêtements des gosses et ceux utilisés pour les envois de marchandises, on peinait à s'y frayer un chemin.

— Non, le mieux c'est qu'il dorme avec nous, pour cette première nuit. On n'a qu'à lui faire une place dans notre chambre, ai-je répondu.

Françoise a donc improvisé à côté de notre lit une couche de quelques coussins, sur laquelle j'ai allongé l'enfant qui continuait de ronronner ardemment. Et puis on l'a couvert de deux couettes épaisses, et pour le protéger tout à fait du froid on lui a enfilé un bonnet et des chaussettes en polaire. Parce que le froid vient par les pieds et la tête, c'est connu. Et tandis que nous étions tous les deux agenouillés à le regarder ronfler, bien crevés nous aussi, Françoise m'a à nouveau demandé :

— Stan, qu'est-ce que ce gosse foutait dans ce colis ? Et j'aimerais bien que tu me dises la vérité, cette fois. Je ne suis pas aussi idiote que tu l'imagines et je vois bien que quelque chose cloche.

Évidemment que quelque chose clochait. Ça faisait un moment que je m'en arrangeais, de tout ce bordel dissonant du mensonge. En fait d'individu, je n'étais plus rien d'autre qu'un foutu tas de cachotterie, un monticule de non-dit qui m'empêchait même de penser correctement. Parce que pour penser, il faut encore disposer d'un petit coin de clarté en soi. Et ce petit coin de clarté, je n'en bénéficiais plus, c'est un fait. J'étais confus. Là, devant l'air interrogatif de Françoise, je me suis senti franchement tourneboulé, mon cœur tapait fort dans ma cage thoracique. Comme si ce foutu palpitant n'arrivait plus à suivre. De ma vie, je ne m'étais jamais senti aussi mal. J'en avais eu, pourtant, des coups durs où il m'avait fallu savoir tenir debout et garder mon sang-froid. Dans les tempêtes notamment, mais là je n'étais pas en mer, j'étais sur la terre ferme. Et c'est fou comme je me sentais chavirer. Françoise me regardait fixement, et il m'a semblé vain de continuer à me foutre d'elle, parce que c'était pire encore que de me foutre de ma propre gueule. C'est donc là que j'ai pris la décision de lui raconter la vérité. Tout entière. J'aurais pu, bien sûr, chercher à minimiser, arrondir les angles. N'avouer que les extorsions commises sur les parkings la nuit avec mes complices, en limitant mon rôle à celui d'un simple guetteur ou à celui de chauffeur. En lui affirmant par exemple que je n'étais qu'une petite main dans cette canaillerie, que je m'étais laissé influencer par mon vieil ami Maxence, que j'obéissais à ses ordres et c'est tout... Ne pas évoquer le meurtre de Jonathan cette nuit-là, et encore moins le fait que l'uniforme de Luc m'avait servi à truander de braves routiers soumis à leurs pulsions sexuelles. Que, grâce à cette tenue, je m'étais senti plus sûr de moi que je ne l'avais jamais été. Une sorte de « Superstan », invincible. Et j'aurais pu aussi ne pas avouer qu'à l'occasion de ces errances avec mes camarades dans les bars à hôtesses de la frontière belge, il m'était arrivé de me livrer à des jeux coupables avec quelques-unes de ces dames, sous l'effet des phénoménales quantités de bière ingérées. En tout cas phénoménales pour un type de mon âge, susceptible de problèmes cardiaques. Oui, j'aurais pu jeter un voile sur ces détails, les garder pour moi. Mais je me sentais nauséeux. Alourdi, ballonné, phagocyté par mes mensonges. L'uniforme de Luc était là, roulé en boule dans mon sac, imprégné du sang de Jonathan et de Maxence, auquel devait se mêler la morve de Nadine qui, au moment de quitter ma camionnette pour rejoindre les urgences, n'avait rien trouvé de mieux, en pleurant sur mon épaule, que de se moucher dans la manche de la veste.

Ainsi, après une bonne inspiration, je me suis jeté à l'eau et j'ai tout déballé à Françoise : ma rencontre avec Maxence au bistrot des Quatre Tonnerres, les arnaques sur les parkings, les coups de maillet assénés par le mystérieux chauffeur routier à Maxence et à Jonathan, dont le cadavre gisait dans un sous-bois voisin de l'aire de l'Hoverport. Enfin, je lui ai avoué l'utilisation régulière que j'avais faite de l'uniforme de Luc. Ce faisant, j'ai ouvert mon sac de sport pour en tirer la veste ensanglantée, précisant que pardessus le marché j'avais égaré un gant dans la bagarre. Ce qui avait nécessité un détour par le parking pour le chercher en vain, ce foutu gant.

À cet instant précis, je m'en souviens, Françoise s'est figée, bouche bée.

— Je ne peux pas le croire, Stan, a-t-elle balbutié en saisissant précautionneusement la veste d'uniforme de son fils. Scrutant les taches incrustées dans la matière avec l'acuité d'un expert qui examine une toile de maître, persuadé qu'il s'agit d'un faux. Non, je ne peux pas croire, a-t-elle répété avec une intonation recueillie, que tu aies osé commettre une chose pareille…

Effectivement, je voyais bien que Françoise ne pouvait le croire et, à vrai dire, je n'en revenais pas moi-même d'avoir participé à une telle entreprise. Je me suis senti, dans l'espace restreint de cette chambre, comme un gosse pris en défaut qui mériterait une leçon. Curieusement, c'était comme si la parole de Françoise me faisait soudain mesurer l'ampleur de la catastrophe.

— Je te demande pardon, Françoise, ai-je murmuré en fixant mes chaussures, je sais que tout ça est affreux pour toi… J'espérais ainsi bénéficier d'un peu de mansuétude.

Elle a soupiré en grattant distraitement le sang séché qui maculait l'écusson sur la manche de l'uniforme qu'elle tenait sur ses genoux. Jamais je n'avais vu ma femme aussi dépitée.

— Tu veux que je te pardonne ? m'a-t-elle dit, l'air absent. Tu veux que je te pardonne, mais comment pardonner une chose que je n'arrive même pas à croire ? Elle est tellement insensée, ton histoire !

Elle semblait si tourneboulée qu'elle ne parvenait même pas à pleurer. Ce qui lui aurait fait du bien et à moi aussi. Pleurer un grand coup, laisser s'échapper toute cette honte que je ressentais là. Mais face à mon épouse, je n'avais pas d'autre choix que de rester digne, au moins autant qu'elle. Son regard était désespérément fixe, dirigé vers le vide abyssal qui venait de s'ouvrir entre nous. C'était un peu comme si, pour le temps d'un instant, elle revisualisait les mois passés. Elle, avec son petit commerce de vente en ligne, ses clients, ses colis, ses allers-retours à la poste. Moi, partant chaque soir au « boulot » avec mon sac, mon thermos de café et mon sandwich. Un petit bisou avant de m'en aller, « Bonsoir chéri, à demain matin, etc. ». Évidemment que tout sonnait faux dans cette histoire, et depuis le début.

— Tu t'en doutais bien, Françoise, que quelque chose ne tournait pas rond… Après tout, toi aussi tu t'en étais un peu arrangée, de la vérité, hein ! j'ai dit, pour dire quelque chose, et minimiser ma faute.

Elle a remis la veste d'uniforme dans le sac, sans rien répondre. Puis elle a remonté la couverture sur les épaules de l'enfant. Comme si la seule chose qui comptait à cet instant, c'était le sommeil du petit. Parce que, oui tout de même, le plus fou dans cette affaire, c'était de nous retrouver avec un enfant sur les bras. Qu'allions-nous faire de lui ? Et d'ailleurs, qui était-il, ce gosse ?

Françoise m'a dit : « Tu viens, on descend dans la cuisine pour ne pas le réveiller. » Alors j'ai dit « OK » et je l'ai suivie. C'est ce jour-là que Françoise s'est remise à fumer. C'est le premier truc qu'elle a fait en pénétrant dans la cuisine, elle s'est dirigée vers le placard des conserves, et en a extrait une cartouche de cigarettes, qui avait dû rester planquée là depuis des années. Des Camel. Avec sur l'emballage cette merveilleuse et énigmatique représentation de dromadaire, et en fond des palmiers et une pyramide. De cette cartouche, elle a prélevé un paquet dont elle a froissé la cellophane d'un mouvement du pouce, puis en a extrait une cigarette qu'elle a allumée directement sur le brûleur de la gazinière, la tête inclinée en rejetant ses cheveux vers l'arrière pour ne pas les enflammer. Exactement comme elle le faisait autrefois. Comme si ce geste était inscrit en elle, et qu'elle n'avait attendu que cette occasion pour se l'autoriser à nouveau. Je l'ai trouvée très belle à cet instant, à la fois inquiétante, sauvage et belle. Et puis on s'est attablés l'un en face de l'autre, et c'était comme s'il y avait eu soudain un mur entre nous. Un mur de fumée en l'occurrence, que Françoise recrachait par grosses bouffées, avec l'air de se demander qui j'étais réellement et ce que je pouvais bien lui cacher d'autre. C'était toute notre vie qui défilait dans son beau regard triste. Et moi, comme je ne savais que répondre à cette question qu'elle ne formulait pas, je lui ai demandé : « Ça va aller Françoise ? »

Sans me lâcher du regard, elle m'a répondu du tac au tac :

— Qu'est-ce qu'on va faire de cette foutue histoire, Stan ? Qu'est-ce qu'on va en faire, hein ? On va tout avouer à Luc et Fabien ?

— Pourquoi ?

— Parce qu'ils sont habitués aux trucs tordus, et qu'ils sauront quoi faire.

— Non Françoise, ce serait une grave erreur.

— Pourquoi ?

— Parce qu'ils se retrouveront associés à ma combine, et qu'ils seront confrontés au dilemme de me balancer ou de garder toute cette histoire secrète. Et que, pour le cas où ils décideraient de jouer le jeu de la vérité, ils deviendraient pour toujours la honte de leur profession… Alors le mieux c'est de laisser passer la tempête et avec un peu de chance cette affaire tombera aux oubliettes.

J'ai bien vu que Françoise adhérait à mon discours. Et elle a ajouté que le problème pour elle, c'est qu'elle ne pourrait plus jamais me regarder en face. Et que si elle s'écoutait, elle demanderait le divorce sur-le-champ. Et j'ai bien vu qu'elle ne plaisantait pas. Là-dessus, sans rien dire, elle s'est levée, a écrasé sa cigarette sur le siphon de l'évier. Et puis elle s'est emparée du sac qui contenait ma veste d'uniforme et s'est dirigée vers le garage, en disant qu'elle allait mettre en route une machine.

Voilà, je venais de perdre Françoise, je n'avais eu que ce que je méritais. Et encore, je pouvais m'estimer heureux qu'elle n'ait pas plié bagage pour disparaître sur-le-champ. Ce qu'elle aurait sans doute fait si je n'avais pas ramené à la maison ce gosse, dont j'aurais été bien incapable de m'occuper, et elle le savait. Parce qu'on ne s'invente pas une fibre paternelle comme ça du jour au lendemain. Même avec nos fils je n'avais jamais su. Jamais pu. Je m'étais toujours plus ou moins débrouillé pour ne pas savoir. On ne va pas revenir là-dessus.

Je suis resté un moment dans la cuisine, à me demander comment me sortir de tout ça. D'une certaine façon, j'étais bien d'accord avec ma femme : moi aussi, si j'avais pu, j'aurais divorcé d'avec moi-même. Mais le temps n'était pas à l'auto-apitoiement. Il fallait avancer.

Et pour commencer, il me fallait trouver fissa un gant pour remplacer celui que j'avais égaré. Nous étions un jour férié, les magasins étaient fermés, et je me suis rendu dès le lendemain matin au Decathlon de la zone de Saint-Martin où c'était justement la période des soldes, je ne sais plus lesquelles et ça n'a pas d'importance. Des gants, il y en avait de toutes sortes et de toutes formes, mais évidemment aucun dans ce bleu si particulier des uniformes de la gendarmerie. Et j'aurais dû m'en douter.

C'est finalement chez Auchan que j'ai trouvé un modèle approchant. Pour la couleur, j'ai investi dans un anorak d'enfant, dont je récupérerais une parcelle d'étoffe pour faire illusion. Le bleu n'était pas tout à fait identique, mais il ne fallait pas non plus que ça tourne à l'obsession. Même si obsédé, j'avais toutes les raisons de l'être, parce que je n'avais pas oublié que Luc et Fabien viendraient récupérer leurs uniformes dimanche à l'heure du déjeuner. Il nous restait donc peu de temps pour le re-confectionner, ce gant. Ou tout du moins persuader Françoise de m'aider à transformer cet accessoire de piètre qualité en gant de la gendarmerie, en y appliquant la matière du petit anorak, et d'y recoudre une nouvelle étiquette au nom de Luc Warliss.

En m'engageant sur l'escalator de la galerie marchande, j'ai entendu quelqu'un m'appeler : « Stan ! Oh Stan ! » J'ai sursauté et me suis retourné, c'était Thérèse qui me hélait depuis sa poissonnerie. Brave Thérèse, les joues bien roses, son visage poupin fendu d'un sourire. Je ne lui avais pas donné de nouvelles depuis notre dernière entrevue, où j'avais décliné sa proposition de boulot et, par la suite, je m'étais toujours arrangé pour l'éviter. Elle voulait savoir comment j'allais.

— Bien, bien, Thérèse, tout va à peu près bien, merci. Je fais quelques courses et je rentre, et toi ça va ?

— Oui, ça va, m'a-t-elle dit.

Enfin, ça allait « à peu près », parce que son employé venait justement de filer sa démission.

— Les jeunes, ah ça, quand il s'agit de prendre un emploi qui leur salit les mains ! a-t-elle soupiré en regardant les miennes de mains, qui tenaient justement la paire de gants neufs.

Ainsi, la place à la poissonnerie était à nouveau libre. La tenue de travail du vendeur démissionnaire était d'ailleurs accrochée au porte-manteau. Comme Thérèse me demandait si vraiment ça ne m'intéressait pas, je me suis dit qu'il aurait fallu être fou pour refuser, parce qu'il allait bien falloir me remettre à gagner un peu d'argent. Et puis cet emploi serait une occasion de me racheter auprès de Françoise. De lui démontrer que je n'étais pas le monstre qu'elle pensait, enfin pas tout à fait. Donc j'ai dit oui à Thérèse « Oui, OK, je le prends ce boulot de vendeur, Thérèse ! » et je lui ai promis de venir pour un essai quelques jours plus tard.

Relooker ce gant avec l'étoffe de l'anorak n'a pas été une mince affaire, parce que la machine à coudre de Françoise accrochait le nylon, ça faisait des fronces. En fait de gant, on aurait dit une couche-culotte. Il a fallu s'y reprendre à trois ou quatre fois pour arriver à un résultat à peu près potable. « Quelle connerie ! Non mais quelle connerie ! » ne cessait de répéter mon épouse en passant et repassant l'étoffe sous sa machine. Et ce n'était pas seulement de devoir confectionner ce gant à la va-comme-je-te-pousse qui l'exaspérait, c'était aussi que, pendant ce temps-là, elle ne pouvait pas s'atteler à son compte de vente en ligne. Là aussi il y avait urgence, parce que depuis qu'elle avait annoncé la fermeture prochaine de son site, c'étaient des pluies de messages qui tombaient. Les gens s'inquiétaient de ne pas recevoir les produits qu'ils avaient commandés et payés. Françoise leur avait répondu qu'elle les rembourserait, cela allait de soi. Qu'elle ferait même le nécessaire pour leur renvoyer leur argent le plus vite possible. Mais ces gens-là, ça n'était pas leur fric qu'ils réclamaient, c'était le produit « tombé du camion » commandé. Et comme elle leur répondait que c'était impossible, que sa boutique allait être suspendue quelque temps, ils étaient nombreux à s'énerver. Et devenaient même franchement menaçant, la suspectant d'être une embrouilleuse. Quelques centaines de ses « followers » se sont désabonnés de son compte en seulement quelques heures. Et ça m'a fait de la peine de voir Françoise chercher à endiguer cette hémorragie. L'impression d'un naufrage. Ce que j'aurais voulu lui dire à ce moment-là, c'est que c'était peut-être mieux ainsi. Mais qui étais-je pour en juger ?

Une fois résolu le problème du gant, il allait me falloir trouver rapidement une solution pour l'enfant. Le brave gosse avait fini par émerger de sa première très longue nuit de sommeil, comme victime d'un décalage horaire phénoménal. Vingt-quatre heures à dormir, tout de même ! Ainsi reposé, il nous avait paru méconnaissable. L'anxiété de son arrivée avait fait place à une sorte de perplexité à notre égard. Comme si l'avant-veille il n'avait perçu de nous que deux ombres effrayantes, et qu'il nous découvrait sous un nouveau jour. Pour autant, il restait sur ses gardes. Très vigilant, ce mioche. Tout semblait le plonger dans des abîmes d'interrogation. Tant les meubles et objets qui constituaient notre modeste demeure que nous-mêmes. Qui étions-nous, que lui voulions-nous ? Pourquoi était-il ici ? C'était à peu près tout ce que nous pouvions lire dans son regard d'ébène, interrogatif et inquiet. Aussi, peut-être, parce qu'il devait nous trouver fort peu souriants. L'ambiance qui régnait entre Françoise et moi était loin d'être au beau fixe. L'épisode de la couture du gant avait donné lieu à quelques crises de nerfs, et la table de la cuisine était encore toute recouverte de ces lambeaux de nylon bleus qui faisaient comme un tas de plumes, ou de flammes, jetées en vrac au centre de la table. Et puis, il y avait ce petit anorak dont nous avions prélevé les parcelles d'étoffe et qui traînait sur le carrelage. Comme si, dans cette modeste cuisine, nous venions de dépecer un enfant.

En fait d'accueil, ça faisait quand même un peu chantier. C'est Françoise, d'ailleurs, qui m'a proposé que nous fassions un effort pour l'enfant, en essayant par exemple de forcer un sourire dès qu'il nous prêtait attention. C'était bien le minimum qu'on pouvait lui offrir ! Mais ce sourire, qui tenait plus de la grimace, devait nous rendre effrayants. Lui continuait d'égrener des syllabes, presque toujours les mêmes, auxquelles nous ne comprenions rien. Avec, par à-coups, un mot qui revenait, assez drôle d'ailleurs, parce que chantonnant : « Opiyo, Opiyo, Opiyo... » Et ce drôle de son, en ponctuant ses phrases, faisait l'effet d'un chant d'oiseau. Enfin, de l'idée que l'on peut se faire d'un oiseau dans les pays chauds, qui serait d'une variété plus sophistiquée et évoluée que nos rébarbatifs moineaux ou corbeaux. Françoise en se penchant lui a demandé « T'as bien dormi ? » posant sa main contre sa propre joue, pour mimer un oreiller. L'enfant, qui ne comprenait visiblement rien, l'a imitée, l'air interloqué. Comme si Françoise lui avait demandé s'il avait une rage de dents. « T'as pas de fièvre au moins ? » lui a-t-elle encore suggéré, comme par réflexe, en posant sa paume sur son front, qu'il avait fort grand et chaud, c'était remarquable. Un vrai petit radiateur, ce gosse. « Hein ? T'es pas malade, au moins ? » Parce que même si ce n'était pas très brillant de l'envisager, on aurait pu craindre la transmission de toutes sortes de virus de la part d'un petit individu venu de nulle part et qui avait passé un temps indéfini dans un colis quasiment étanche. « T'as encore faim ? » lui a finalement demandé Françoise pour capter son attention en lui tendant une boîte de biscuits que j'avais rapportée spécialement pour lui de la galerie marchande. Des gaufres du Nord, présentées dans un coffret en métal, façon article pour touristes, avec un bateau dessiné sur le couvercle. Je m'étais dit que ça lui ferait plaisir, et que c'était une gentille façon de l'accueillir dans notre région. De me faire pardonner un peu, aussi. Et, oui, il avait encore faim. Alors, on l'a fait se rasseoir à la table de la cuisine, et on lui a servi un chocolat chaud dans lequel il a immergé l'ensemble des gâteaux qu'il a ingérés un par un. Pour ça, ce gosse faisait plaisir à voir ! Et ce court passage dans notre modeste demeure l'aurait au moins rassasié. Parce qu'il était désormais urgent de lui trouver un foyer approprié. De s'en remettre à des gens compétents sur le plan administratif, et qui sauraient nous dire que faire de ce petit étranger qui ne devait pas avoir beaucoup plus que, allez, huit ou neuf ans.

Des associations, il y en avait quelques-unes dans la région, dont la plus influente était celle des Libres Goélands. Ce groupe de bénévoles était très actif pour les sans-papiers, et j'en connaissais vaguement le fondateur, Roland Ginesté, un nonagénaire que j'avais eu comme enseignant en lycée technique, où je n'avais pas brillé, évidemment. Avec Françoise nous avions toujours considéré cette association de bénévoles comme un regroupement d'idéalistes irresponsables, qui, par leurs actions, incitaient les clandestins à débarquer de plus en plus nombreux en France. Mais dans ces circonstances, je n'avais guère d'autre choix que de m'en remettre à eux.

Leurs locaux, désuets, étaient établis dans le quartier du Chemin vert, sur une colline au nord de la ville où se bousculent quelques barres d'immeubles construites à la va-vite dans les années 1980. Celui des Libres Goélands, qui avait un temps abrité une partie des employés de l'administration portuaire, et dont la façade en plaques de résine bleu turquoise et jaune paille était déjà démodée à l'époque de sa construction, avait été fermé car jugé dangereux à cause de l'amiante. Joseph Atvet, notre très actif préfet, avait un temps envisagé de le raser, et d'y édifier à sa place un complexe sportif, avec murs d'escalade, piscine et piste cyclable couverte. Une façon d'offrir à la jeunesse locale d'autres occupations que les bars à bière ou à chicha, ou les courses de stock-car qui n'attendaient d'ailleurs aucune forme d'autorisation pour s'improviser sur les parkings des cités avoisinantes. Dans ce but, Joseph Atvet avait lancé un appel d'offres qui avait éveillé la méfiance des écologistes locaux, très à cheval sur la transparence du coût des travaux, du bilan carbone du chantier, etc. Et c'est pendant cette période de délai administratif que les Libres Goélands avaient décidé d'y installer leur repère et d'y fonder un centre d'accueil. Arguant qu'il était inadmissible de construire ici un club de gym et une piscine, alors que des tas de pauvres bougres à la recherche d'un toit étaient de plus en plus nombreux à se noyer dans la Manche qui, pour sa part, n'est ni chlorée, ni chauffée, ni couverte. Ce qui avait eu pour effet de les rendre immédiatement très impopulaires auprès des Boulonnais et de provoquer quelques troubles nécessitant l'intervention des CRS, avec force canons à eau et fumigènes. Façon « fête populaire » financée par le contribuable, et qui fait les choux gras des chaînes d'informations. D'un recours administratif à l'autre, les Libres Goélands avaient finalement obtenu un sursis de deux ans. Impossible de les déloger, donc. Ce qui avait prodigieusement agacé Joseph Atvet qui, en homme déterminé, sur la base des mêmes arguments humanitaires et de santé publique, avait requis le désamiantage express des locaux. C'était là une manière plutôt habile de rendre les lieux inexploitables en défonçant les cloisons, et même une partie de la toiture. Voilà ce qui expliquait ces crevasses dans les planchers, les murs suintants et le froid ambiant. En en franchissant le seuil avec mon petit réfugié, que je tenais fermement par la main afin qu'il ne s'échappe pas ou ne disparaisse pas dans l'une de ces béances, je fus frappé par les courants d'air qui circulaient dans ces longs couloirs. Vrai, on aurait cru entendre des chœurs, ou même, par moments, le chant des baleines. Sinistre à souhait.

Le premier étage faisait office de salles de tri des vêtements, tâche effectuée par des dames que le brassage de toutes ces étoffes poussiéreuses avait rendues irascibles, à moins que ça n'ait été dû au remplissage des formulaires de demandeurs d'asile qui, bien souvent, n'avaient aucune chance d'aboutir. Dans l'air planait cette odeur significative que je connaissais pour m'être souvent rendu à la Croix-Rouge avec mon père lorsque nous allions y chercher des vêtements autrefois, plus par principe que par réelle nécessité, parce qu'il y avait droit, grâce à son statut de réfugié. C'était d'ailleurs l'un de nos rares privilèges. Tandis que d'autres pouvaient se vanter d'avoir leurs entrées au Country Club ou au circuit de karting, nous avions accès à ces hangars où étaient stockés les tonnes de vêtements que des gens du monde entier avaient décidé de ne plus porter. Il y faisait une chaleur à crever l'été et un froid à tuer les mites l'hiver, et ça sentait la naphtaline et l'urine de chat. Les mêmes alignements de milliers de cintres, et puis les bacs à chemises et tricots de peau, comme nous disions alors. Et devant lesquels, déjà, des dames retraitées s'affairaient au tri méthodique, par taille, état d'usure, etc.

C'est à l'une de ces femmes affairées et au visage contrit que je me suis donc adressé ce jour-là, lui demandant s'il y avait ici un recensement des personnes disparues, ou quelque chose du genre. Parce qu'il me fallait bien commencer par un bout, pour tenter de remettre la main sur les parents du gosse. Et la dame, sans même relever la tête, a pointé de son index un grand panneau posé à même le sol, à l'angle d'un couloir. Il était impressionnant, ce tableau, élaboré à partir d'une table de ping-pong entièrement recouverte d'annonces punaisées. Formats et couleurs de post-it, rédigés à la main. J'étais bien sûr dans l'impossibilité d'y comprendre quoi que ce fût, mais si chacun de ces papiers fluorescents réclamait un être disparu, ce n'étaient pas des dizaines mais des centaines de gens qui étaient à la recherche d'un proche. Devant toutes ces annonces qui frémissaient dans les courants d'air comme des papillons de malheur épinglés, mais pas encore tout à fait résignés à mourir, j'ai ressenti un vertige. L'impression que cet amoncellement d'avis de recherche était le plus pathétique et en même temps le plus contemporain des monuments aux morts. Et qu'en partant à la recherche des parents de l'enfant, je me lançais dans une vaste et complexe entreprise. Devant ce panneau, quelques individus bienveillants, ou fatalistes, car clairvoyants, avaient disposé dans des bocaux de conserve ou des pots de yaourt à même le sol, des bougies chauffe-plat qui clignotaient dans la transparence colorée des plastiques. Ça n'était pas grand-chose, ces petites lumières votives bleues, jaunes, vertes, mais c'était beau quand même. Et je n'ai pas hésité à m'agenouiller devant ce monument à la mémoire des voyageurs supposément disparus, pour faire passer la flamme d'une mèche à une autre, remettre à niveau la cire d'un pot avec celle d'un autre, plus fourni, créant ainsi un équilibre des flux, afin de donner une chance identique à tous ces vœux. Et je dois reconnaître que ça m'a apaisé de faire ça. Un peu comme si, en priant pour eux, je priais aussi pour l'âme de tous les morts. Celle de Jonathan, notamment, dont l'image du cadavre laissé dans les buissons de l'Hoverport l'avant-veille n'en finissait pas de me hanter. Son regard était figé pour toujours dans ma mémoire. Tout autant que pour mon vieil ami Maxence, que j'avais laissé aux urgences de Kervan-les-Fosses et qui, s'il n'était pas mort, devait lui aussi se trouver dans un état de délitement peu enviable.

C'est alors qu'une voix a résonné dans l'obscurité du couloir : « Stanislas Warliss, ça alors ! » Ce timbre familier semblait émaner d'un poste radio-émetteur comme on en utilisait autrefois sur les chalutiers, tout en claquements et crachotements. L'homme qui s'avançait vers moi, d'une démarche raide et lente, soutenu par deux béquilles, continuait de m'interpeller avec cette voix étrange qui semblait préenregistrée. « Stan, c'est bien toi ? Ben ça alors ! » La silhouette qui se dessinait était engoncée dans une combinaison de ski violette avec des bandes vertes. Un assemblage de tons d'une laideur assez peu commune, qu'on affectionnait au tournant des années 1980. Un skieur d'un autre temps se dirigeait donc vers moi dans la pénombre de ce couloir des courants d'air, encore qu'avec cet accoutrement il aurait pu s'agir d'un cosmonaute ou d'un Martien. Et je finis par reconnaître Ginesté, mon ancien professeur. Ça n'est rien de dire qu'il avait vieilli et maigri. Je remarquai qu'il avait une prothèse de plastique à la gorge, c'était donc par cet orifice que fusait sa voix. Chaque mot qu'il prononçait semblait émaner d'une crevasse. J'ai immédiatement songé que c'était la conséquence d'une longue maladie, cancer de la gorge ou du larynx, car je me souvenais que ce même individu fumait compulsivement jusqu'à deux paquets de cigarettes par jour à l'époque où j'avais été son élève. Les cigarettes étaient d'ailleurs posées sur l'angle de son bureau dans la classe. Des Marlboro dont les affiches publicitaires, qui montraient des cow-boys chevauchant dans de vastes paysages, semblaient déjà à des millions de kilomètres de la réalité de ce type austère, poussiéreux, pointilleux, toujours désireux de vouloir nous apprendre quelque chose, à nous, les rebuts de la section technique du lycée. Alors que nous ne rêvions de rien de mieux que de dormir, ou d'être n'importe où ailleurs. Ces classes étaient implantées dans les mêmes locaux que ceux des étudiants normaux. Un fil invisible nous séparait dans la cour. En section technique, on fabriquait surtout du mauvais, du maladroit, de l'indécis. Dans le meilleur des cas, du futé rebelle. Du genre qui traînerait les pieds plus tard sur les chantiers, en filoutant le contremaître. Les vrais artisans, eux, n'étaient déjà plus scolarisés, ils œuvraient dans l'atelier de leur père ou de leur oncle. Pour ma part, c'est à la nuit tombée que je m'en allais travailler avec mon paternel, ou plutôt que je le surveillais tandis qu'il remontait ses filets. Nuit après nuit, geste après geste. Une nuit, ça allait, et puis une autre non, ça n'allait plus du tout. Mon vieux ne tenait plus debout. Ses mains devenues confuses ne repéraient plus les manivelles. Il lui arrivait, dans ces moments de déséquilibre, de se rattraper en agrippant un câble, qui, si je n'avais pas eu le réflexe d'interrompre le moteur électrique des poulies, lui aurait sectionné les phalanges. Mon père tombait, se relevait, retombait, pour se retrouver sur le pont à quatre pattes, puis à plat ventre. Ne sachant à qui s'en prendre, il insultait les vagues, qui le projetaient en retour contre le bastingage. En le regardant s'empêtrer dans cette infernale polka, me venait l'expression des montagnes russes. Il était ça, aussi, mon père, une montagne, russe, de désordre, de drôlerie, d'inconséquence. Cela explique l'état d'épuisement dans lequel je me trouvais durant les cours de Ginesté, brave homme, qui ne désespérait jamais de vous apprendre à lire ou à compter, et ne s'agaçait pas de recevoir des pages blanches en guise de devoirs.

Le professeur Ginesté, ce drôle de bonhomme vaguement idéaliste et buté, était donc devenu ce nonagénaire rabougri, ne tenant plus debout que par la grâce de ses béquilles. Il flottait encore sur son visage raviné une expression de son sale caractère d'antan, dans ses yeux surtout, toujours vifs, protégés par des lunettes de vue démodées, avec des carreaux vert clair, comme certains myopes en portaient dans ces années-là. Peut-être des verres renforcés, conçus pour se prémunir des copeaux de bois et d'acier qui vous arrivaient brûlants dans la figure. À se demander même comment le vieil homme faisait pour y voir encore quelque chose, dans l'obscurité des locaux de cette association. Mais il était là, bien là, avec un cerveau visiblement bien ordonné. Il le fallait pour qu'il m'ait reconnu aussi rapidement, parce que je n'avais pas rajeuni moi non plus. La dernière fois que je lui avais adressé la parole, c'était l'année de mes quinze ans, celle de la disparition de mon père donc, où j'ai envisagé de quitter ses cours. Comme pas mal de jeunes de l'époque, j'avais alors les cheveux longs et trois poils au menton, tandis que désormais mon crâne était aussi dégarni que ma barbe était dense. Bref, je n'étais plus tout à fait le « petit Warliss » qu'il avait eu comme élève autrefois. Assez peureux tout de même, et craignant l'autorité au point de paraître timoré, effacé. Oui, j'ai certainement été le moins frondeur de ses élèves.

J'avais à l'époque suffisamment d'espace pour loger ma colère, à la maison avec ma folle de mère ou sur le bateau de mon père à veiller chaque nuit sur lui.

De fait, Ginesté n'a pas manqué de me le rappeler, ce jour-là :

— Alors Warliss, toujours aussi léthargique ? Qu'est-ce qui nous vaut l'honneur de ta visite ? Et lui, ce petit, qui c'est ? Ton fils ? m'a-t-il balancé, en pointant de sa béquille le gosse resté agenouillé devant le panneau des petites annonces, et qui continuait de transvaser de la cire liquide d'un godet à un autre, reproduisant mes précédents gestes.

Ginesté avait posé la question d'une façon tout à fait dénuée d'humour. En dépit des origines évidentes du gamin, il semblait réellement supposer qu'il pouvait s'agir du mien ; ça m'a quand même un peu troublé, ça aussi.

— Non, ai-je répondu de façon hésitante, comme lorsque je me trouvais en face de lui, autrefois. Non, monsieur Ginesté, c'est juste un gamin que j'ai trouvé sur le port… Avec ma femme, on l'a hébergé deux jours à la maison, et je me disais que ce serait bien qu'on le confie à votre association.

Pendant un instant, Ginesté est resté interdit. Et ce qui retint finalement son attention, c'était que je sois marié.

— Alors comme ça, t'as réussi à trouver une femme qui veuille bien de toi, Stanislas ? a-t-il lancé, l'air vachard, cette fois.

Je me suis retenu de lui demander si de son côté il avait rencontré la femme de sa vie, mais je connaissais par avance la réponse. Il n'était pas difficile, en le voyant aussi mal fagoté, avec ses épaules chétives et son torse rétréci, de l'imaginer rentrant seul chez lui chaque soir pour s'y faire cuire une boîte de petit pois ou se contenter de la manger froide, à même la boîte, pour s'épargner la vaisselle. Chienne de solitude !

Afin de parler au calme, Ginesté m'a invité à le suivre dans son bureau situé dans l'aile droite du bâtiment, c'est-à-dire à l'autre bout d'un interminable couloir. Et pour accéder à ce petit coin logé sous un escalier, qui fleurait la nicotine et dont les murs étaient couverts de dessins d'enfants, il a fallu faire un détour par une pièce condamnée au centre de laquelle une large béance faisait office de porte improvisée, nous obligeant, l'enfant et moi, à soulever le vieillard pour l'y faire passer avec les précautions requises pour un personnage de cire. J'ai été frappé par la légèreté du bonhomme et aussi de sentir ses os saillants sous le molleton de sa combinaison. Au terme de cette escapade, Ginesté a pris place derrière son bureau où s'entassaient des piles de dossiers et nous a désigné deux tabourets brinquebalants.

— Ainsi, tu dis que t'as récupéré ce petit sur le port ?

— Oui, il était recroquevillé sous une pile de filets, tout apeuré et tremblotant.

— Hélas, ces gamins se cachent où ils peuvent. La semaine dernière, il y en avait deux planqués dans les sèche-linge du lavomatique de Saint-Martin. La dame qui les a découverts a failli faire une syncope, comme si des ragondins avaient surgi du tambour des séchoirs !

En me décrivant la scène, le visage du vieillard s'est fendu d'un sourire. Pour le reste, Ginesté n'a pas eu besoin d'entendre le gosse pour deviner ses origines. « Tanzanie, c'est un petit Tanzanien », a-t-il dit en posant sur l'enfant un assez long regard, du genre de ceux qu'on porte sur un moteur de voiture afin d'en jauger la puissance et la consommation. Technicien en toutes choses, ce Ginesté, me suis-je dit. Ainsi, mon petit réfugié était tanzanien, et, toujours d'après lui, il n'avait guère plus de six ans. Pour le reste, c'est-à-dire mon idée de le lui confier, tout ce qu'il pouvait me proposer était d'effectuer quelques démarches afin de trouver ses parents, ou une famille d'accueil. En attendant, il valait mieux que je le garde à la maison, clandestinement.

— Chez moi ?

— Oui, chez toi, Stan. C'est encore là qu'il sera le plus en sécurité. L'association ferme ses portes chaque soir à dix-huit heures. Impossible d'enfreindre cette règle, surtout en ce moment avec les zèbres de la préfecture qui nous cherchent des crosses. Cette vieille ordure de Joseph Atvet attend le moindre faux pas pour nous foutre dehors. Cela dit, si garder ce gosse chez toi t'indispose, on pourrait aussi solliciter la DDASS. Mais il se retrouvera avec d'autres égarés de son acabit, et grossira les quotas de mineurs étrangers isolés qui font les choux gras des politiques d'extrême droite.

Il avait raison, Ginesté. J'aurais eu du mal à m'en remettre à la DDASS, parce que je les avais un peu fréquentés, moi aussi, ces longs couloirs en chicane de l'administration, après la disparition de mon père et alors que ma mère, qui avait déjà presque complètement perdu la tête, me vouvoyait ou, dans le meilleur des cas, me confondait avec mon père ou le sien, de père. C'est rude, une mère qui perd la boule. Avant son internement, il y avait eu de longues périodes de comportements saugrenus, comme lorsqu'elle se déplaçait de maison en maison en proposant aux gens de lui offrir quelque chose en échange d'une allumette. C'était tellement étrange que les gens jouaient le jeu, par crainte peut-être que ma mère n'incendie leur baraque. Et elle rentrait à la maison les bras chargés de trucs inutiles, cagettes, fruits avariés et autres objets hétéroclites dont on ne savait que faire. Je n'avais pas encore tout à fait seize ans à cette époque. Et je n'avais d'autre choix que celui de tenir debout. En attendant, j'en avais vu, des conseillers d'orientation, censés décider si oui ou non, je pouvais quitter le cycle de formation où je m'ennuyais à mourir à apprendre la maçonnerie et la plomberie. À fréquenter d'autres jeunes encore plus désœuvrés que moi, comme mon ami Maxence, par exemple.

C'est une aventure que de subir l'abandon. Et encore, moi j'étais né ici et je parlais le français. Ce qui n'était pas le cas de ce petit, récupéré dans un colis. Pour autant, de même que Ginesté refusait de prendre le risque d'héberger des clandestins, il me semblait difficile de garder ce gosse sans prendre celui d'attirer sur nous l'attention de nos fils gendarmes, principalement.

— Garder ce gosse à la maison risque d'être compliqué monsieur Ginesté, ai-je tenté d'objecter. On ne parle même pas sa langue !

Mais à cela aussi, Ginesté avait une réponse.

— Ne t'inquiète pas pour ça Stan, je t'enverrai rapidement un interprète qui te permettra d'établir une relation avec l'enfant. De toute façon, ça n'est que temporaire, hein, j'ai bien compris que tu n'avais pas les moyens de t'occuper de lui.

Et j'ai quitté les locaux de l'association avec la sensation désagréable de m'être un peu fait berner. Revoir Ginesté n'avait pas été sans me procurer un certain plaisir, mais je ne croyais pas une seconde qu'il trouverait une solution pour le gosse, ni même qu'il nous enverrait un traducteur. Et il valait mieux que je ne montre rien de ma déception à l'enfant qui, lui, était resté parfaitement digne au cours de l'entretien.

— T'inquiète pas bonhomme, on va y arriver, on va les retrouver, tes parents ! ai-je dit en démarrant ma fourgonnette, comme si l'enfant était capable de comprendre.

Ce même jour, il m'a semblé urgent de faire un saut à l'hôpital de Kervan-les-Fosses, pour prendre des nouvelles de Maxence. Je me souvenais que j'avais ramassé son téléphone sur le parking de l'Hoverport, et que l'appareil se trouvait d'ailleurs là, dans la boîte à gant de ma camionnette avec ses quelques autres effets personnels, lunettes, boucle d'oreille… Ainsi, me suis-je dit, s'il était sorti du coma et qu'il avait eu l'idée de m'appeler, il n'aurait certainement plus disposé de mon numéro.

L'entrée de l'hôpital était accueillante, en tout cas bien plus avenante que la nuit où j'avais laissé Nadine et Maxence aux urgences. En m'approchant de la réception, je me suis dit que je commettais peut-être une erreur en voulant prendre des nouvelles de mon vieil ami, parce que j'ai aperçu derrière le comptoir quelques écrans de vidéosurveillance. Écrans dans lesquels je venais de faire une apparition avec l'enfant, mais il était trop tard pour reculer, sans prendre le risque d'attirer plus encore l'attention sur nous. Je me suis penché sur l'hôtesse d'accueil en inclinant mon visage sur le côté, une façon de me rendre moins reconnaissable, et je lui ai demandé d'une voix basse et aimable s'il était possible de prendre des nouvelles d'un ami qui avait été hospitalisé récemment.

— Oui, bien sûr, m'a-t-elle répondu, quel est son nom ?

Et j'ai eu un autre moment d'hésitation, parce que si je me souvenais que le véritable prénom de Maxence était Robert, j'avais un doute quant à son nom de famille. Et puis je me suis rappelé que c'était Malendreck. Robert

Malendreck. Comme elle me demandait comment l'orthographier, je me suis évidemment trouvé dans l'impossibilité de répondre. J'ai juste dit qu'il avait été déposé ici aux urgences le samedi précédent, « inconscient, dans un état critique », ce qui me paraissait être le terme approprié pour définir l'état catastrophique dans lequel je l'avais laissé. Et j'ai ajouté que ce soir-là, il était accompagné d'une femme.

— Son épouse ? m'a demandé la réceptionniste en pianotant sur son ordinateur.

Et là encore j'ai hésité, parce que je n'étais pas certain qu'ils soient mariés. J'aurais pu me lancer dans une description vestimentaire de Nadine, mais je me suis remémoré que ce soir-là, elle n'avait pas eu le temps de se changer, et qu'elle avait débarqué ici en mini-jupe de skaï, bas-résilles, hauts talons et bustier. Le visage barbouillé de rimmel. Donc, là encore j'ai préféré m'abstenir de dresser son portrait.

La réceptionniste m'a demandé si j'étais de la famille du patient.

— Non, juste un ami… lointain, ai-je précisé. Lointain. Et je voulais juste savoir si mon ami Maxence était sorti du coma, et s'il était possible de lui rendre visite…

La femme a de nouveau pianoté sur son ordinateur et m'a dit d'un air vague que non, il n'était pas sorti du coma depuis qu'il était arrivé aux urgences. Et qu'entre-temps, il avait été changé d'établissement.

— On l'a transféré où ?

Et là, elle m'a répondu qu'elle ne pouvait communiquer ce genre d'information qu'aux membres de la proche famille, et il m'a paru vain et même risqué d'insister.

Le déjeuner de présentation de notre petit protégé à Luc et Fabien s'est déroulé sans trop de problèmes, parce que ce dimanche-là, Fabien était venu avec une jeune fiancée. La première depuis longtemps, et il avait tenu à nous la faire rencontrer à cette occasion, ainsi qu'à son frère Luc. Cette jeune fille répondait au nom de Diana et exerçait le métier de coiffeuse dans la région de Brêmes. Plutôt gentille et bien élevée, elle nous obligeait tous à un effort d'humeur et de savoir-vivre. Il y en avait eu d'autres, avant elle, des filles. En général, il s'agissait de créatures rencontrées sur Meetic, et elles prenaient la poudre d'escampette dès qu'elles découvraient la profession de nos garçons. Mais cette jeune coiffeuse dont s'était entiché Fabien, non. Nouer une relation avec un gendarme ne semblait pas la rebuter. Ce qui, à la réflexion, était plutôt un signe d'intelligence, parce que je sais à présent qu'on ne peut pas cataloguer quelqu'un en fonction de sa profession. Dans le cas de Fabien principalement, qui a toujours été doux et prévenant, bien moins caricatural que son frère Luc dans ses façons d'envisager son métier. Bref, cette nouvelle venue dans la famille nous a obligés à la bonne humeur, au calme et à l'ouverture d'esprit. Ainsi, en servant l'apéritif, lorsque j'ai annoncé à l'assemblée avoir renoncé à ma fonction de chauffeur de nuit pour travailler prochainement comme poissonnier dans la galerie marchande de Saint-Martin, personne n'a sourcillé. Pas plus que lorsque Françoise a expliqué que l'enfant qui logeait chez nous était un petit réfugié que nous avions décidé d'héberger pour le compte de l'association des Libres Goélands. Et Dieu sait pourtant si cette association avait donné du fil à retordre à nos fils, en particulier les jours de manifestations qui avaient précédé l'occupation de leurs locaux. En temps normal, à cette annonce d'accueillir un migrant chez nous, Luc serait monté sur ses grands chevaux, ça aurait même donné lieu à de vives engueulades. Peut-être même aurait-il quitté le déjeuner en claquant la porte et en faisant crisser les pneus de sa bagnole dans les allées de la zone pavillonnaire, attitude dont il était coutumier. Mais là non. Luc était tenu d'adopter un comportement courtois et compréhensif, ne serait-ce que par solidarité pour son frère qui méritait de rencontrer la femme de sa vie, et pourquoi pas même un jour envisager d'avoir avec elle des enfants, puisqu'ils semblaient totalement amoureux. Fait remarquable, ce jour-là Fabien s'était parfumé, ce qui ne lui arrivait jamais. Et puis il avait délaissé son sempiternel polo bleu pervenche pour un sweat-shirt à motif qui le rendait plutôt sympa, décontracté. Et le rajeunissait de dix ans. Ainsi, le déjeuner a été très réussi. Avec Françoise, nous nous sommes prêté de notre mieux au jeu des beaux-parents sympathiques et souriants. Sorte de trêve de la colère. Au point qu'à un moment, à l'occasion d'un bref regard échangé, j'ai réellement cru qu'elle m'avait pardonné, et que tout allait repartir comme avant. Il faut dire que j'avais fait moi aussi des efforts. Je m'étais rasé et j'avais troqué mon habituel pantalon de travail pour un jean propre. Et puis, je m'étais fait un devoir d'animer la conversation là où en général je passais pour un type taiseux, voire bougon. Parler de tout et de rien n'a jamais été ma spécialité, je l'ai déjà dit. Mais là, vraiment, j'avais été un exemple d'urbanité et de courtoisie. L'interrogeant sur l'origine de son joli prénom, j'appris par exemple par Diana que ses parents l'avaient nommée ainsi par passion pour la princesse rebelle d'outre-Manche. Quand je lui ai fait remarquer qu'elle était coiffée comme elle, elle en a été visiblement émue.

— Oh, mais comme cela me touche ! s'est-elle exclamée en envoyant des œillades à Fabien, sans que je sache s'ils se foutaient de moi et de mes efforts de civilité. Parce que tout cela devait paraître quelque peu fabriqué. En fait, j'essayais surtout d'occuper le terrain de la conversation pour éviter que Luc nous fasse un petit bilan de ses affaires en cours à la gendarmerie, comme il en avait l'habitude à l'occasion de ces visites dominicales. Ses « petits dossiers », comme il les appelait. Bagarres, vols à la roulotte, et incivilités de toutes sortes. Et qu'il nous informe là, entre l'entrée et le plat principal, de la découverte d'un cadavre sur le parking de l'Hoverport. Une telle annonce aurait à coup sûr cassé l'ambiance, et je ne suis pas certain que Françoise aurait résisté au choc sans s'effondrer en larmes. Parce qu'elle me faisait l'effet d'être très fébrile. Il y avait par exemple certains mots qu'elle ne pouvait plus prononcer sans bégayer, parmi ceux-ci : parking, camion, colis, vélo, Amazon, Instagram… Mais tout s'est bien passé, jusqu'à même ce moment tant redouté où nous avons remis à Luc et Fabien les uniformes propres pour la gendarmerie. C'était à la toute fin du repas, et Luc n'a absolument rien remarqué de son gant rafistolé. Peut-être aussi parce que nous avions abusé des digestifs, poire, pomme, etc. Et qu'il n'aurait pas fait la différence entre une chaussette et un bonnet. Une chose était certaine, ce déjeuner avait été une réussite. Diana avait adoré ce moment passé avec nous. Ce qui l'avait particulièrement émue, avait-elle dit, c'était la présence de cet enfant dans notre demeure. Elle n'en était pas revenue, d'une telle merveille. En observant notre petit, que nous avions d'ailleurs installé à côté d'elle à table, elle s'était exclamée qu'elle rêvait d'avoir un jour un enfant aussi beau et aussi gentil. Parce que le gosse s'était comporté de façon exemplaire. Chaque geste, chaque son, chaque mot prononcé, semblaient retenir son attention. L'émotion passait par son regard avec une telle intensité qu'en vous dévisageant il vous donnait l'impression d'être unique. Lorsque quelqu'un s'adressait à lui, comme il est d'usage de le faire avec des tout-petits, sans espérer une réponse, ou même qu'il nous comprenne, il fredonnait à voix basse « Opiyo, Opiyo… » avec cette même intonation d'oisillon. Mais en général, il se contentait d'observer silencieusement avec gravité. Et son visage s'illuminait par à-coups, à la vue de choses qui nous semblaient à nous, banales, acquises. La brillance d'un couvert, la forme du verre, le motif brodé d'une serviette, ou encore le bruit du moulin à poivre électrique, un des rares objets conservés de mes escapades nocturnes, provoquaient chez notre petit chérubin des soupirs d'admiration. Même notre sac à puces Marcelin, qui n'était jamais très bien lors de ces déjeuners, à son contact, redevenait majestueux. Lorsque le petit lui posait la main sur le crâne, il se redressait avec la fierté d'un lion. Et en regardant ce gosse, on en arrivait à la conclusion que c'était lui qui voyait vrai, et qu'il y avait effectivement des raisons de s'émerveiller d'un tel luxe, d'un tel confort de vie.

Idem lorsqu'il goûtait à la cuisine de Françoise, on aurait cru qu'il était convié à la table d'un chef étoilé. Mais là, dans l'incapacité de formuler des compliments, comme n'importe quel individu bien élevé, il se contentait de manger, avec délicatesse. Et d'apprécier, visiblement. Donnant tout son sens au proverbe « le silence est d'or ». Oui, l'attention de cet enfant était d'or, d'ébène et d'or, et vous obligeait à réfléchir avant de prendre la parole. Ou d'utiliser je ne sais quel superlatif pour définir le goût d'un gratin dauphinois, comme Françoise en avait d'ailleurs fait un en ce jour de réunion familiale. En accompagnement d'un rosbif, qui était à tomber lui aussi, et ne demandait aucune autre forme de louange que le silence. Finalement, cet enfant était le raffinement incarné, une leçon de savoir-vivre. Et il n'y avait eu aucune raison de douter de la sincérité de Diana lorsqu'en le regardant, elle avait dit rêver pour elle, un jour, d'en avoir un aussi doux et aussi bien élevé. C'est d'ailleurs à cette réflexion que nous avons échangé un coup d'œil complice avec Françoise. Comme si la même idée nous avait traversé l'esprit. Celle que Diana porterait un jour l'enfant de Fabien et même, pourquoi pas, qu'elle adopterait notre oisillon. Et qu'à la suite de ces événements nous nous rabibocherions et formerions un couple de grands-parents exemplaires. Mais sur ce sujet, il ne fallait pas que je me fasse trop d'illusions, c'était un coup d'œil comme par réflexe. Une étincelle, à peine. Une fois nos invités repartis, l'atmosphère de notre maison s'est obscurcie à nouveau.

Et donc le lendemain, qui était un lundi, j'ai commencé mon service de poissonnier dans la galerie marchande de Saint-Martin. Le plus dur finalement avait été d'enfiler ce costume folklorique de marin pêcheur dont le tissu laineux et rêche, étriqué aux hanches, me donnait l'impression de porter une vareuse comme les enfants des beaux quartiers, autrefois. J'avais bien essayé de négocier avec Thérèse pour ne pas avoir à nouer ce ridicule foulard rouge autour de mon cou, pour échanger le bachi à pompon contre une simple casquette, mais c'était sans appel car, selon elle, cette tenue de pêcheur à l'ancienne symbolisait mieux qu'une enseigne l'esprit de sa poissonnerie, qu'elle voulait authentique. Traditionnel. Pour le reste, elle avait eu raison d'insister : ne savoir ni lire ni écrire ne m'empêchait ni de gérer l'étal, ni de servir correctement les clients. Je connaissais d'instinct chaque variété de poisson. Et pour les exotiques, je n'avais aucune difficulté à me souvenir qu'il était préférable de ne pas préciser leur provenance. Telle la perche du Nil ou la petite friture de Roumanie. Ou encore, qu'il fallait préférer le terme « saumonette » pour définir le requin, bien moins appétissant *a priori*. « Les gens préfèrent ne pas connaître l'origine de ce qui se passe dans leur estomac ! » m'avait dit Thérèse, et elle avait raison. La vérité n'est passionnante pour personne, en fait elle est par définition indigeste. Je me sentais à ma place ici. Il y avait, en face de notre poissonnerie, une croissanterie, une boucherie, une fromagerie, deux charcuteries, l'entrée du gigantesque Auchan qui jouxtait celle du non moins gigantesque Carrefour Market, et entre eux et nous, au centre de l'allée, l'escalator sur lequel les passants montaient comme au ciel. La musique d'ambiance, qui semblait avoir été produite par des machines intuitives, ne me dérangeait pas. En fait de sonorité, c'était soyeux, sirupeux. Cette sensation de temps parallèle, cette musique niaise, ce granit et cette clarté immuable des néons, c'était à peu près tout ce dont j'avais besoin. Je ne pouvais que regretter de ne pas avoir accepté ce travail ici plus tôt, ça m'aurait évité quantité d'ennuis. Mais ce genre de constat ne mène à rien, je le savais, il me fallait apprendre à assumer et à relativiser mes états d'âme. À poser un pied devant l'autre. À grandir, quoi.

Les premiers jours, je m'en souviens, je m'étais trouvé ému par les crabes et les langoustes, disposés dans un aquarium, et d'autres exposés à la vue dans des bacs de polystyrène. J'en avais pêché des tonnes et des tonnes, de ces bestioles préhistoriques à pinces et carapaces, mais là j'avais l'impression de les observer pour la toute première fois. Écrasés par la lumière froide des néons, les pinces enserrées par un solide caoutchouc bleu. Entassés les uns sur les autres, ou reclus chacun dans son coin à attendre. Une société de bagnards dans le couloir de la mort, voilà l'effet qu'ils me faisaient. Avant d'atterrir ici, ces damnés de la nuit des temps étaient passés par les tapis roulants de la criée de Boulogne, puis par ceux des halles de Rungis, où ils avaient été triés et négociés par des vendeurs en gros, pour revenir ici, en camion, dans leur région d'origine. Il ne fallait pas que je les regarde de trop près, ces animaux-là, qui semblaient me dévisager eux aussi avec un air résigné. « T'inquiète pas, Stan, semblaient-ils me dire, tu y passeras toi aussi ! »

Parmi mes premiers clients, cette semaine-là, il y avait eu mes très insolites voisins anglais John et Irving Dunhill, vêtus comme pour se rendre à une partie de campagne. En costume de velours vert clair pour l'un et pourpre pour l'autre. Tous deux étaient coiffés de casquettes avec cache-oreilles en tweed, et ils tenaient chacun un panier en osier sous le bras. J'aurais pu me moquer d'eux, mais ils ont semblé identiquement décontenancés de me découvrir ici, derrière ce comptoir, grimé en marin pêcheur de carte postale. Ils étaient venus chercher une douzaine de homards, qu'ils ont emportés dans leurs paniers en osier. Ils n'ont rien acheté d'autre, ni visité aucune autre échoppe de la galerie. Juste nous, et juste une douzaine de homards. Thérèse m'a appris qu'ils étaient parmi ses plus gros clients et qu'ils n'investissaient que dans des animaux vivants. Ce que j'ai trouvé louche, bien sûr. Mais je n'étais pas très objectif, car ces gens incarnaient de mon point de vue la suffisance, le mépris courtois et policé, la sortie de l'Union européenne, qui restait selon moi l'acte de trahison suprême. Et je n'oubliais pas avoir aperçu Irving, un jour, en train de se livrer à d'étranges expériences sonores sur des poissons en aquarium dans son jardin. Que faisaient-ils de leurs journées et où plaçaient-ils leurs anxiétés, ces vieux nantis ? Je n'en avais foutrement pas la moindre idée. Et quand, au moment de régler l'addition des homards, jetant quelques pièces dans la coupelle des pourboires, John m'a redemandé à voix basse si « par hasard » je n'étais pas maintenant disposé à leur céder mon bateau, je me suis retenu de lui jeter une pelletée de glace à la figure.

Il me fallait de toute façon produire quelques efforts de civilité. Pratiquer l'art gymnaste du sourire, parce que c'est un sport que d'étirer ses mandibules. « Bonjour madame, bonjour monsieur, quel temps magnifique ce matin ! Vous en avez un beau chapeau, une bien bonne mine, un joli toutou » et ainsi de suite. Thérèse affirmait qu'apprendre à parler pour ne rien dire n'était pas si compliqué, que c'était une affaire d'oxygène. Il suffisait de laisser passer de l'air dans sa tête, et de poser des mots dessus. Que ces mots en soi, n'avaient aucune importance, que ce qui comptait, c'était la jovialité, le ton employé pour les formuler. Et je voyais bien que chez elle c'était une seconde nature, au point que je l'ai surprise plus d'une fois en train de parler toute seule. Souvent, en recomptant sa caisse à l'heure de la fermeture, elle parlait aux billets et aux pièces de monnaie, les toutes petites, surtout, celles cuivrées, qu'elle appelait affectueusement mes « petites pauvrettes », en les faisant tinter dans sa paume. Sacrée Thérèse ! J'imaginais sans peine la gamine qu'elle avait dû être : fillette isolée dans un coin de la cour de récréation, conversant d'une identique manière avec les marrons et les feuilles mortes. Leur prêtant des qualités de gentillesse, d'intelligence. Pour ça, nous ne sommes pas tous égaux dans notre relation au monde. Moi, j'en étais encore à apprendre à sourire à mes congénères.

Durant les longues plages de temps où aucun client ne se présentait au comptoir, entre quinze et dix-sept heures notamment, je m'activais à remettre en ordre mon étal. Par famille, ou par ordre de taille et de prix : les merlans avec les maquereaux, les sardines avec le cabillaud, les truites avec le saumon, les seiches avec les poulpes, comme une hiérarchie des espèces, plus ou moins rares, sauvages ou d'élevage. Plus ou moins chères, surtout. Pour me dégourdir les jambes, j'allais le plus souvent possible au frigo chercher des sacs de glace et puis une fois tout ce froid réparti sur le présentoir, je passais un grand coup de serpillière sur le carrelage. Et puis des coups de chiffon sur la balance et les ustensiles. Une autre façon de m'activer pour moins gamberger. Et je peux affirmer que ça marchait. Que je pouvais passer des heures entières en retrait de mes soucis. Je n'étais le chef de personne, ni responsable de rien, et j'exigeais que mon cerveau me foute la paix.

À l'heure de la pause, je ne résistais pas à l'envie de passer un coup de fil à Françoise, pour savoir comment ça se passait, si le gosse n'était pas trop triste. Un bon alibi pour entendre la voix de mon épouse, en espérant un peu de considération. « Oui, ça va… » me répondait-t-elle, pas dupe, sur le ton glacial que l'on réserve à un démarcheur téléphonique.

Thérèse qui m'entendait lui parler, criait par-dessus mon épaule : « Embrasse ta femme pour moi ! » Et je m'abstenais de le faire, parce que Françoise ne tenait plus du tout à ce que je l'embrasse, ni la touche, ni même la regarde. Ce boulot que j'avais trouvé dans cette galerie marchande, et qui mettait quelques kilomètres de distance entre nous, était en réalité le plus beau cadeau à lui faire.

À l'heure de la fermeture, sur les coups de dix-neuf heures, il fallait faire place nette, remettre les poissons en cagettes, les pousser dans la chambre froide, passer une dernière fois la serpillière et puis l'éponge sur le présentoir. Enfin, il était bienvenu de papoter avec Thérèse, de prendre des nouvelles de son mari, de ses petits-enfants, comme si tout ça m'intéressait. Comme si nous n'avions pas eu le temps de le faire pendant nos longues journées, elle à sa caisse, et moi derrière mon présentoir. Échange de banalités bienveillantes et, chaque mardi, il fallait en sus prendre part à un apéro avec les autres commerçants du centre, qui avait lieu habituellement dans le laboratoire du boucher. Chacun apportait une bouteille, lui fournissait le saucisson et les gobelets en plastique. Ce rendez-vous était une façon de se sentir en famille, de ne jamais être tout à fait concurrents. Des liens se tissaient, des histoires s'inventaient, on pouvait voir l'apprenti boulanger nouer une relation avec la caissière du fromager, le pâtissier reluquer d'un peu trop près l'épouse de son patron. Je prêtais attention à tout ça, comme on se livre à un apprentissage de la vie en communauté. En retour, personne ne s'intéressait beaucoup à moi, parce que je restais là, dans un coin, les oreilles offertes mais le regard perdu vers le fond de mon gobelet. Les raisons qui m'avaient poussé à prendre cet emploi, je préférais les garder pour moi.

Enfin, vers vingt heures, je reprenais le chemin de la maison, éreinté mais tranquille. Avec le sentiment d'avoir accompli ma journée. Souvent, l'enfant était déjà couché lorsque je débarquais. Il dormait, mais je ne résistais pas à passer une tête dans notre chambre où nous avions pris l'habitude de laisser une lampe allumée. En mode veilleuse, couverte d'un tissu pour en atténuer l'intensité. Lorsque je poussais la porte de notre chambre, c'était toujours avec émotion. J'avais alors l'impression de pénétrer dans une serre où s'épanouirait une plante rare. Cette plante, cet enfant endormi, c'était la récompense de ma journée.

Mon vrai plaisir était surtout le dimanche après-midi, jour de repos où, passé le déjeuner avec mes fils et ma future belle-fille, les laissant bavasser autour d'un café ou d'un digestif, nous nous évadions avec Opiyo vers les bords de mer. C'était à dix ou quinze minutes en camionnette. Un moment heureux, sans être tout à fait gai, parce que la Manche ne l'est pas et ne le sera jamais, et qu'il me revenait en mémoire des promenades que je venais y faire avec mon père, autrefois. C'étaient déjà des dimanches. On marchait pendant des heures sur le rivage, avant d'emprunter le chemin des falaises qui demandait l'effort requis pour une promenade en montagne. Tout en haut, postés sur le vide, des blockhaus racontaient la guerre. Et je voyais bien affleurer sur le visage de mon père, lorsqu'il contemplait ces bunkers, des expressions d'enfant rêveur, parce qu'il avait vu à peu près les mêmes sortir de terre dans ses paysages de l'Est. Ça avait été ça, son enfance à lui, la guerre. Une belle enfance tout de même, pleine d'aventures, parce que les enfants s'arrangent de tout. Ils étaient simples ces moments que je passais avec mon père. Les plus réussis peut-être. Nous n'aurions pas été plus heureux de visiter une cathédrale, ou le musée du Louvre. C'est d'ailleurs dans ces mêmes sanctuaires de béton que je venais me réfugier juste après sa disparition pour y retrouver mes esprits, gagner en apesanteur. Là que je me sentais en sécurité. À travers les ouvertures prévues pour les canons, j'envoyais des prières vers le ciel et la Manche. Je disais : « Papa, si tu es vivant quelque part, envoie-moi un message ! » En espérant que ces semonces votives l'atteignent où qu'il se trouve, ce père disparu. Et ma première surprise, en revenant là, cinquante ans plus tard avec l'enfant, c'est qu'en l'espace d'une vie quelques-uns de ces monuments que j'avais envisagés éternels s'étaient affaissés, avaient dégringolé des falaises. Et qu'ils étaient pour certains partiellement ensevelis dans le sable, ou recouverts d'un épais manteau d'algues. Ce jour-là, j'ai essayé de faire rire le gosse, en le soulevant à bout de bras pour qu'il grimpe sur ces vestiges, et il n'a pas ri. Tout juste semblait-il éprouver de la fierté à tenir en équilibre là-dessus. À ne pas se laisser balayer par le vent qui poussait fort et produisait, en s'engouffrant dans les fenêtres de tir, des airs de flûte de Pan. C'était ça qui plaisait à l'enfant, finalement, le son que faisait le vent en traversant les bunkers. Alors je faisais l'effort de me taire.

Sur la plage, il nous arrivait de croiser des gens qui me saluaient et dont je ne connaissais pas les visages. J'en concluais qu'il devait s'agir de clients ou d'employés de la galerie marchande, que je prenais donc la peine de saluer en retour comme par réflexe. Ça ne me coûtait pas grand-chose ces bonjours, c'était une façon plutôt agréable de terminer les dimanches.

Parfois encore, à la tombée du jour, en remontant par le sentier de la Crèche, qui sillonne entre Honvault et Wimereux, on faisait un détour par le cimetière où ma mère était enterrée, et que je n'avais pas visité depuis des lustres, parce qu'elle était morte folle et que me remémorer son souvenir me donnait le vertige. Et puis les cimetières m'ont toujours donné une impression d'embouteillages absurdes, pires encore que les parkings de supermarché les jours de braderie. Avec chacun sa bagnole, plus ou moins spacieuse ou voyante, chargée à bloc de trucs inutiles. Comme si tout ça avait un sens. Comme si la mémoire de la mort avait un sens et qu'on pouvait la faire perdurer par des monuments. Avec le gosse, on retirait les mauvaises herbes de la tombe, comme par jeu, on y traçait des dessins à l'aide d'un morceau de pierre calcaire ramassé en chemin. Des oiseaux, beaucoup, qui ne sont pas difficiles à saisir d'un trait, mais aussi des bateaux à voiles, à rames, à vapeur, des fleurs de tournesol et d'autres plus élaborées, comme par exemple des anémones. Au point que l'on aurait dit un monument égyptien. Et puis, pour finir, cette stèle, on s'y asseyait pour déguster un sandwich, parce que ça faisait un banc plutôt confortable, à l'abri du vent, avec une vue dégagée sur la Manche. Et je me disais que l'appétit de ce gosse était un bel hommage à l'existence, et qu'on devrait tous faire ça, au moins une fois de temps en temps : aller pique-niquer sur la tombe de ceux qui nous ont donné la vie.

Un soir, en revenant du boulot, j'ai trouvé un type attablé dans la cuisine avec l'enfant. En entrant, je ne l'ai vu que de dos et, comme je croisais Françoise dans le vestibule, elle m'a soufflé qu'il s'agissait de l'interprète envoyé par les Libres Goélands. C'est bête à dire, mais cette information m'a un peu secoué. J'avais fini par me persuader que Ginesté nous avait oubliés. La première chose qui m'a frappé en le voyant comme ça de dos, cet individu, c'est qu'il portait un pull en grosse laine avec, par-dessus, un gilet démodé en peau de mouton, et que ses cheveux étaient frisés comme son gilet. J'ai eu un petit choc en constatant, quand il s'est retourné, qu'il s'agissait d'un Africain albinos. Oui, un choc, parce que je crois que c'était la première fois que j'en voyais un de près. Sa peau n'était pas blanche, mais beige, mouchetée. Ses yeux étaient marron, mais sans profondeur. Comme voilés. Et ses cheveux cuivrés telles des sections de fil électrique dénudées, désentrelacées. Il s'est présenté en me serrant la main, « Gontran, Gontran Esiromu ». Me voyant décontenancé, il a précisé que c'était un nom tanzanien. J'ai répondu que je m'appelais Stanislas Warliss, ce qu'il semblait déjà savoir. Et puis il a repris sa conversation avec l'enfant, comme si de rien n'était.

Ce qui était frappant, c'était à quel point leur discussion paraissait fluide. Gontran Esiromu questionnait l'enfant qui répondait, dans sa langue. Par moments le petit semblait ému, parce que quelque chose devait forcément l'intimider chez cet homme qui était tout de même inquiétant. Certainement aussi parce que la lumière du plafonnier surexposait l'épiderme de son front et faisait luire ses cheveux roux qu'il portait coiffés vers l'arrière, à la mode ancienne. Ses mains qu'il avait fines et longues étaient elles aussi recouvertes de taches, et donnaient l'impression d'une mue inachevée, comme si, à cet endroit de lui, l'albinisme ne s'était pas tout à fait exprimé.

Françoise s'était postée dans un coin et faisait semblant de mettre en ordre je ne sais quoi dans l'évier. Et j'entendais bien, à sa façon de déplacer casseroles et ustensiles, qu'elle était entièrement concentrée elle aussi à essayer de comprendre de quoi cet individu et l'enfant pouvaient bien s'entretenir. Avec, tout au sommet de notre inquiétude, l'idée qu'il puisse lui raconter comment il avait atterri ici, chez nous. C'est-à-dire dans un colis, et non pas sur le port comme j'avais tenté de le faire croire à Ginesté.

L'enfant disait quelque chose et Gontran faisait « Huuuum… huuum… » en le regardant attentivement, puis en consignant son témoignage sur un carnet. Et je crois que ce qui nous a effrayés surtout, avec mon épouse, c'était cette façon qu'il avait de tout noter. Consciencieusement, presque religieusement, dans un cahier à couverture rigide et sombre. À la fin de l'entretien, il a refermé avec précaution son grimoire. Je veux dire que dans sa manière d'en rabattre l'épaisse couverture vernissée, il a semblé redouter que les mots qu'il venait d'y consigner ne s'en échappent. Françoise, pour se montrer courtoise, et pour sans doute en apprendre davantage sur sa conversation avec l'enfant, lui a proposé un apéritif. Mais Gontran a refusé, parce qu'il ne buvait pas d'alcool, a-t-il dit, et qu'il avait d'autres rendez-vous de travail. Ce qui nous a surpris car il n'était pas loin de vingt et une heures. Et puis il a sorti un document d'une enveloppe kraft qu'il gardait dans un sac plastique sous la table. Il me l'a tendu en me précisant qu'il s'agissait d'une liste de mots en kiswahili, la langue de Tanzanie, traduits phonétiquement en français. Et que cette liste de mots nous serait utile pour communiquer avec l'enfant. Je n'ai pas osé lui avouer que je ne savais ni lire ni écrire, je me suis juste contenté de faire passer le document à Françoise, qui l'a rangé précautionneusement dans un tiroir aux côtés d'autres documents administratifs. J'ai demandé à ce traducteur quelle était l'histoire de cet enfant, ce qu'il avait appris en conversant avec lui. Et Gontran m'a répondu que l'enfant avait un nom, qu'il s'appelait « Opiyo », un prénom tanzanien. Alors j'ai reformulé ma phrase en demandant s'il avait compris d'où venait Opiyo. Et Gontran m'a répondu qu'il se trouvait apparemment dans une remorque de camion avec d'autres migrants, dont ses parents, lorsque ce camion avait été intercepté sur une aire de stationnement.

— Ah… et, il vous a dit où ils allaient, ses parents ?

— En Angleterre, à coup sûr.

— Et… euh, il a une idée de l'endroit où il est né en Tanzanie ?

— Non, évidemment, il est bien trop jeune pour le savoir.

Là-dessus, il y a eu un silence gêné. Parce que Gontran m'a dévisagé et ça m'a foutu très mal à l'aise. Un peu comme s'il s'attendait à ce que je lui décrive avec plus de franchise la manière dont ce gamin avait atterri ici. Évidemment que l'enfant, qui n'avait pas assisté directement à la scène de crime sur le parking, puisqu'il était enfermé dans son carton, avait dû lui raconter ce qu'il en avait entendu. Hurlements, chocs, bruits de coups de maillet, etc. *Idem* sur la façon dont il s'était retrouvé dans notre garage. En émergeant tel un diablotin de son colis. Ce moment d'hystérie, cette peur, comment les oublier ?

Et si ce Gontran Esiromu ne m'en disait rien directement, c'est parce que dans son métier de traducteur il devait avoir affaire à toutes sortes de menteurs et d'embrouilleurs. Et que le meilleur comportement à adopter avec un menteur, c'est de le laisser parler. J'étais bien placé pour le savoir.

En jetant un coup d'œil de biais à Françoise, silencieuse, qui restait dans son coin, un torchon à la main, suspendue entre deux gestes, et qui faisait miroir à mon malaise, je me suis dit qu'à la place de ce traducteur, moi aussi je nous aurais trouvés suspects. Un parfait petit couple de dissimulateurs, voilà ce que nous étions.

Pour ne pas paraître totalement sot, j'ai repris la parole pour demander quel allait être le sort d'Opiyo, et si les Libres Goélands allaient continuer de chercher ses parents. Gontran a pris un air vague, et m'a dit que c'était avec l'association que je devais m'en entretenir. Pour ce qu'il en imaginait, Ginesté devait être en train de lui trouver une famille d'accueil ou, effectivement, de tenter de retrouver ses parents. Et que ce genre de chose ne se règle pas comme ça d'un coup de cuillère à pot. J'ai trouvé drôle qu'il emploie cette vieille formule, que j'ai toujours entendue sans en comprendre le sens. « Cuillère à pot » n'a jamais rien voulu dire pour moi, et là-dessus le type s'en est allé.

Une fois la porte refermée derrière lui, le visage de Françoise s'est crispé. Elle s'est approchée tout près, et elle m'a dit « Alors ? » à voix très basse, comme si le type était encore présent dans la pièce ou qu'Opiyo avait soudain pu comprendre le français.

— Alors quoi ?

— Qu'est-ce que t'en as pensé ?

— De quoi ?

— De ce type... tu crois qu'il a compris comment le gosse a atterri ici ?

J'ai juste haussé les épaules. Façon de dédramatiser, parce qu'il fallait de toute façon continuer d'avancer. Et ne pas flancher surtout. Mais c'était aussi une manière de lui rendre la monnaie de sa pièce, de lui montrer que moi aussi je pouvais ne plus avoir envie de me perdre en conversation avec elle. Ce qu'Opiyo avait raconté à ce type, je n'en avais pas la moindre idée, je n'étais pas Dieu sur terre. Je passais de longues journées à bosser et à faire l'effort de ne plus penser, et j'étais crevé.

Et puis j'ai ajouté que ce qui comptait là, en premier, c'était de ne pas donner l'impression à l'enfant que quelque chose de bizarre était en train de se produire, et qu'il pouvait y avoir un avant et un après la visite de ce traducteur.

En fait, il fallait faire exactement comme si de rien n'était. Continuer de faire comme si de rien n'était.

Et c'est à partir de là que Françoise a commencé à donner des cours de lecture et d'écriture à Opiyo, se passionnant pour la langue bantoue, et à développer aussi un peu de curiosité pour la Tanzanie. Ce qui l'obligeait à renouer avec son ordinateur, qu'elle avait délaissé depuis sa mésaventure du commerce en ligne. Une chose qui l'effrayait, c'était que des clients la recontactent pour lui demander des conseils d'utilisation sur je ne sais quels produits qu'elle leur avait refourgués, ou la traitent de malhonnête parce qu'elle n'assurait pas le service après-vente.

Tandis que Françoise n'avait jamais été aussi honnête, et que du temps où elle se livrait à des activités de commerce en sous-main, ces combines ne dérangeaient pas ces mêmes petits malins, qui en profitaient en tant que clients.

Elle prenait Opiyo sur ses genoux et, en faisant défiler des images, lui disait : « Tu vois Opiyo, ça c'est ton pays. Tu reconnais ? » Avec l'espoir qu'à un moment ou un autre, l'enfant pointerait du doigt un paysage, qui nous donnerait une piste pour envisager le lieu d'origine de ses parents. Venaient-ils d'une ville, d'un village, d'un bidonville ? S'ils en possédaient une, qu'apercevaient-ils depuis la fenêtre de leur maison. Un champ, un bois, un bord de piste ou d'autoroute ? L'entreprise était hasardeuse au possible. « Mais on ne perd rien à essayer », disait Françoise en convoquant de nouvelles images sur son écran. Ce petit jeu des photos devait être une façon de relativiser ces tracas qui pesaient sur nos têtes, telle une pluie annoncée de météorites. Studieuse, pour capter l'attention du gosse, elle prononçait des mots en kiswahili en pointant son index vers l'écran. Et Opiyo, à certains moments, donnait un coup de menton, avec l'air d'avoir compris, d'être en accord avec elle.

La Tanzanie, pour ce que j'en observais, c'était pas mal de forêts et de lacs. Les arbres y ressemblaient à des pins, mais alors démesurés, et aplatis par le haut comme des parasols. Sous leur ramure broutaient des éléphants qui, en proportion, avaient l'air de mulots. Tout au fond de ces paysages, il n'était pas rare de voir émerger un mont, parfois couvert de neige. C'était, d'après Françoise, le Kilimandjaro. Ça on connaissait, je veux dire qu'on en avait entendu parler. Et puis à d'autres endroits, de l'eau, calme et verte, sur laquelle naviguaient des bateaux de pêche, équipés d'une seule voile en forme de lame, qui devait donc leur permettre de fendre le vent. Lorsqu'un individu apparaissait dans ces décors de rêve, il était souvent grand, longiligne même, vêtu d'une toge rouge, et portait une canne sur ses épaules. Parfois encore, il pouvait être vêtu de bleu, et paré de colliers de perles. Le climat qui régnait dans ces paysages semblait d'une douceur incomparable avec tout ce qu'il nous était possible d'imaginer. Pas de vagues, pas de pluie. Des orages, sans doute, mais qui ne donnaient lieu à aucune forme de tempête. Il y avait bien sûr fort à parier que toutes ces images avaient été triées par des sites de tourisme. Françoise ne disait rien, elle pianotait. Essayait de faire remonter encore d'autres vues de tout au fond du puits d'Internet, là où la source serait plus authentique. Elle trouvait des photos de villes, grandes les villes, poussiéreuses, avec des rues, des rues, des rues. Et puis des marchés couverts de tôles rouillées, désassemblées par les fortes températures. Des bords de fleuves, d'où se détachaient des ruisseaux qui semblaient relégués à la fonction d'égout, et transportaient à leur surface tout ce qui refuse de couler. Les matières plastique principalement, que des gamins bien débraillés et sales, mais qui semblaient y trouver leur compte, tiraient de ces flaques, du bout d'un bâton, en souriant ou en grimaçant. Avec, dans leur attitude, quelque chose de défiant à l'égard du photographe qui avait choisi d'immortaliser ces instants.

Opiyo se laissait bercer par le défilement, il regardait vaguement. Plus intéressé par les touches de l'ordinateur et le vernis à ongles de Françoise, qu'elle a toujours apprécié de couleur vive, que par les photos. Et puis Marcelin, bon compagnon, qui n'était jamais très loin dans ces moments-là, et attendait avec la dignité d'un chien en céramique qu'on lui balance un biscuit, n'était pas en reste pour le distraire.

Quelques jours après la visite de Gontran, j'ai reçu un coup de fil de l'association des Libres Goélands. Ginesté tenait à me voir urgemment avec le gosse dans ses « bureaux », comme il aimait dire pour évoquer son local associatif insalubre. Il semblait assez remonté, manquait de souffle. Sa voix, déjà naturellement altérée par la maladie, était entrecoupée par les bruits de clapet de sa prothèse. Entre les syllabes, j'entendais résonner des clac, clac, clac... et puis un brouhaha confus autour de lui. La première chose qui m'est venue à l'esprit, c'est que Gontran lui avait fourni un rapport détaillé de mes mensonges et omissions, soigneusement notés lors de son entrevue avec Opiyo. Je devais m'attendre à passer un sale quart d'heure. Je me souvenais encore assez précisément des colères de mon vieux professeur d'autrefois, qui étaient d'ailleurs assez rarement dirigées contre les élèves mais plutôt vers les machines-outils, qu'il envoyait valser d'un coup de pied quand il échouait à les réparer ; jugeant que l'administration du lycée se foutait de lui en lui refourguant un matériel aussi vétuste, digne d'un pays en voie de développement. Il faut se méfier de la colère des introvertis, et Ginesté était une parfaite démonstration de cette théorie : il gardait ses émotions pour lui, et puis d'un seul coup ça explosait. Aussi brutalement qu'un ventre de locomotive. Personne ne mouftait dans ces moments-là. Je me rappelais par exemple cette fois où il avait balancé une perceuse par la fenêtre. Le fracas de l'outil atterrissant sur la verrière du bureau du proviseur quinze mètres plus bas avait été assourdissant.

C'est donc avec l'idée de recevoir une bonne dégelée que je me suis rendu ce soir-là à l'association des Libres Goélands avec Opiyo. Françoise, inquiète, m'avait proposé de m'accompagner, mais cela m'avait paru inutile et contre-productif. Quitte à subir l'humiliation, je préférais qu'elle n'en soit pas témoin. Elle avait déjà eu sa dose de honte à cause de moi. Elle m'a demandé vers quelle heure je serais de retour, je lui ai dit que je n'en avais pas la moindre idée. Et c'était vrai.

Quand j'ai débarqué avec Opiyo dans les locaux de l'association, j'ai croisé Gontran dans un couloir ; lui aussi était convoqué, et il marchait à grand pas en rasant les murs, l'air préoccupé, mains dans les poches et tête basse. Ce qui m'a confirmé que cette réunion ne serait pas une partie de plaisir. Allions-nous nous voir retirer la garde de l'enfant ? Si tel était le cas, j'ai eu une pensée pour Françoise qui en aurait été bien attristée. Mais peut-être s'était-elle préparée à cette éventualité et ne m'en avait-elle rien dit pour ne pas m'attrister.

Ginesté nous attendait, en haut de l'escalier qui menait à son bureau, vêtu de son impayable combinaison de ski, dont les bretelles pendaient comme celles d'un slalomeur avant la compétition. L'air pensif, il tirait sur une cigarette dont la fumée ressortait par l'orifice de sa canule. Et là, il s'est adressé à nous à voix très basse, comme pour ne pas être entendu par des gens qui patientaient dans son bureau, nous annonçant qu'il venait presque à coup sûr de remettre la main sur les parents d'Opiyo.

« Ils sont là, dans mon bureau, ils nous attendent ! » a-t-il dit en tirant sur sa cigarette. Il y avait beaucoup de gravité dans sa façon de s'exprimer. Il était l'image que l'on peut se faire d'un vieux révolutionnaire, juste avant une victoire. En sachant qu'une victoire ne signifie jamais la fin des hostilités, et que Ginesté avait sans doute tout un tas d'autres dossiers à traiter.

Il a tenu à ajouter que ces jeunes parents, qui étaient donc tanzaniens, venaient de vivre quelques semaines harassantes, « très choqués » par la disparition de leur gosse lors d'une tentative de traversée de la Manche en canoë. Et j'ai compris à cet instant que nous étions presque à coup sûr venus pour rien, que ces gens qui patientaient dans son bureau n'étaient pas les parents d'Opiyo, et que la conviction de Ginesté ne reposait que sur ce mensonge que je lui avais fourni d'avoir récupéré le gosse esseulé et trempé dans la zone portuaire. Par avance, je m'en suis trouvé désolé. Mais je n'avais d'autre issue que jouer le jeu, fermer ma gueule et jouer le jeu.

C'était donc un couple de trentenaires, mais la femme avait déjà des cheveux blancs et semblait hagarde. « Le manque de sommeil et la détresse », me suis-je dit en la regardant et en lui découvrant une similitude avec ma propre mère lorsqu'elle était au plus mal. L'homme, quant à lui, avait un air de lassitude que l'on aurait pu prendre pour de la tranquillité : assez typiquement l'attitude de quelqu'un qui a trop espéré. Comme il fallait s'y attendre, tous deux sont restés de marbre à la vue d'Opiyo. Et soudain, la femme a fondu en larmes. Des sanglots à vous crever le cœur : toute l'injustice du monde se cristallisait là. Le mari a secoué la tête en direction de Gontran, qui leur a dit brièvement quelques mots de consolation dans cette langue roucoulante que je reconnaissais désormais comme étant du kiswahili.

Évidemment que cet enfant n'était pas le leur, c'eût été trop simple ! Leur naufrage au large des côtes anglaises remontait à plusieurs semaines, et il était évident que si leur gosse avait survécu, ils l'auraient déjà retrouvé. Et puis, personne ne survit aux eaux glaciales de la Manche en hiver, à plus forte raison sans équipement. Lorsqu'une embarcation est prise dans ces tourments, le mauvais réflexe, le premier, est de ramer pour garder le cap, alors qu'il vaut mieux se laisser dériver. Mais ce faisant, on repart vers les côtes françaises, et ce petit cirque peut durer longtemps à cause des creux sous-marins qui génèrent des tourbillons et contrarient les mouvements de la marée. Rien n'est vraiment prévisible, en mer. Rien. Les plus perfectionnés des outils de navigation ne vous protègent jamais tout à fait. Ces pauvres gens, dans leur tentative de franchir la Manche, n'étaient sans doute même pas parvenus jusqu'au passage de la Déroute, qui leur aurait de toute façon été fatal. Leur gosse était mort, voilà tout. Dans le meilleur des cas, on retrouverait son corps sur les récifs, ou dans les filets d'un chalutier, comme cela arrivait parfois. Méconnaissable, forcément. Je voyais bien, à la réaction de cette femme, qu'elle n'avait pas fini d'espérer. Pour toujours prisonnière de l'injustice de n'avoir pas disparu elle-même cette nuit-là, à la place de son gosse. Exactement comme moi autrefois, après la disparition de mon père. J'étais désolé, et je me trouvais bête de ne pas savoir comment l'exprimer. Aucun geste ni aucune parole ne me semblait pouvoir compenser une telle déconvenue. Désolé, sincèrement désolé. J'échangeai un regard avec Ginesté qui semblait l'être tout autant que moi, mais gardait une contenance. Il conservait un visage impassible, comme seul un professeur sait le faire. Réfléchi en toute circonstance. Il n'avait rien à ajouter. Sinon de me demander s'il était possible de profiter de ma camionnette pour que je raccompagne ce jeune couple au campement où ils séjournaient provisoirement, à quelques kilomètres d'ici, dans la zone boisée de Pittefaux.

Gontran a proposé de jouer son rôle de traducteur et de me guider, car le chemin menant au campement n'était apparemment pas si facile à trouver.

Et il fut d'une infinie tristesse, ce trajet, parce que la jeune mère tanzanienne ne cessait de sangloter en égrenant des paroles auxquelles je ne comprenais rien, bien sûr. Accablé, son mari lui répondait avec de la colère dans la voix. À un moment, Gontran se mêla à la conversation et la femme le rabroua assez vivement, comme s'il était partie prenante dans cette affaire. Quelque chose se jouait entre eux que je ne saisissais pas. Qu'avaient-ils à reprocher à l'interprète ? Je n'en avais pas la moindre idée.

Lorsque, ayant déposé les parents à leur campement, nous nous sommes retrouvés seuls dans la camionnette avec Gontran, Opiyo assoupi entre nous sur le siège passager, j'ai tâché d'en savoir plus.

— De quoi vous parliez tout à l'heure, avec cette jeune dame, et pourquoi elle vous a insulté ?

— Ce serait un peu long à expliquer, m'a répondu Gontran, l'air fataliste. En gros, elle s'en est prise à moi parce que je suis albinos et qu'en Tanzanie les albinos ont la réputation de porter malheur.

— Pauvre femme… elle a bien des raisons d'avoir perdu la tête.

— Hélas, ces superstitions sont très répandues en Tanzanie. Pas seulement chez ceux qui « perdent la tête », comme vous dites. C'est pour ça que j'ai dû fuir ce foutu pays où je me suis toujours senti en danger.

— C'est absurde.

— Oui, absurde… Tout est tellement absurde dans ce monde ! Même cette convocation de Ginesté était absurde, parce que je savais bien en y allant qu'Opiyo n'était pas l'enfant de ces Tanzaniens.

— Ah ?

— Oui, parce que l'autre jour, quand je suis venu m'entretenir avec le gosse chez vous, il m'a très clairement expliqué que vous ne l'aviez pas trouvé dans la zone portuaire, mais qu'il était arrivé chez vous dans un colis. Et puis il y a autre chose.

— Quoi ?

— Normalement, je devrais garder tout ça secret, mais puisqu'on en est aux confidences… Il y a quelques semaines, une nuit j'ai été sollicité pour intervenir entre un chauffeur de camion et des clandestins que ce camionneur transportait dans sa remorque, et qui avaient égaré leur gosse.

— Quand ça ? J'étais éberlué par cette révélation.

— Il y a un mois… un mardi, tard dans la nuit, un camion a fait halte aux abords du camp où j'ai mon abri à côté de la nationale, dans le périmètre de Peuplingues, proche de Calais. Le chauffeur était affolé, parce qu'il venait de perdre un carton qui contenait un enfant et que cela avait déclenché une mutinerie parmi les autres clandestins qu'il transportait.

— À… à quoi il ressemblait, ce camionneur ?

— La cinquantaine, petit, gros, accent ardennais, vêtu comme un type qui bosse dans un abattoir. Très énervé, paniqué, même… Et il portait un foulard sur le bas du visage pour ne pas être reconnu.

— Et il l'a perdu où, son carton ?

— Sur un parking proche de Boulogne-sur-Mer, dans le secteur de l'Hoverport. Parmi les passagers clandestins, il y avait des Afghans, des Libyens et des Tanzaniens. Et le problème, c'est que les parents du gamin refusaient de poursuivre leur route sans leur enfant.

— C'est pour ça qu'on vous a appelé ?

– Oui, pour que je serve d'intermédiaire entre tous ces gens qui ne parlaient pas la même langue. En plus, il était tard, ils étaient tous affamés, assoiffés. Les jeunes parents tanzaniens suppliaient le chauffeur de faire demi-tour pour qu'il retrouve leur gosse, tandis que les autres n'en avaient rien à faire. Leur seule préoccupation était qu'on les fasse passer en Angleterre ce soir-là, puisqu'ils avaient payé très cher pour ça.

— Et ça s'est terminé comment ?

— J'ai réussi à convaincre les parents de remonter dans le camion, en leur affirmant que le chauffeur ferait tout son possible pour retrouver leur gosse au retour.

— Il a promis de le chercher ?

— Plus ou moins, parce que j'ai insisté et que je lui ai laissé mon numéro de téléphone pour qu'il me tienne au courant. C'était la seule solution pour que le convoi se remette en route et passe en Angleterre. Visiblement, tout avait été déjà programmé entre ce chauffeur et quelques fonctionnaires des douanes… Mais il n'était pas au bout de ses peines, parce que sitôt les clandestins remontés dans sa remorque, au moment de redémarrer, son véhicule s'est enlisé dans une ornière. Et il a fallu faire appel à des migrants d'un campement pour l'aider à se désembourber. Le chauffeur a dû payer tout le monde en cash, une fortune, très mauvaise soirée pour lui. Mais finalement le camion est parti, il est parti. Et c'est bien ainsi…

Gontran demeura pensif, comme s'il visualisait cette improbable séquence. Pour ma part, j'étais sonné.

— Et pourquoi vous n'en avez rien dit à Ginesté ?

— Certainement pour les mêmes raisons que vous, mon cher Stanislas. Ginesté est un type qui vit dans sa bulle, avec des principes d'un autre temps. Il hait les gens qui font commerce du transport des migrants. Mais pour nous autres clandestins, ces passeurs, s'ils ne sont pas nos amis, n'en sont pas moins nos sauveurs.

— Oui, je comprends. Et vous pourriez m'indiquer l'endroit où ce camion a fait halte ?

– Ça ne vous sera d'aucune utilité, Stanislas. Les parents du petit ont réussi à passer en Angleterre et ce ne sera pas une mince affaire pour eux que de s'y installer dans la clandestinité. Il leur faudra faire preuve de discrétion, faire en sorte de n'avoir jamais de problème, ne rien réclamer, encaisser la frustration. En tentant de les retrouver, vous risquez d'attirer l'attention sur eux et de leur porter préjudice. Ils oublieront. On a tous le devoir d'oublier… conclua-t-il, en jetant un coup d'œil au petit Opiyo qui continuait de dormir à côté de lui. Le corps comprimé par la ceinture de sécurité, la tête sur la poitrine et ses bras tendus le long de ses petites jambes, il avait l'air d'une peluche abandonnée.

— Écoutez Gontran, pardon d'insister, mais cette affaire est plus compliquée qu'il n'y paraît.

— Rien n'est jamais simple…

— Oui, mais pour moi qui suis un homme simple, tout est compliqué depuis quelque temps. Il faut que vous m'emmeniez à l'endroit où a eu lieu cette transaction, lui ai-je encore demandé, avec un peu plus de conviction cette fois en lui tendant les trois ou quatre billets de vingt euros qu'il me restait en poche.

Voilà, c'est ici ! a indiqué Gontran depuis le bord de la route, désignant d'un geste vague une impressionnante trace de pneus dans la boue qui filait en ligne droite vers la forêt de Peuplingues.

Nous sommes tous deux descendus de la camionnette dans laquelle Opiyo continuait de sommeiller, et alors que nous nous approchions de la trace, je me suis mis à redouter un piège en raison de la proximité d'un campement clandestin. Celui où Gontran disait posséder un abri. Après tout, Gontran ne me devait rien, et rien ne me prouvait qu'il disait la vérité. S'il travaillait main dans la main avec des passeurs, il pouvait de la même façon être en relation avec quelques détrousseurs locaux qui n'auraient pas mis longtemps à nous faire la peau, à Opiyo et à moi-même, pour récupérer ma camionnette qui, si elle n'était pas toute neuve, pouvait aisément se revendre sur le marché des occasions expédiées vers les pays du tiers-monde. Oui, j'avoue que là, en bordure du chemin, j'ai hésité. Pour autant, cette profonde empreinte laissée dans la boue et qui s'orientait vers l'obscurité était bien réelle. Elle s'était remplie d'une eau saumâtre que les grenouilles n'avaient pas tardé à coloniser de leurs œufs, lesquels flottaient en grappes dans leur gangue gélatineuse. En un rien de temps ces alvéoles deviendraient têtards, pour la plus grande joie des enfants du campement voisin qui s'émerveilleraient sans doute de les laisser s'agiter et périr dans la paume de leurs petites mains, comme le font depuis toujours les gosses animés par leur curiosité, et féroces par instinct.

De part et d'autre de la flaque, quelques planches brisées ayant servi à désembourber le poids lourd donnaient une idée de l'effort monstrueux qui avait été requis. Quelque chose d'une scène de guerre s'était joué ici, un phénoménal remue-ménage. Ainsi, Gontran ne m'avait pas menti, ce camionneur avait bien fait une halte dans ce coin pourri peu de temps après l'incident du parking. Tout laissait penser que la situation lui avait complètement échappé. Mais seul un pilote aguerri ou une tête brûlée pouvait avoir eu la témérité de s'aventurer dans ce sous-bois pour aller chercher un interprète.

Les empreintes boueuses attestaient non seulement la vétusté des pneus, mais aussi que le camion, en se désembourbant, avait bifurqué vers la droite, en direction de la zone d'accès au tunnel qui était en sens unique à partir de cet endroit. Ainsi, en quittant ce bourbier, le camion avait bel et bien emprunté le chemin de l'Angleterre avec sa cargaison de clandestins. Où se trouvaient-ils tous, désormais ? Mystère. Avec un peu d'attention, on pouvait apercevoir à quelques dizaines de mètres dans ce sous-bois les abris du campement dans la brume qui nous était tombée dessus entre-temps. Bien épaisse, la brume, presque du ciment. De ces tentes, qui n'étaient pas sans évoquer une flotte de galions fantômes, émanait la cacophonie des émissions télévisées africaines ou orientales transmises par des téléphones portables, avec musiques et rires préenregistrés. Les sons de coups de feu, de coups de poing ou de coups de frein, qui claquent d'une façon identique d'un film à l'autre. Et puis, portés jusqu'à nous par le vent d'ouest, des effluves de cuisine : odeurs de tomates et d'oignons, probablement pris au centre des Libres Goélands ou ramassés à la fin des marchés, mélangées aux essences de bois brûlé – vert, le bois. Avec, par-dessus tout ça, des épices, du poivre surtout, puisque le poivre est bon marché et qu'il opère des miracles sur tout ce qui est avarié. Un peu comme la cuisine de mon enfance, quand ma mère était encore de ce monde et qu'elle s'acharnait à vouloir reproduire, dans notre foyer, les recettes polésiennes dont la viande était presque toujours absente, ou alors en faible quantité. Juste pour parfumer. On ne mangeait pas si mal, pourtant.

Gontran, qui se tenait à l'écart, le regard tourné vers le sous-bois, parut soudain nerveux. Il redoutait sans doute d'attirer sur nous l'attention des hommes du campement, ceux-là mêmes qui avaient participé quelques jours plus tôt au désembourbage du véhicule. Mieux valait ne pas se faire remarquer, c'était certain. Après avoir poussé un long soupir, il m'a dit « On y va chef ? » avec un air forcé de dérision. Un peu comme les commerçants disent « Alors jeune homme ? » à un vieillard au moment d'encaisser ses courses. Une façon de s'arranger de la réalité, de la rendre vaguement conviviale. Sûr qu'il prenait un risque important en traînant avec moi dans les parages.

— Le mieux pour tout le monde, c'est d'oublier…, a-t-il soupiré de nouveau, comme un peu plus tôt lorsqu'il évoquait le sort des jeunes parents. Personne dans cette affaire n'a intérêt à se faire connaître, Stanislas, ni vous ni moi, personne… En prenant part à ces activités délictueuses vous vous êtes mis en situation irrégulière, comme n'importe lequel d'entre nous. Bienvenue au pays de l'intranquillité, ajouta-t-il, comme pour combler le silence.

Avant de quitter les lieux, j'ai éprouvé la nécessité de faire quelques pas à la recherche d'indices. C'était le moment ou jamais. Çà et là parmi les ronces, quelques couverts en plastique, des emballages de produits surgelés et des briques de jus de fruit attestaient un repas pris à la va-vite par les passagers clandestins du camion, exactement comme Gontran me l'avait décrit. Un peu plus loin, au pied d'une souche d'orme en putréfaction, j'ai aperçu mon gant de gendarme sur lequel le chauffeur du camion, sans doute, avait déféqué ! Étrange sensation que de retrouver cet accessoire, qui nous avait causé tant de soucis à Françoise et à moi, émergeant des feuilles mortes comme un champignon vénéneux bleu ciel sous un étron à peine masqué par quelques fragments de papier avec lesquels l'individu s'était torché.

Plus que du dégoût, j'ai ressenti un véritable désarroi, et pour tout dire de la colère. Ce n'était pas seulement sur moi et ma bête prétention de vouloir jouer au voyou pour remettre mon bateau à flot que ce camionneur avait chié, c'était sur la tête de mes fils. C'était là un acte de sauvagerie digne des coups de maillets assénés à Jonathan et à Maxence. Ce camionneur était vraiment bestial. Cet étron constituait une borne territoriale symbolique, d'avant même l'invention du langage. À compter de là, de cette sculpture éphémère et malodorante autour de laquelle un essaim de mouches bleutées virevoltaient, très affairées à se reproduire dans la fange, le mieux consistait à ne plus me faire d'illusions. Apprendre à oublier, comme venait de dire Gontran. Enterrer le projet de retrouver les parents d'Opiyo. En attendant, il me fallait décider de ramasser ce gant ou de le laisser là. Il m'a paru plus prudent de le récupérer pour ne pas laisser cette pièce à conviction aux inspecteurs de police qui finiraient forcément par venir enquêter sur ce lieu de passage vers le tunnel, à proximité de ce campement dont les effluves de cuisine, mêlés à présent à ceux de l'étron, me donnaient la nausée.

— Allez, il ne faut pas traîner, a soupiré à nouveau Gontran qui commençait à perdre patience. Stanislas, je vous assure que ça n'est ni l'heure ni le lieu pour ramasser des fleurs. Un malheur est vite arrivé dans les parages. Ça n'est pas seulement votre vie que vous mettez en danger, mais aussi la mienne... Je ne vis pas loin d'ici et j'ai déjà eu des pépins pour moins que ça.

Le ton cette fois se voulait inquiétant.

Emporter le gant couvert d'immondice ne fut pas une mince affaire. Je me suis servi d'un fragment de barquette surgelée ramassé dans les buissons. Je l'ai soulevé, puis l'ai fait glisser précautionneusement dans un sac plastique que j'ai refermé avec un double nœud. J'ai récupéré aussi les morceaux de papier qui avaient servi de torche-cul au camionneur et sur lesquels il me semblait distinguer des traces d'écriture au crayon de papier.

— Qu'est-ce qui est écrit là-dessus ? ai-je demandé à Gontran en lui soumettant les fragments maculés.

– Hein ! Où ça ?

Le ton était expéditif.

— Là, on dirait qu'il y a quelque chose d'écrit.

Alors Gontran a sorti ses lunettes, puis il m'a répondu :

— Rien d'intéressant, juste mon nom et mon numéro de téléphone... C'est le papier que j'avais laissé au camionneur pour qu'il me donne des nouvelles des parents. Il s'est torché avec !

À mon retour à la maison, vers minuit passé, Françoise était mortifiée. Qu'est-ce que j'avais foutu pour me pointer si tard, très inquiète surtout pour Opiyo qui venait de se réveiller, et qu'il allait falloir mettre au lit et rendormir.

— Rien, j'ai répondu, Ginesté pensait avoir retrouvé les parents du gosse, mais ça n'était pas eux…

— Hein ? Et sinon, il t'a proposé une piste pour une famille d'accueil ?

— Non plus.

Ma femme a poussé un long soupir et a fait monter Opiyo dans notre chambre, direction le lit.

— En fait, a-t-elle grimacé, ce Ginesté est vraiment une planche pourrie !

Mais j'ai bien senti qu'en me disant ça, elle était presque soulagée que rien de spécial ne se soit passé. Le pire aurait été, je crois, que je rentre sans l'enfant, et lui annonce que l'association avait trouvé pour lui une famille d'accueil. Oui, ça je suis bien certain que ça lui aurait fichu un sacré coup au moral, à Françoise. De mon côté, j'étais confus et bien crevé. Ma tête avait été mise à l'envers par la rencontre avec ces jeunes parents, et par ce moment passé dans la forêt dont je préférais ne pas parler à Françoise pour ne pas l'effrayer. En gros, j'avais le choix entre suivre les conseils de Gontran et faire de mon mieux pour oublier, ou m'entêter à suivre la trace de ce camion, et m'embourber dans un monde beaucoup plus sale et plus dangereux que tout ce que j'avais connu jusqu'alors. Parce que, oui, franchement j'avais peur. Très peur aussi parce que, en traînant dans cette forêt, m'était revenu en mémoire la sépulture que j'avais improvisée pour Jonathan dans les buissons de l'Hoverport. À quoi ressemblait maintenant son cadavre ? Et comment était-il possible que personne ne l'ait découvert ? Ce n'est quand même pas anodin, un corps en décomposition, ça ne se volatilise pas. Il y avait la possibilité que l'odeur de putréfaction soit couverte par celle des usines de conserverie de la proche zone industrielle, ou qu'il ait été entièrement becqueté par les mouettes et les goélands dont on ne peut imaginer le goût qu'ils ont pour la charogne. Mais dans tous les cas, je m'étonnais qu'il n'y ait pas eu d'avis de recherche pour « disparition inquiétante » à son sujet. Est-ce que quelqu'un, en haut lieu, étouffait l'affaire ? Un genre de type comme on en voit dans les films policiers, qui dirige un réseau de passeurs international, et a les moyens de corrompre des fonctionnaires de police pour qu'ils ferment leur gueule. Cette idée n'était pas si folle. L'organisation qui employait ce camionneur ne devait pas être à un mort près. Il devait y en avoir des centaines, de cadavres laissés en chemin, depuis l'Afrique jusqu'ici. Une sépulture longue de plusieurs milliers de kilomètres, une autoroute ossuaire, un détroit de sang, voilà les images qui me venaient.

Et l'impression que j'avais, pour tout dire, c'est qu'en donnant trop d'informations à Françoise, j'aurais fait pénétrer cette autoroute de la mort chez nous.

Les jours suivants, puisqu'il fallait se faire à l'idée qu'Opiyo serait pour encore quelque temps avec nous,

nous avons débarrassé l'ancienne chambre de Luc et Fabien pour y installer son lit. Parce qu'il ne nous semblait pas très sain qu'il reste indéfiniment dans notre chambre, d'autant que j'avais le sommeil léger et que les ronflements du petit n'arrangeaient rien. Quand on se lève à l'aube, il faut se coucher tôt et je dormais peu.

En cherchant à lui créer un nouvel espace dans ce fourbi, nous sommes retombés sur tout un tas de jouets. Et je me suis dit que nous avions bien fait de ne rien jeter de tout ça, à l'époque où nos gosses avaient quitté la maison. Celui qui a immédiatement retenu l'attention d'Opiyo était une voiture que nous avions offerte à Luc et Fabien pour leurs douze ans. Une voiture deux places qui reproduisait un modèle de jeep de l'armée, pneus crantés, arceau de sécurité, gyrophare, et qui fonctionnait sur une batterie électrique. L'enfant ne mit pas longtemps à apprendre à piloter, et c'était très joyeux de le voir sillonner notre maison au volant de cet engin, en s'exclamant « Opiyo, Opiyo ! ». Ou bien il se lançait à la poursuite du très dépressif Marcelin, l'obligeant à se terrer sous l'escalier de la buanderie. C'était à la fois fou et drôle, et j'ai bien vu que Françoise se retenait de rire, pour ne pas me donner trop d'espoir quant à l'avenir de notre relation. La maison s'était remise à vibrer de sons oubliés, ceux de notre vie de jeunes parents. Merveilleux remue-ménage ! Le temps qu'Opiyo maîtrise correctement la marche avant et arrière de son engin, quelques meubles furent renversés, emportant dans leur chute vases et bibelots. Et si l'on a râlé en passant un coup de balai, c'était pour la forme, parce que en vérité cela nous donnait l'occasion de remettre à neuf notre chez-nous, de remuer la poussière de tout ce temps passé.

Lorsque l'enfant s'est élancé dans les allées du lotissement au volant de son mini-véhicule, il a naturellement attiré l'attention des gosses du quartier, dont j'ai découvert les visages, car jusqu'alors ils n'étaient que « les enfants du voisinage ». Une meute informe et gesticulante de mon point de vue, et qui ne me passionnait pas plus que leurs parents. Tous ces petits inconnus n'ont pas tardé à engager notre gamin dans leurs activités, et cela sans même comprendre son langage. Et ça criait, et ça bougeait, et ça riait, et ça riait !

Parfois, lorsque Françoise avait besoin de souffler un peu, d'aller se promener, ou de faire des courses avec Diana, puisque celle-ci était de plus en plus présente dans notre vie, j'emmenais Opiyo au travail. Se perdre dans les allées du centre commercial de Saint-Martin au volant de sa Jeep électrique semblait lui procurer plus de plaisir encore qu'une visite à Disneyland. Il suivait les Fenwicks des livreurs ou les stations motorisées de nettoyage des allées. Ces engins n'étaient pas beaucoup plus imposants que le sien. Il passait aussi de longs moments à regarder les clients s'engager sur l'escalator avec leurs paniers à roulettes, au risque de basculer et de générer des carambolages dignes d'un film muet, ce qui ne manquait jamais d'arriver. C'est fou pour ça la vie d'un centre commercial. Tout l'intéressait. Le rayon des jouets de chez Carrefour en premier évidemment, mais il développait aussi beaucoup de curiosité pour le rayon pâtisserie, qui, il est vrai, présentait tout un choix de gâteaux débordant de crèmes industrielles aux teintes acidulées. À cet endroit Opiyo paraissait réellement aux anges. Il lui arrivait même de venir chercher un papier et un stylo à la poissonnerie pour faire des croquis de toutes ces inventions pâtissières. En comparaison, il était bien moins passionné par mon étal, ou par ma tenue de matelot qui le faisait tout au plus sourire. Au passage, je lui rappelais de saluer poliment Thérèse, qui en était touchée, puisque Thérèse était par principe sensible aux formules de politesse. Quand il avait effectué le tour des activités de la galerie, et qu'il commençait à s'ennuyer, je l'installais sur une chaise dans un coin de notre boutique et je me lançais pour lui dans une description de chaque variété de poissons, dont il ne lui avait pas fallu plus d'un après-midi pour retenir les noms par cœur. Au point que je me trouvais stupide d'avoir, moi, passé une vie à les identifier.

Pour ça c'est redoutable, un enfant intelligent. Et il me fallait admettre que son cerveau n'était pas encore entièrement formé et que ce complexe qu'il me collait d'emblée n'allait pas aller en s'arrangeant. Un jour, ce gosse serait peut-être ministre ou président, voilà ce que je me disais. Pour l'occuper, je lui proposais d'aller s'asseoir dans le coin librairie du Carrefour Market, qui n'était jamais bondé et que je pouvais surveiller du coin de l'œil car il était situé à une dizaine de mètres en face et à droite de notre boutique. L'enfant y prenait place gentiment en posant une fesse sur le bord du rayonnage et, là encore, jetait son dévolu sur les magazines de cuisine et de pâtisserie, plutôt que sur les bandes dessinées mises à la disposition des enfants. Et je dois dire que c'était un sacré spectacle que de le voir rester ainsi des heures entières à reluquer ces magazines. À elle seule, une vision de ce genre me donnait une bonne raison de passer mes journées déguisé en matelot derrière mon étal. Opiyo était mon pays sensible, mon oasis, mieux encore que n'importe quel film, mieux encore qu'un voyage. De fait, il était un voyage venu à moi.

Lorsqu'un employé de la sécurité se penchait sur lui pour lui demander ce qu'il attendait, où étaient ses parents, Opiyo me désignait du doigt. Et, depuis mon stand, je faisais un petit signe de la main, qui rassurait l'agent. Ce petit étranger était de la famille du poissonnier, voilà tout.

Les dimanches après-midi, on entendait « Opiyo, Opiyo ! » sous notre fenêtre, ce qui faisait aboyer Marcelin encore plus que le cri des mouettes. Et si on ne répondait pas, les gosses du lotissement insistaient, ou patientaient en silence devant notre portail qui semblait désormais inscrit sur la carte de leur territoire de jeu. Luc, lorsqu'il venait déjeuner, appréciait peu que ce gosse joue avec les petits voisins. Il ne manquait jamais à cette occasion de nous demander pour combien de temps il allait encore rester ici, et où et qui étaient ses parents. Ce à quoi nous répondions que tout ça n'était que passager, que les parents de cet enfant travaillaient en entreprise dans la région de Dunkerque, qu'ils gagnaient durement leur vie, en attendant de bénéficier d'un logement décent. Et que ce gosse était mieux chez nous que dans le centre des bénévoles des Libres Goélands, qui n'avait pas fonction de crèche, et était notoirement connu pour son insalubrité. Luc ne posait pas beaucoup plus de questions, toujours gêné surtout, je suppose, à l'idée de passer auprès de la nouvelle et très solaire amie de son frère, Diana, pour le chieur de service.

Mon avis était qu'autoriser ces mômes à jouer chez nous était non seulement la moindre des choses, mais une façon de pouvoir veiller sur leurs activités. Ce qui les amusait, c'était en premier mon bateau que j'avais couvert d'une bâche de protection et qui constituait, je le voyais bien, un mystère pour eux. Et puis cela leur donnait l'occasion de lâcher un peu leur téléphone et les réseaux sociaux. Pour se rencontrer et se donner des nouvelles, finalement, il leur suffisait d'embarquer sur le *Warliss*.

« Grimpez pas là-dessus, vous allez vous faire mal ! » leur criait Françoise depuis la fenêtre de la cuisine. On aurait été bien embarrassés qu'un enfant se blesse en essayant de s'agripper au pont, ou en jouant avec les câbles corrompus par la rouille. Mais la mise en garde semblait les exciter plus encore, ces petits barbares. Ils accédaient au chalutier par le fond du jardin, en passant sous les framboisiers. Ils se croyaient discrets, mais on voyait la bâche remuer drôlement. Je me disais qu'au moins ce bateau n'avait pas atterri là pour rien. J'en étais de toute façon à me chercher des raisons à tout ça. Parce qu'à ce moment-là, j'étais très loin d'imaginer que le *Warliss* renaviguerait un jour. En les écoutant d'une oreille distraite, j'entendais les gosses hurler « À l'abordage ! C'est moi le capitaine ! Balançons les traîtres par-dessus bord » et j'en passe... Toute cette marmaille beuglante me mettait en joie. C'était ça, la liberté.

À une ou deux reprises tout de même, nous avons eu droit à des réflexions de nos voisins les Dunhill. Ils ne les ont pas faites à moi directement, mais à Françoise, qui avait repris des heures de ménage et de repassage chez eux pour s'épargner la lessive de la gendarmerie qu'elle avait décidé d'arrêter. Par culpabilité et peut-être aussi par superstition. Les vieux Anglais lui avaient demandé gentiment si les enfants pouvaient faire un peu moins de bruit, parce que leurs hurlements ajoutés à la sirène de la mini-voiture d'Opiyo les empêchaient, paraît-il, de se concentrer sur leurs expérimentations sonores, puisque telle était leur passion. Ils ne l'avaient pas formulé de façon menaçante, m'avait affirmé Françoise. Eux aussi, après tout, avaient le droit à un peu de calme. Et ce qu'ils faisaient de leur vie, de leur passion pour l'étude des sons, ne nous regardait pas. Finalement, le bruit des petits les gênait comme il nous aurait dérangés nous aussi avant d'en avoir un à la maison. Mais ça, c'est toute l'histoire de l'humanité.

Parfois aussi, il arrivait que des parents se présentent à notre portail, inquiets qu'à l'heure du bain et des devoirs leurs enfants ne soient toujours pas rentrés. En approchant du bateau, dont ils soulevaient la bâche pour y repêcher leurs marmots, ils me questionnaient sur les raisons qui m'avaient poussé à le stationner ici en cale sèche. Certains ignoraient que j'avais été victime d'un accident en mer, que j'aurais même pu y laisser ma peau. Je me surprenais de n'en avoir parlé à personne. De même que je m'étonnais de découvrir que la plupart des habitants de mon lotissement avaient moins de quarante ans, qu'ils avaient remplacé depuis longtemps ceux à qui je ne parlais plus, que je ne regardais plus. En fait, je n'avais pas vu les années passer. Avec les deux Anglais, nous nous trouvions finalement être, Françoise et moi-même, les plus vieux du quartier. La plupart de ces jeunes couples auraient pu être nos enfants. Enfin, c'est ainsi que je le voyais désormais.

Et donc, cette vieille carcasse de bois au fond de notre jardin était en train de devenir un centre d'intérêt pour le quartier. Certains disaient « La maison du *Warliss* » quand ils évoquaient notre baraque, comme on aurait dit les grottes de Lascaux ou la tour de Pise. « Vous allez où les enfants ? À la maison du *Warliss* ! »

Pour le reste, et malgré mes efforts, je rencontrais des difficultés avec l'apprentissage de l'écriture. Ce qui me collait d'emblée des complexes, c'était de voir avec quel enthousiasme Opiyo prenait place chaque soir à la table de la cuisine pour écouter les leçons que lui prodiguaient

Françoise, ou Diana, parfois. J'entendais : « Tu vois, ça c'est un a et ça, un b ! » Et l'enfant répétait, attentif aux gestes de mon épouse, qui reproduisait dans l'espace la forme de chacune de ces lettres, avec l'amplitude d'un chef d'orchestre. L'orthographe, de mon point de vue, c'était finalement tout un tas de mouvements de bras. Dans ces moments-là, je m'arrangeais pour trouver à faire à la maison. Je réparais les prises électriques vétustes que je jugeais dangereuses pour l'enfant, je fixais des chaînettes aux fenêtres pour qu'il ne se penche pas trop. Le cas échéant, je passais un coup de chiffon sur les vitres pour qu'un peu de soleil pénètre dans notre modeste demeure. Je me disais que ces quelques trop rares brassées de rayons du nord de la France étaient importantes pour notre petit Opiyo qui, lui, venait d'un pays irradié de lumière. Le cas échéant, je déplaçais les miroirs pour que le soleil parvienne jusqu'au salon. Toutes ces occupations me permettaient de profiter d'une oreille distraite des cours prodigués au gosse. Avec l'idée, peut-être, de m'y mettre un peu malgré moi. De me familiariser avec l'écriture, de m'en imprégner. Parce qu'au fond j'avais l'impression de n'être pas loin de savoir. Que cette difficulté avec les mots résultait d'un blocage plus encore que d'une tare. Que toutes ces leçons d'écriture que j'avais reçues enfant et adolescent devaient constituer un trésor de connaissances enfoui. Un trésor dont j'avais simplement égaré la clé. Et Diana, un jour, m'a dit : « Mais pourquoi vous n'essayez pas, Stanislas ? Il n'y a pas d'âge pour apprendre à lire et à écrire, vous savez ! » Françoise a juste haussé les épaules, l'air de dire que c'était peine perdue pour moi, qui m'étais toujours arrangé pour échapper à cette nécessité d'apprendre. Et que j'étais d'une façon générale l'ennemi des bonnes résolutions. Un âne paresseux et vaniteux, un baudet !

C'est justement pour contredire Françoise que je m'y suis mis ce jour-là, comme on relève un défi. Et, mon Dieu, qu'il a été compliqué à faire en moi, le silence nécessaire à la compréhension des mots ! Toutes ces lettres qui me faisaient depuis toujours l'impression de nœuds complexes, de serpents détenteurs d'un sens, il allait falloir me les rendre familières. Et ça générait une panique plus grande encore que celle qui vous vient au moment de devoir réparer un moteur, quand vous ne disposez pas des bons outils, des bons écrous ou des bonnes vis. Ce monstrueux programme me collait des sueurs froides. Je faisais de mon mieux en essayant de me concentrer sur une lettre à la fois, en m'efforçant d'en retenir toute la complexité, tous les vices cachés. Le E notamment, avec son attirail d'accents qui ne le fait jamais sonner pareil. Le I qui n'est pas un Y. Le J qui n'est pas un G, mais est chapeauté d'un point comme le I. Saloperie de verbiage ! Ma boîte à outils mentale se retrouvait rapidement saturée. Et il fallait que je contienne en moi l'envie de tout envoyer balader, comme je le faisais quand j'étais gosse, comme j'avais toujours fait, finalement. Ne pas persévérer, abandonner en cours. Me satisfaire de ne pas savoir. Françoise avait sans doute raison.

— Allez, on va y arriver ! insistait Diana, regardez comme Opiyo s'en sort bien. S'il y parvient, il n'y a aucune raison que ça bloque pour vous !

L'enfant me regardait, solidaire. Et avec peut-être même un peu de compassion pour mes grosses mains qui connaissaient d'instinct mille et un nœuds marins, mais se heurtaient à la subtilité des boucles et des accents.

D'autres fois encore, pour nous détendre un peu et relâcher la pression, nous faisions des pâtisseries, c'était l'activité préférée d'Opiyo. Des pâtisseries en forme de lettres.

Chaque pâtisserie avait une couleur qui correspondait à un mot. Vert comme vanille, ou jaune comme citron, et la première lettre du mot secret était dessinée sur la pâtisserie. Et en dégustant cette pâtisserie, il fallait tenter d'énoncer le mot, et puis réussir à l'écrire. Pour ça, on en a mangé des gâteaux et noirci du papier ! C'était joyeux.

Souvent, Fabien qui passait en coup de vent à la maison se prêtait au jeu de la dégustation, et je l'ai rarement vu aussi drôle que ces soirs-là. Certainement aussi parce qu'il était amoureux. Et que Diana et lui commençaient à envisager la possibilité d'avoir des enfants, nous le savions. À son contact, Fabien était chaque jour un peu moins un gendarme qu'un futur père de famille. Au point qu'il en était désormais à envisager une autre voie, à s'orienter vers une profession moins dangereuse. Prof de sport, pourquoi pas ? Ou même encadrer des jeunes en difficulté. Il se cherchait, se renseignait. Nous sentions bien, Françoise et moi, que tout ça pesait sur sa relation avec Luc, lui qui avait toujours eu besoin d'un frère sur lequel avoir un ascendant. De fait, lorsque Fabien passait chercher Diana le soir et qu'il prenait le temps de jouer avec nous au jeu de la prononciation pâtissière, Luc faisait des heures supplémentaires à la gendarmerie où il envisageait de gravir de nouveaux échelons dans la hiérarchie. Et il allait falloir nous habituer à l'entendre nous raconter ses stages de formation en vue d'intégrer les rangs du GIGN : escalader des façades d'immeubles, progresser dans des galeries obscures, se battre à mains nues avec des chiens et manier des fusils d'assaut, voilà à quoi notre fils consacrait désormais ses week-ends.

C'est d'ailleurs lui que j'ai vu débarquer seul un matin, à la poissonnerie. J'étais en train de préparer des coquilles Saint-Jacques. Une dizaine de cagettes que j'avais réceptionnées le matin même et qu'il me fallait livrer avant quinze heures pour un banquet municipal, donné le soir même par le préfet pour je ne sais plus quelle occasion. Notre préfet mettait en effet un point d'honneur à faire travailler les petits commerçants locaux, dont Thérèse, évidemment. Et pour tout dire, j'étais tellement concentré sur ma tâche que je n'ai pas vu mon fils s'approcher. Quand j'ai levé la tête, il était posté en face de moi, à me regarder. Pensif. Il m'a semblé avoir minci et gagné en muscles. Mais cette impression provenait peut-être du fait qu'il portait un polo très ajusté qui lui moulait le torse et les biceps. En outre il arborait une montre assez impressionnante, comme les commandos en portent. Le genre d'accessoire qui vous permet à coup sûr de retrouver votre chemin dans le désert, de repérer une mine ou d'en déclencher une à distance, de communiquer avec les hauts dignitaires de l'armée ou, plus prosaïquement, de vous reconnaître d'un simple coup d'œil entre abrutis de la cause guerrière.

Je lui ai demandé comment ça allait sur le même ton enjoué et courtois, quoiqu'un peu forcé, que je réservais aux meilleurs clients, ceux des repas de fête, des communions et des anniversaires. J'ai dit : « Ça va Luc, tu fais tes courses ? » Et lui, en guise de réponse, m'a désigné un paquet de biscottes sans sel, qu'il tenait au bout de son bras ballant et que je n'avais pas vu tout de suite, parce que mon plan de travail m'empêchait de distinguer le bas des gens d'une façon générale, comment ils étaient habillés, ce qu'ils trimballaient dans leurs caddies, entre autres

— Oui, oui, ça va, m'a-t-il répondu, merci papa...

Et donc, une fois formulée cette réponse polie, il est resté encore un long moment à me regarder travailler. Comme si la répétition de mes gestes l'apaisait lui aussi. Peut-être, et ça peut paraître idiot, me voyait-il faire mon boulot de marin pêcheur pour la première fois. Parce que cette activité de la poiscaille que j'avais pratiquée pendant des années, seul la nuit sur mon chalutier, il n'en avait jamais rien vu. Luc a toujours craint la mer et ses créatures ; tout petit déjà, il se couvrait les yeux devant un poisson mort. Et je n'ai jamais rien fait pour l'aider à dépasser cette appréhension, ou même l'encourager à venir pêcher, parce que j'ai toujours été superstitieux à l'idée qu'un de mes fils embarque avec moi. C'est à coup sûr à mettre en relation avec ma propre enfance et la disparition de mon père. Ainsi, Luc était là à me dévisager, avec sa montre de commando et son paquet de biscottes sans sel, et ça me foutait un peu mal à l'aise. Enfin, après un moment de gêne, il a repris la parole pour me dire qu'ils nous trouvaient de plus en plus en forme, sa mère et moi. Et très harmonieux, surtout. En fait, plus harmonieux que nous ne l'avions jamais été et qu'il en était heureux.

Et pour tout ça, je l'ai remercié et il a dit : « De rien, de rien papa, c'est sincère. » Pour autant, je voyais bien que quelque chose le taraudait et qu'il ne me rendait pas visite par hasard. Mais il fallait aussi que je me méfie de ma sale tournure d'esprit qui me fait souvent envisager des problèmes là où il n'y en a pas. J'ai pensé qu'il allait me parler de Fabien et de son projet de quitter la gendarmerie, ou de sa propre aversion pour Diana qu'il soupçonnait d'exercer une mauvaise influence sur son frère, ou encore qu'il voulait évoquer Opiyo et son inquiétude à l'idée que nous hébergions ce petit clandestin à la maison. Mais non. Rien de tout ça. Ce qu'il était venu m'annoncer, Luc, c'est qu'il était très heureux que j'aie opté pour cet emploi de poissonnier.

— Tu sais papa, il faut que je t'avoue que j'étais pas trop tranquille quand tu partais bosser comme chauffeur-livreur la nuit. C'était pas un job pour un type de ton âge, parce que les routes de la région, eh ben, elles ne sont plus sûres du tout…

Il avait une drôle de lueur dans le regard en me disant ça, à la fois amusée et morbide.

J'ai répondu : « Ah bon ? » Pour jouer au jeu de la conversation, ne pas lui montrer que j'avais autre chose à faire que de bavasser et, pour tout dire, que sa présence me déconcentrait dans mon boulot. Aussi, peut-être parce que je n'avais pas envie d'être repéré parmi mes nouveaux amis commerçants – le boucher, tout particulièrement, qui, je le voyais bien, nous matait à l'arrière de son stand de côtelettes – comme parent d'un gendarme.

Donc, en guise de réponse, j'ai juste dit : « Ah bon ? »

— Oui, oui, les routes de la région sont de plus en plus dangereuses, papa… a insisté Luc, sans me lâcher de son drôle de regard.

Et c'est là, comme ça, sur le ton badin de la conversation, qu'il m'a annoncé qu'on venait de retrouver le corps d'un type, en état de décomposition avancée dans un sous-bois proche du parking de l'Hoverport.

— C'est un cueilleur de champignons qui l'a trouvé ! a insisté Luc, et ce cadavre est presque à coup sûr celui d'un surveillant d'établissement pénitentiaire, que sa famille recherchait depuis des semaines. Si on n'a pas publié tout de suite d'avis de recherche, c'est qu'à la gendarmerie on a cru à une disparition volontaire, parce que ce type était du genre volage et qu'il aurait très bien pu vouloir refaire sa vie avec une de ses nombreuses maîtresses… Il paraît que son corps était tellement abîmé que quand le ramasseur de champignons l'a vu, il a failli tourner de l'œil. De fait, c'est l'odeur pestilentielle qui a attiré son attention.

Et là, en écoutant Luc, j'ai bien cru que j'allais tourner de l'œil moi aussi, parce que mon couteau à coquillage a ripé et s'est enfoncé dans mon pouce. Je n'ai rien senti sur le coup parce que j'avais le bout des doigts anesthésié par le froid de la glace pilée, mais quand même, l'entaille était sacrément profonde. Luc m'a dit : « Ça va, papa, t'es tout blanc ? »

Et j'ai répondu : « Oui, oui, ça va, je me suis coupé mais c'est rien ! », en lui présentant mon pouce ensanglanté. Ça m'a donné un bon alibi pour abréger la conversation, parce que le sang giclait et qu'il me fallait comprimer dare-dare la plaie avec un pansement étanche.

J'étais bien pâle, effectivement. Crayeux. Je l'ai constaté dans le miroir du placard à pharmacie dans l'arrière-boutique. Une vraie tête de mort. Je venais de prendre dix ans en à peine une minute. Et en croisant mon reflet dans la glace, j'ai eu l'impression de me voir dans un décor de cellule. Une pièce toute en céramique, froide au possible, et j'ai senti mon cœur se mettre à palpiter au point que j'ai été obligé de me donner des ordres à moi-même : « Allons, du calme ! Calme, Stan ! » me suis-je répété à voix basse, comme on ordonne à un attelage de chevaux de passer du galop au trot, me rappelant au passage que j'avais été bien sot de ne pas avoir suivi le conseil que m'avait donné la cardiologue de me faire poser un pacemaker. Mon cœur ralentissait, puis galopait, s'emballait. J'ai fermé les yeux, essayé de retrouver une respiration normale, comme on le conseille aux femmes enceintes pendant l'accouchement : une succession de courtes expirations, suivie d'une longue inspiration.

Thérèse est passée dans mon dos à cet instant, sans s'attarder sur mon pouce que je gardais couvert d'un sac plastique pour ne pas effrayer les clients. Elle m'a demandé « Ça va, Stan ? Un coup de mou ? ». Une façon gentille de prendre de mes nouvelles, autant que de me signifier que je n'étais pas là pour faire la sieste.

Quand je suis revenu à mon étal, Luc avait fichu le camp. Des gens attendaient, l'air agacé et se demandant où j'étais passé.

— Qu'est-ce qui vous ferait plaisir, messieurs dames ?

— C'était pour des bars de ligne. Grattés-vidés, s'il vous plaît !

— OK, c'est comme si c'était fait.

Ce soir-là, en rentrant, j'ai trouvé Françoise attablée avec Diana. Toutes les deux prodiguaient un cours d'écriture à Opiyo et il y avait dans l'air une odeur de tarte à la cannelle, dont je me suis dit que c'était le parfum de la lettre C, mêlée à un autre parfum particulier que je n'ai pas tout de suite identifié comme étant celui de la laque à cheveux.

— Vous n'avez rien remarqué ? m'a demandé Diana, souriante, en désignant Françoise d'un coup de menton. Et là, j'ai vu qu'elle lui avait fait un brushing qui lui allait magnifiquement bien, d'ailleurs. En tout cas, Françoise semblait ravie, et ce ravissement la rajeunissait d'autant. Un air mutin illuminait son beau visage, le genre d'expression qui m'avait ensorcelé à cette époque de notre adolescence où je passais la chercher chez ses parents en mobylette. Oui, belle, très belle Françoise. Diana et elle me faisaient l'impression de deux gamines qui auraient passé l'après-midi à s'amuser. Et j'ai pensé qu'il était vain et même barbare de casser l'ambiance en annonçant la terrible nouvelle. Finalement, ce dont j'avais le plus besoin, c'était de me sentir encore un peu en sécurité. Et dans cette maison, ce soir-là, je me sentais parfaitement en sécurité.

Le visage d'Opiyo s'était entièrement fendu de son plus beau sourire, tandis qu'il me tendait une part de tarte, avec l'air interrogatif et narquois de se demander si j'étais capable de deviner quel était le mot correspondant à cette pâtisserie. Et la saisissant, j'ai fait l'idiot exprès, comme ça, juste pour lui faire plaisir. J'ai fait mine de loucher, parce que c'est ma grimace préférée et que j'ai toujours été conscient de son effet comique. Et puis je me suis emparé d'un stylo, et j'ai tracé les lettres du mot « cannelle », sans trop de difficultés, puisque le flacon d'épices avec son étiquette se trouvait devant moi, bien en évidence sur la table de la cuisine.

L'enfant, qui avait remarqué la supercherie, a été pris d'un fou rire, qu'il a communiqué à Diana puis à Françoise.

— Stanislas, tu triches ! a crié Françoise en jetant son torchon sur le flacon d'épices, avant de me demander de le récrire.

Et j'ai adoré provoquer cette bonne humeur chez mon épouse, heureux d'en avoir été la source. Oui, Stanislas le tricheur, effectivement. Je n'avais pas d'autre choix que de tricher. De masquer mon inquiétude.

OK, on avait fini par retrouver le cadavre de Jonathan, et alors ? S'il n'avait pas été aussi con et violent, il ne se serait pas pris ce coup de maillet en pleine figure. Voilà à peu près le genre de considérations qui me traversaient l'esprit, et ça n'était pas très brillant, j'en conviens.

Finalement, le mieux à faire, c'était encore de ne rien faire. Mener au mieux ma petite vie, être gentil avec Françoise et bienveillant avec Opiyo dont j'imaginais la douleur qu'il devait ressentir d'avoir été séparé de ses parents, tout autant que la retenue et la force de caractère qu'il devait lui falloir pour ne pas flancher. Ainsi, et là encore, il était un exemple à suivre. Et il m'engageait à être de bonne humeur à la maison, généreux avec les enfants du lotissement, et de continuer d'apprendre les mille et une petites façons de prodiguer des politesses à mes clients de la galerie marchande.

Mais j'ai compris le lendemain, à la galerie marchande justement, que le vent allait tourner pour de bon et qu'il allait falloir me préparer à une vague de fond, lorsque j'ai découvert la tête de Jonathan dans un coin de la couverture de *La Voix du Nord* que Thérèse était en train de lire. Parce que *La Voix du Nord* était le seul journal que Thérèse lisait, à l'heure de la pause de dix heures, en avalant un croissant offert par notre voisin le boulanger. Une petite photo en couleur de Jonathan, souriant dans sa tenue de surveillant pénitentiaire. Combinaison sombre barrée d'une ligne blanche sur le torse, casquette vissée sur la tête, un modèle comme en portent les pêcheurs au gros, avec une longue visière qui arborait un écusson bleu-blanc-rouge. Ce que détaillait l'article, j'aurais été bien incapable de le dire, mais mes récents progrès en lecture m'ont tout de même permis de déchiffrer laborieusement le titre en grosses lettres, qui annonçait la découverte du corps l'avant-veille dans un sous-bois de l'Hoverport. C'était tout à fait choquant de le voir ainsi, Jonathan, aussi vivant et souriant, en tenue professionnelle. Rien à voir avec la petite frappe que j'avais fréquentée il n'y a pas si longtemps. Bon, bref, j'ai décidé que ça n'était rien, cet article. Absolument rien, car même Thérèse semblait ne pas l'avoir remarqué en plongeant son croissant dans son café. Elle paraissait plus intéressée par les annonces de mariages ou la rubrique des fêtes de village du week-end qui offraient un panorama un peu plus positif de notre région. Des morts bizarres, les journaux en sont pleins à ras bord et il fallait que je me tranquillise. Oui, allez, on se calme Stan ! On respire !

Mais la tension est remontée l'après-midi, lorsque j'ai passé un coup de fil à Françoise avec l'alibi de prendre des nouvelles d'Opiyo. Parce qu'elle venait justement de l'acheter elle aussi, ce journal, dont elle avait aperçu la manchette sur le trottoir du bureau de tabac. Et là, au téléphone, elle était tout affolée :

« Stan, Stan ! T'as vu l'article dans le journal ? Comment on va se sortir de ce bourbier, hein ? Comment on va s'en tirer ? »

Je lui ai conseillé de se calmer et de ne pas évoquer tout ça au téléphone. Parce que je me trouvais dans l'impossibilité de lui répondre sans éveiller la curiosité de Thérèse qui se trouvait à seulement quelques mètres, postée derrière sa caisse et était dotée d'une ouïe hors pair quand il s'agissait de glaner des ragots. J'ai donc raccroché après avoir dit le plus fort possible : « Oui, voilà ma chérie, très bien, faisons comme ça et à ce soir ! »

Le reste de cette journée m'a paru interminable. Et lorsque j'ai retrouvé ma femme ce soir-là, elle était bouleversée par cet article qui faisait état de la façon dont le corps avait été découvert, très amoché, je le savais. Mais surtout, et c'était le plus grave, que Jonathan était marié et père de famille. D'ailleurs, on voyait une photo de sa femme et de ses enfants dans la double page centrale consacrée à ce fait divers. Le choc, oui le gros choc. J'ai essayé de la rassurer mais, pour cela, il aurait fallu que je sois calme moi-même, ce que je n'étais pas. Non, pas calme du tout, parce que j'ignorais la situation familiale de Jonathan. Jamais il n'avait mentionné ne serait-ce que le prénom d'un de ses gamins ; je connaissais en revanche celui de chacune de ses bicyclettes. Des noms à consonances américaines en général, assez vulgaires. Et pour ce qui était de sa femme, il se vantait plus volontiers de ses coups d'un soir avec ses copines rencontrées sur des sites échangistes et dont il conservait des photos dans son téléphone, toutes plus cochonnes les unes que les autres. Bref, j'étais moi aussi très ébranlé. Et d'ailleurs, je ne me rappelle plus du tout comment s'est terminée cette soirée, ni ce qui s'est passé les jours suivants. Là, ça a été comme un grand vide et un combat que je devais livrer contre ma propre panique. Lorsque je rentrais du boulot, c'était pour retrouver Françoise défigurée par l'inquiétude. Elle avait appris par un nouvel article que l'enterrement de Jonathan était prévu pour le lundi suivant à Poperinge, d'où il était originaire. Et elle m'a annoncé qu'elle voulait s'y rendre, par solidarité.

— Solidarité envers qui ? ai-je demandé.

Elle m'a répondu :

— Solidarité pour la veuve de ton copain, elle doit vraiment souffrir !

Assister à ces funérailles me semblait être un projet parfaitement saugrenu, pas seulement saugrenu d'ailleurs, dangereux. Parce que c'était une façon d'attirer l'attention sur nous qui n'avions aucun lien de parenté avec le défunt. J'ai donc essayé de négocier avec Françoise mais ce fut impossible. Son point de vue à elle était qu'elle se sentait solidaire de cette femme qui venait de perdre son mari. D'autant plus solidaire qu'elle avait eu elle-même quelques semaines plus tôt la sensation de m'avoir définitivement perdu quand je lui avais annoncé mes petits trafics. Ce que je pensais ou non de son projet de se rendre à l'enterrement de Jonathan Hautevoy, elle s'en contrefoutait. Elle irait de toute façon.

J'ai donc dû demander à Thérèse de m'accorder un après-midi de congé pour l'accompagner, parce que je ne me sentais vraiment pas fier de moi et que je ne voulais pas laisser Françoise affronter seule une telle épreuve.

Et j'ai eu rapidement la confirmation que nous rendre à cet enterrement était une très mauvaise idée, parce qu'il y avait foule. Pas seulement la famille de Jonathan, que nous n'avons pas pu approcher dans un premier temps, mais des centaines d'autres personnes qui s'étaient elles aussi déplacées, par solidarité. Parmi eux, des dizaines d'employés de la maison pénitentiaire de Dunkerque, qui étaient venus en tenue de travail, combinaison sombre et casquette, comme une escouade de miliciens. Une façon de se reconnaître entre eux à coup sûr et de faire savoir que c'était bien un collègue exemplaire qu'ils venaient de perdre. Et puis il y avait aussi le groupe des cyclistes, ceux-là mêmes avec lesquels Jonathan disait qu'il s'entraînait chaque week-end. Une bonne centaine de personnes tout de même, massée sur les bancs à droite, quand on entrait dans l'église. Pendant la messe, j'ai eu des sueurs froides et la nausée ; c'était à cause de l'encens, je crois, qui répandait dans la nef un brouillard résineux et compact, d'où émergeait tout au bout de l'allée, posé sur l'autel, le cercueil. Un modèle en chêne clair, avec poignées et ferrures en argenterie ouvragée, du genre tape-à-l'œil et qui n'était pas sans rappeler le design empâté des ancestrales berlines américaines. Il y avait tant de fleurs autour de ce coffre, des lis surtout, extravagants de blancheur et dont le parfum rivalisait avec celui de l'encens. Une chose qui me donnait le tournis aussi, c'était d'imaginer les restes putréfiés de Jonathan dans cette boîte. Ce qu'il restait d'un corps exposé plusieurs semaines à l'humidité de buissons, il aurait fallu être un habitué des morgues pour s'en faire une idée. Un véritable film d'horreur, *a priori*. Le curé de la paroisse s'est avancé vers le micro pour proposer à l'assemblée de se lever, puis de se rasseoir. Quelques quintes de toux, des sons de grincement de bancs, le silence à nouveau. Et puis il y a eu de la musique, venue de la mezzanine où trônait, je l'ai remarqué en tournant la tête, un très émouvant petit orgue à vent comme on en trouvait autrefois dans certaines salles de cinéma de l'époque où l'on pratiquait, paraît-il, l'accompagnement musical des films muets. Et dont la gamme des sons évoquait une cornemuse ou même, pour les plus aigus, ceux d'un sifflement drôle de locomotive. La vieille dame, installée aux claviers, et qui avait revêtu une belle robe verte, un peu démodée, à grand col, semblait inspirée. J'ai pensé en la regardant pianoter que ces cérémonies devaient être pour elle l'unique occasion de partager ses talents d'improvisatrice. Elle jouait bas, mais avec dextérité, et j'ai bien cru reconnaître, dans son répertoire, quelques airs des Beatles, qui n'étaient pas en reste eux non plus pour vous coller des frissons. Le vent du nord, hostile et fougueux par définition, trouvait en s'engageant dans les tuyaux de cet orgue une occasion unique de se rendre sympathique. Pour ce petit moment d'émotion sincère au moins, je ne regrettais pas d'être assis dans cette église.

J'ai jeté des coups d'œil en coin, pour tâcher de repérer dans l'assemblée quelques têtes connues, comme celle de Nadine, par exemple, qui aurait pu avoir l'idée d'assister aux funérailles. Nadine dont je n'avais plus aucune nouvelle depuis la terrible nuit de l'Hoverport. Était-elle au courant de tout ça ? Avait-elle lu les journaux ? Faisait-elle partie de l'assemblée de cette cérémonie ? Il ne fallait pas trop scruter, car j'aurais pris le risque de me faire remarquer. Baisser la tête, regarder mes pieds. Faire mine de prier. Une heure plus tard, devant la tombe, au moment de défiler tous devant le cercueil pour un dernier vœu, j'ai reconnu tout de même quelques figures politiques locales. Notre préfet Joseph Atvet en premier. Les mains réunies sur son ventre, il s'est immobilisé longuement devant le cercueil avec un air fabriqué d'héroïsme vengeur comme autrefois les acteurs incarnant les shérifs dans les westerns. Quelque chose de personnel était en train de se jouer là, entre lui et ce coffre en bois. Il était peu scrupuleux du temps qu'il monopolisait, alors que tout un tas d'autres quidams attendaient leur tour pour se recueillir. Il avait revêtu son uniforme officiel, avec sa casquette haute, ses rangées de galons dorés et ses lauriers, dont le motif courait aussi autour de ses manches. Et tout cela donnait à ses bras autant qu'à sa tête des dimensions inquiétantes. L'individu était suivi de tout un tas d'autres aussi sinistres que lui et qui m'ont fait l'impression d'appartenir à sa tribu politique. Ou de vouloir s'y ranger ce jour-là. Une confrérie aussi soudée et solidaire que celle des groupes des cyclistes et des gardiens pénitentiaires, qui affichaient une identique colère. Avec chacun sa couronne, dont je peinais à lire les intitulés, car la brillance des lettres argentées m'aveuglait énormément. Une véritable foule était venue soutenir la veuve de Jonathan, que j'ai fini par apercevoir, la pauvre, précisément au moment de l'inhumation. Une femme très ordinaire, accompagnée de trois enfants blonds et roses comme elle, les joues luisantes de larmes. Impossible pour moi en cet instant de croiser le regard de Françoise, qui n'avait cessé de sangloter elle aussi depuis le début de la cérémonie. Forcément solidaire de cette famille, comme je l'étais moi aussi. Mais que valait ma peine au milieu d'un cirque pareil ?

Les obsèques avaient duré une éternité à cause de tous ces discours, plus ou moins adroits, sincères ou bien appris, dont le plus long et le mieux révisé avait été celui de Joseph Atvet. Un discours tout à fait en relation avec l'orientation politique de son parti qui virait à la droite extrême. Mais avec l'ambition affichée de vouloir s'en démarquer un peu, tout de même. Ce qui n'est jamais simple en politique. Une longue allocution, donc, pleine de sous-entendus et de regards adressés au groupe des collègues de Jonathan, alignés à droite de la sépulture. Comme un peloton, non pas d'exécution, mais de victimes. Car c'est par ce terme qu'Atvet l'avait bouclé, son monologue : victimes. « Vous, les fonctionnaires du maintien de l'ordre carcéral qui êtes exposés à la violence, résultant du laxisme toujours plus grand de nos dirigeants ! Vous qui êtes victimes de l'effondrement de nos valeurs, et dont le courage n'est jamais salué à sa juste mesure, etc. » Parmi cette assemblée de bonshommes en uniforme, j'ai cru en voir quelques-uns verser une larme. Et ses mots m'ont bien déstabilisé aussi, parce que je devais être le seul ici à savoir quelle petite crapule était en réalité ce Jonathan Hautevoy. Si j'avais été plus courageux, ou suicidaire, j'aurais pris la parole pour leur dire à toutes et à tous qu'en fait de héros, il était mort de sa propre bêtise. Et qu'il se situait surtout à des années-lumière du souvenir que tout le monde ici tentait de se faire de lui. Ce qui me retenait, c'était l'idée d'anéantir une seconde fois cette pauvre femme et ses gosses qui n'avaient rien demandé à personne et n'étaient en rien coupables de l'ânerie de leur père et mari. Mais aussi, je l'avoue, parce que j'aurais définitivement nui à la réputation d'honnêtes fonctionnaires de mes propres fils. Dont j'ai découvert d'ailleurs, en quittant les lieux, au volant de ma camionnette avec Françoise, qu'ils avaient été appelés à la rescousse pour tenter de réguler la circulation entre le parking du cimetière et la nationale. Tellement de bagnoles que beaucoup s'étaient enlisées dans les champs alentour où elles avaient cru pouvoir se garer. Une invraisemblable pétaudière que cette journée !

En m'engageant sur la nationale, j'ai juste donné un petit coup de klaxon à l'intention de mes fils qui étaient si occupés qu'ils ne nous ont même pas vus.

Et donc, ça y est, le drame de la mort venait de pénétrer dans notre maison. Il y avait fait une saillie profonde, qui allait d'autant plus m'éloigner de mon épouse. Ce n'était plus seulement le son de ma voix qui la dérangeait, c'était ma présence tout entière qui lui faisait peur. Oui, peur. En rentrant du cimetière, ce jour-là, elle m'a annoncé que le mieux pour quelque temps serait qu'on ne partage plus la même chambre, parce qu'elle ne s'y sentait pas en sécurité. C'est quelque chose qu'elle ne pouvait même pas expliquer, comme si j'allais la tuer dans son sommeil. Je pourrais bien sûr continuer de partager la maison avec elle en journée, avec toujours pour objectif de faire illusion pour notre entourage et surtout de ne pas déstabiliser Opiyo. Le temps des repas, des leçons d'orthographe. Mais à la nuit tombée, il allait falloir que je débarrasse les lieux. Que je la laisse seule ici.

Et c'est à partir de ce jour là que j'ai élu domicile dans la cale du *Warliss*, au fond de mon jardin. Le seul endroit où je pouvais finalement me sentir encore un peu chez moi. J'y ai élu domicile avec le chien Marcelin, dont Françoise ne supportait plus la vue, ni l'odeur, d'ailleurs.

Étrange expérience que celle de chercher le sommeil dans la cale de mon bateau, allongé à la même place qu'autrefois, lorsque j'accompagnais mon père dans ses pêches nocturnes. Depuis le canoë de sauvetage dans lequel je m'étais improvisé un lit d'appoint, je pouvais d'ailleurs observer la tablette de bois contre laquelle je m'étais cogné en me réveillant en sursaut la nuit de sa disparition. Je l'ai déjà dit, le choc avait été si violent que le mécanisme à coulisse s'était bloqué dans la paroi. Un parfait exemple de menuiserie que cette tablette, avec son assemblage en tenons et mortaises, parce que mon père s'était donné le défi de limiter au maximum les pièces métalliques sur son navire. Ce chef-d'œuvre de conception, je me souvenais parfaitement de son impact contre mon crâne d'enfant. Et avec celui de cette douleur, d'autres souvenirs remontaient. Plus que des souvenirs, des sensations. Je pouvais, en observant la prodigieuse ossature des poutres qui constituaient la cale du chalutier, revoir mon père en train de les scier, de les poncer, d'en creuser chaque rainure. Avec son inimitable manière de siffloter les airs de son enfance, des airs comme en sifflent depuis toujours les paysans, plaintifs et mornes, et qui passaient entre le chuintement du rabot et le son strident de la scie sauteuse. Oui, mon père me faisait l'impression d'être là, présent, dans cette cale. Aussi peut-être parce que pour cette première nuit passée seul ici, j'aurais rêvé de lui parler. Qu'il me rassure quant à la sale tournure que prenait cette histoire. C'est bien utile un père pour ça. Je parvenais presque à sentir l'odeur de sa transpiration, ou, à y réfléchir, celle de la résine de chêne, de pin, et du bois d'orme surtout, qui constituaient la partie basse de la cale. Ces grands ormes, mon père les avait tout spécialement sélectionnés dans une scierie de la région de Wierre-Effroy tenue, je m'en souvenais, par les frères Alfred et Michel Chevalier, qui exerçaient la profession de

« scieurs de long », comme on disait alors. On y entendait le gémissement des scies à ruban à des kilomètres à la ronde et qui n'existe plus depuis des lustres. Me revenait en mémoire la curieuse manière qu'avait mon père de poser la main sur les grumes pour en analyser la densité, l'état de séchage. Comme le ferait un sourcier. C'était un homme de bois, mon père, d'orme. L'homme-orme, voilà ce qu'il était. L'odeur de l'homme-orme était toujours là, présente dans la cale. Semblait s'y mêler celle du Grand Marnier, cette liqueur qu'il s'efforçait de préférer à la rude vodka de ses contrées natales, parce qu'il trouvait que ça faisait « distingué » de boire du Grand Marnier, confondant marnier et marinier.

« Allez hop, un petit coup de Grand Marinier ! » disait-il avec son indécrottable accent polésien en dévissant le bouchon qui, je m'en souviens, grinçait tels les gonds des portes de l'enfer. Pour lui, cet alcool sucré jusqu'à l'écœurement n'était pas seulement celui des notables, le digestif des repas du dimanche chez les vieux bourgeois, celui qui parfumait les crêpes des enfants à l'heure du goûter ou les jours de Chandeleur, mais il bénéficiait à ses yeux d'une aura monacale à cause de l'écriture gothique sur l'étiquette parcheminée et du cachet de cire. Belles bouteilles, vraiment très belles de mon point de vue d'enfant, ventrues, évasées, qui m'évoquaient celles du brandy acheminé par les antiques galions anglais, et que nous remontions parfois dans nos filets, notamment dans le passage de la Déroute. Un gouffre pour les navires déjà à l'époque. Foutus bordels de courants marins, foutue dérive ! Mon père achetait cette liqueur amère au Félix Potin du patelin voisin. En toute discrétion, à l'heure de l'ouverture, par lot de cinq bouteilles. Et il en gardait toujours une sur lui, dans une besace en brique et son toit d'ardoise, auquel l'inclinaison un peu raide faisait la silhouette d'un chapeau de sorcière ; la cheminée dont la poterie était assez lamentablement ébréchée ; l'agencement de ses ouvertures avec leurs barres d'appui en fer forgé qui auraient nécessité, je le constatais, une bonne couche d'antirouille. Ce que je guettais, c'était l'instant où Françoise fumerait sa dernière cigarette de la journée, accoudée à la fenêtre de la cuisine, son poing refermé sous son menton. Ce moment de rêverie durerait le temps de cette cigarette. Et j'essayais d'imaginer ce qui pouvait lui traverser l'esprit, parce que dans ces moments-là, elle semblait comme libérée de nos soucis, et presque tout entièrement absorbée par la beauté du dehors : le ciel, dont l'obscurité était inlassablement parcourue par le faisceau du phare du cap Griz-Nez ; les monts de la vallée du Denacre qui s'étiraient à l'horizon ; et puis notre modeste potager avec ses quelques rames à haricots où restaient accrochés les résidus de tiges et de feuilles mortes, les plants de rhubarbes qui résistaient vaillamment à la froidure hivernale, les choux frisés avec leurs feuillages écumant en forme de jets d'eau. Et nos églantiers, de cette variété qui porte le nom « d'églantiers des chiens », allez donc savoir pourquoi, avec leurs fruits rouges en hiver, dont on peut faire au choix de la confiture ou du poil à gratter. Par instants, le vent d'ouest dirigeait dans ma direction quelques volutes de fumée de sa cigarette, qui me donnaient l'impression d'embrasser ses lèvres, et c'était délicieux.

Enfin, elle écrasait consciencieusement son mégot dans le pot des géraniums, réduit à la fonction de cendrier. J'étais particulièrement attentif à ce dernier geste de la journée. Une pincée d'étincelles rougeoyantes, un bouquet.

où il rangeait aussi son attirail, quelques manilles, de quoi ramender les filets, son tabac, son briquet. Cette besace en toile ne le quittait jamais. Il aimait rappeler qu'elle constituait son seul et unique bagage lorsqu'il avait débarqué en France dans les années 1950 avec ma mère, inimaginablement pauvres. Maigres comme des loups, avec un grand nombre d'autres invisibles et maigres comme eux. Tous persuadés de trouver ici en France, dans les houillères du Nord, un Eldorado. C'était un peu tout ça, cette besace, la seule chose à laquelle il était réellement attaché finalement, au point qu'il affirmait vouloir être enterré avec. Encore une de ses marottes. « Cette besace, il faudra me la mettre dans ma tombe le jour de mon dernier voyage ! » clamait-il avec lyrisme, parce qu'il était parfois comme ça, mon père, théâtral. Plus encore lorsqu'il avait bu. Ce souhait avait été exaucé, car il avait disparu avec ce sac cette nuit-là. Peut-être la bandoulière avait-elle même causé sa chute, en se prenant dans le treuil des filets – qui sait ? – le précipitant directement à trente mètres de fond ? Hantise. Maudit cauchemar. Toujours la même question : mon père avait-il chuté ou s'était-il jeté à l'eau, profitant de mon sommeil, pour en finir ? Avait-il été lâche à ce point ? Pour le reste, je m'en souvenais, mon père était un homme lent. C'est ainsi que je le percevais, enfant : d'une lenteur pesante, embarrassante, car elle trahissait son mal-être. Surtout à la toute fin, alors qu'il n'était plus qu'une éponge à Grand Marnier, ne parlant presque plus du tout, ou alors pour dire qu'il s'était complètement trompé de vie, de direction, qu'il aurait dû aller en Amérique du Sud. En Bolivie précisément, où, pour ce qu'il en savait, une communauté russe de vieux croyants fuyant le stalinisme avait migré dans la première moitié du XXe siècle. Ces Staroverys y exploitaient paraît-il des plantations d'eucalyptus, d'ananas, ou plus prosaïquement fabriquaient de la kvas, une bière typique à base de pain, qu'ils revendaient sur les marchés de Santa Cruz. Ces gens, qui avaient eu le cran de fuir la Russie et vivaient à la façon d'une secte, refusaient d'avoir un compte en banque et payaient exclusivement en liquide. Et ils étaient devenus un rêve pour mon père qui évoquait avec tendresse le village de Toborochi, dont le nom était à l'origine celui d'un arbre exotique, un arbre en forme de bouteille, prétendait-il. Ce qui faisait sourire beaucoup de monde, notamment dans la communauté des marins, lesquels n'hésitaient pas à remplir son verre pour le plaisir de l'entendre encore et encore débiter des inepties.

Pauvre homme, pauvre petit bonhomme que mon père.

Et pourtant, allongé là, seul dans la cale du *Warliss*, moi, Stan, j'aurais adoré l'entendre encore, le son de sa voix, son accent traînant. Oui, j'aurais adoré l'entendre, mon père, et lui parler, surtout. Lui demander ce qu'il aurait fait à ma place, lui qui avait tant vécu, comment il l'aurait gérée, cette sale situation dans laquelle je m'étais fourré. Ce qu'il en aurait dit, de ce jeu auquel j'avais joué et qui me valait de me retrouver potentiellement lié à un crime, et avec un gosse africain sur les bras. Mon père n'était pas l'inverse d'un xénophobe – un autre de ses paradoxes. Lui qui souffrait d'avoir été malmené par tant d'étrangers, Allemands, Polonais, Russes, d'avoir été méprisé par les Français en arrivant ici, reconnaissait avec un demi-sourire ne pas aimer les « étrrrangers », comme il disait. Les étrrrrangers pour lui étaient principalement issus du bassin méditerranéen. Tous ceux qui étaient nés sous des climats ensoleillés étaient par définition des fainéants, des traîne-savates, des roublards. « Ces gens-là ne se donnent pas la peine d'économiser, parce que dans leur pays la nourriture tombe des arbres ! » disait-il. Ce qui n'était pas le cas des arbres en Polésie, évidemment, qui ne disposaient que de très peu de temps pour donner des fruits, à cause du traître hiver et des dernières gelées de printemps qui calcinent les bourgeons. Les pommes, quand elles parvenaient à mûrir, étaient paraît-il si petites, si vertes et si acides qu'on les prenait pour des noix. « Ces arbres infertiles ne sont bons qu'à être brûlés ou à faire des embarcations ! » disait-il l'air nostalgique, en reproduisant le mouvement d'une hache du plat de la main. Satanées origines ! Les seuls Africains qu'il avait croisés, finalement, c'était dans les houillères du Nord, et il s'était méfié d'eux par principe. Bien obligé de reconnaître pourtant que si la cité ouvrière comptait presque autant d'origines que de rues, Arabes, Asiatiques, Africains, Baltes avec une grande majorité de Polonais irradiant de pâleur et de blondeur, tout ce qui sortait du trou du cul de la mine était d'une seule et même couleur, celle du charbon. Ce dernier ne vous faisait pas seulement la peau anthracite, mais vous retapissait aussi les poumons. D'où, peut-être, et à y réflechir, cette voix traînante et rocailleuse de mon père. Il avait inspiré tant de fumées et tant de poussière, dans les hauts fourneaux des verreries de l'Est en passant par les abîmes des houillères du Nord ; et il fallait ajouter le brasier de sa pipe, bourrée de tabac anglais vendu dans une boîte en fer bleu ciel, et qui n'était donc pas en vrac comme le tabac ordinaire. Le luxueux tabac Capstan que mon père appréciait presque autant que le Grand Marnier se présentait sous la forme d'un bloc compact et brun, et humide, dont il fallait dissocier les fibres, comme celles du bois pourri. Il sentait bon pourtant, ce tabac, dans les parages brumeux et ralentis de mon père.

Ce devait être l'effet de la fatigue, du stress ou de l'ivresse générée par ces relents de sueur, de tabac, de résine, de liqueur, mais il me semblait discerner dans les dessins des poutres de la cale du *Warliss* des formes figuratives : visages, paysages, et des centaines d'yeux constitués par les nœuds du bois. Ces regards sombres me scrutaient, m'interrogeaient. Toute la forêt des ormes se tenait là aux aguets, dans la pénombre. Il y avait des moucherons aussi, mais alors en pagaille, qui émergeaient des interstices, pour venir tourbillonner dans le halo de ma lampe frontale. Une invraisemblable chorégraphie tourbillonnante au-dessus de ma tête, qui en disait long sur l'état de putréfaction des planches du *Warliss*. Des capricornes sans doute, qui devaient eux aussi s'y être établis en colonies, et finiraient par avoir entièrement raison de cette embarcation, puisque j'entendais assez nettement œuvrer leurs mandibules. Ça craquait et ça crissait. Et c'est là, l'esprit bercé par le bourdonnement des moucherons et le grincement des capricornes, en plongeant dans un demi-sommeil, qu'il est réapparu, l'énorme poisson-chat humain de mes cauchemars. Celui qui m'avait visité la nuit du crime de l'Hoverport, dont j'avais surtout rêvé la veille de mon accident en mer et qui m'avait averti : « Non, Stan, ne sors pas en mer aujourd'hui ! Reste au lit ! » Et que j'aurais sans doute mieux fait d'écouter ce jour-là.

Oui, en m'endormant, j'ai aperçu cet étrange poisson qui flottait dans l'obscurité de la cale, ondulant parmi les moucherons qu'il happait de ses imposantes mâchoires. Hallucinante créature constituée de sable ou plutôt de vase, car elle semblait visqueuse, et sa peau était mouchetée de points clairs qui matérialisaient avec précision ses déplacements dans l'obscurité. Sa tête n'était pas celle d'un homme comme je l'avais cru à sa première apparition, elle partageait avec l'humain la proximité des yeux, et un faciès allongé. Et des branchies en forme d'oreille, ourlées et figées, grandes ouvertes. Mais c'était bel et bien un poisson, lourd et menaçant comme une torpille. Et ce qui m'inquiétait le plus, c'est que je n'étais pas le seul à le voir, ce poisson, puisque j'entendais Marcelin qui, depuis le fond de la cale où il s'était réfugié, s'était mis à grogner sans même relever la tête. Sur la défensive, prêt à bondir. Et s'il n'en faisait rien c'était qu'il savait le combat perdu d'avance, pour ça c'est instinctif, un chien. Le poisson-chat est resté quelques minutes au-dessus de nous. Montgolfière-lampion insolite, gobant de l'insecte et brassant l'air. Puis, soudain, il prit la parole pour murmurer de la même voix profonde que la veille de mon accident :

« Ne t'inquiète pas, Stan, ne t'inquiète pas, il y a un sens logique à tout ce que tu vis. Un jour, cette logique, tu la comprendras. Garde ton calme, aie foi en ce qui advient. Sois attentif aux signes… »

Enfin, le poisson-prédicateur s'est immobilisé, avant d'effectuer avec lenteur un demi-tour sur lui-même et de se dissoudre dans la pénombre, emporté par mon profond sommeil.

Je sais très bien l'apparente incongruité de tout cela, mais je vous assure que ça s'est réellement produit. En me remémorant ce poisson de mon cauchemar, j'en ai des frissons aujourd'hui encore, presque la chair de poule. J'avais à ce moment-là l'esprit fort agité, mais je n'étais pas fou, bien au contraire, de ma vie je ne m'étais jamais senti aussi clairvoyant. Ce parcours de vie, je me l'étais toujours représenté comme un fil tendu entre moi et l'infini. Et j'avais toujours pris garde de ne pas trop penser au vide en dessous, abyssal. Lorsqu'il m'arrivait de le ressentir, ce vertige, je me rappelais toutes ces années passées en mer, sur des gouffres sombres et houleux. Je m'étais toujours efforcé de croire que je ne risquais rien, qu'il me suffisait de ne pas regarder plus loin que le bout de mes doigts de pieds. Mais là, bon sang, ma destinée semblait agitée. Et il était de plus en plus difficile de continuer à faire l'autruche, parce que même sur mon lieu de travail, dans cette bulle aseptisée et suréclairée de la galerie marchande, je commençais à en entendre parler de cette affaire du cadavre de Jonathan. Peut-être parce que les gens n'ont rien d'autre à faire que cancaner, me direz-vous, c'est ça l'humain, mais ça en devenait inquiétant. La principale raison de cette obsession venait aussi à coup sûr de Joseph Atvet, qui avait outrageusement récupéré cette actualité morbide pour sa campagne des régionales. Il avait, sans trop de gêne, ou peut-être avec l'accord de sa famille, associé l'image de Jonathan Hautevoy à la sienne. Du jamais vu ! Sur ses affichettes de campagne, on le découvrait, lui, Joseph Atvet, tenant dans la main un portrait de Jonathan encadré de noir. Toujours cette même représentation du gardien de prison dynamique, souriant. Une composition racoleuse, avec par là-dessus un slogan : « Pour ne pas oublier ceux qui se battent pour nos droits fondamentaux, et qui le paient de leur vie ! » Il fallait oser. En termes de communication, c'était radical, et pour ça, je dois reconnaître que cette affichette enflammait les esprits. Il y avait les pour et les contre, comme toujours. Mais dans l'ensemble, ça fonctionnait, et Joseph Atvet était d'ores et déjà donné favori aux prochaines élections régionales. J'entendais les clients en parler entre eux lorsque je vidais ou écaillais leurs poissons, et puis les autres commerçants, à l'occasion de notre apéro du mardi soir. Avec toujours, en fond, « l'assassinat sur un parking d'un innocent fonctionnaire ».

Tout le monde avait plus ou moins son idée sur les raisons de ce meurtre, mais la plupart s'accordaient sur la thèse d'un crime crapuleux fomenté par des clandestins, qui avaient voulu lui voler son vélo ! Parce que selon les premiers éléments de l'enquête, le cadenas à combinaison qui le retenait à un lampadaire avait été esquinté. Donc, oui, il s'agissait à coup sûr de clandestins qui avaient voulu lui subtiliser sa précieuse bicyclette ! Et pour la peine méritée, eh bien, c'était à l'unanimité la peine de mort ! Même Thérèse, qui rechignait à prendre part aux conversations de comptoir, penchait elle aussi pour cet avis : « La peine de mort et c'est tout ! »

Et moi, je n'en menais pas large, le mardi soir lorsque, après l'absorption d'un ou deux verres de blanc, les esprits de nos amis commerçants s'échauffaient, les langues se déliaient sur le sujet de la sécurité. J'appris à cette occasion que pas mal de ces boutiquiers possédaient une arme. Le pâtissier en premier, qui était un grand amateur de chasse aux gibiers et se vantait de garder dans le coffre de sa voiture son fusil dans une housse, chargé à bloc de chevrotines. Du gros grain, celui pour les sangliers. En cas de contrôle de la gendarmerie, il avait même un alibi, ce fusil il dirait qu'il l'emportait à la révision ! Le boucher avait ricané doucement, parce que lui, des fusils, il n'en avait pas un, mais quelques-uns. En fait, il en gardait un dans sa cuisine, un dans sa chambre, et un sous son établi, à l'endroit même où nous étions en train de prendre l'apéro. Il nous l'avait montrée cette arme. Un fusil de chasse facile à dissimuler, parce qu'il était scié. Pas seulement le manche, le canon aussi. Pour le cas où quelqu'un voudrait lui soutirer sa caisse, le fait que le canon était raccourci ne poserait aucune difficulté, parce qu'à bout portant on ne rate que très rarement sa cible ! Et l'intérêt de ce canon raccourci, c'était aussi que le bruit de la détonation s'en trouvait décuplé. « C'est dissuasif le bruit, c'est dissuasif ! » affirmait-il. Surtout quand les gens vous tombent dessus en groupe ! Comme ça avait dû arriver à ce pauvre Jonathan Hautevoy sur le parking de l'Hoverport. Parce que, oui, d'après mes voisins commerçants, il ne faisait à peu près aucun doute que Jonathan avait subi l'attaque d'au moins une dizaine d'individus, et des Africains, à coup sûr. La preuve ? C'est que le corps du défunt avait été partiellement recouvert de feuilles et de branchages comme on l'aurait fait pour l'occasion d'un rituel vaudou. C'était assommant.

Lorsque je retrouvais Françoise, chaque soir au moment du coucher d'Opiyo, elle était angoissée au point d'en être devenue maladroite. C'était fou le nombre d'objets qu'elle renversait ou cassait sur son passage. Beaucoup de choses dysfonctionnaient désormais dans notre maison. Les mots ne passaient presque plus entre nous. Ce qu'elle me disait je ne le comprenais pas, et réciproquement. Nous étions comme deux étrangers. Nous passions notre temps à nous dire « Hein ? Quoi ? ». Et donc parler n'avait plus de sens, ou presque. Lorsque Diana ou Fabien nous rendaient visite, nous les laissions s'exprimer, nous faire part de leur joie parce que, oui ça y était, Diana était enceinte. Ils avaient un peu attendu pour nous l'annoncer, mais c'était bien réel désormais. Ce serait pour juillet prochain. Et pour couronner le tout, Fabien venait de donner sa démission à la gendarmerie, et il était très heureux de sa formation d'éducateur. Tout faisait sens. Tant de bonnes nouvelles, nous aurions dû en être fous de joie, mais « l'été prochain » nous paraissait si loin ! Où serions-nous en juillet ? En prison ? Nous n'avions d'autre choix que de continuer à jouer aux futurs grands-parents comme au théâtre. Il y avait dans nos échanges de grands creux silencieux. Nous étions réduits à espérer que Diana et Fabien par leur enthousiasme les comblent. Et une fois la porte refermée derrière eux, c'était le malaise à nouveau. Le vide. La lourdeur des gestes, l'incompréhension.

Opiyo le sentait, je veux dire qu'il le sentait de façon épidermique, parce que ses poignets étaient à nouveau couverts de plaies. De longues zébrures remontaient, rouges et significatives, tel le mercure d'un thermomètre, le long de ses petits bras. Sur les recommandations d'un médecin, qui avait diagnostiqué un eczéma, nous lui appliquions une crème à base de corticoïdes et lui administrions un produit antiallergique. Et puis, parce que Diana nous l'avait conseillé, nous lui faisions boire une infusion de sauge, dont les feuilles veloutées constituaient, paraissait-il, un remède apaisant, et répandaient dans toute notre maison un parfum qui m'évoquait la propreté d'antan, au même titre que la lavande, la bergamote ou la cire d'abeille. Au moment d'éteindre la lumière, je disais à notre petit protégé « Bon allez, dodo Opiyo ! » en louchant une dernière fois pour l'amuser. Et il nous fallait encore tricher pour qu'il ne découvre pas que Françoise et moi ne vivions plus sous le même toit, qu'une fois sorti de sa chambre, je rejoignais directement la cale du *Warliss* sur la pointe des pieds.

Là, depuis mon antre, je regardais par le hublot cette maison dans laquelle j'avais toujours vécu et qui me semblait s'éloigner. Drôle de baraque d'ailleurs, avec ses murs

Trois fois rien, mais c'était beau. Puis elle empruntait l'escalier, dont la lumière faisait place à celle du couloir, puis de la chambre d'Opiyo sur le front duquel elle devait aller déposer un dernier baiser. Puis la nôtre de chambre, qui s'allumait, et s'éteignait à son tour. C'était d'une tristesse infinie ce petit jeu des lueurs qui menait inexorablement à l'obscurité. Et me plongeait à mon tour dans l'authentique capharnaüm de la cale du *Warliss*. Je gardais la lumière de ma lampe frontale allumée le plus longtemps possible, reprenais quelques exercices d'écriture pour m'occuper l'esprit, en traçant toujours plus précisément le contour des lettres, qui formaient des mots, que j'étais donc désormais capable de déchiffrer. Il se passait là quelque chose de tout à fait particulier et qui validait cette intuition selon laquelle j'avais refoulé en moi un trésor de connaissances. Parce que dans ces moments où je croyais avoir tout perdu, les mots me redevenaient familiers. Comme s'ils étaient logés dans ma main ou réfugiés dans l'encre de mon stylo. La seule explication que je trouvais était peut-être que pendant mes jeunes années, d'avoir vu mon père faire tant d'effort pour les apprendre, ces mots écrits, j'avais décidé de les mépriser, de les ignorer. Ainsi, je n'étais pas ignorant par nature, je l'étais devenu par volonté. J'aurais pu raconter tout ça à Françoise, mais elle m'aurait à coup sûr ri au nez. Alors une fois mes cahiers refermés et la lumière éteinte, pour résister au déluge de tristesse qui m'envahissait et à ce sentiment de gâchis dont je m'étais rendu coupable, je me remémorais notre vie. Cette drôle de vie. Nos premières années principalement, qui ont été à coup sûr les plus belles, mais n'ont pas été faciles, puisque les parents de Françoise refusaient de me parler sous prétexte que je n'étais pas suffisamment bien pour leur fille, parce que pas assez riche, et peu représentatif de l'image qu'ils se faisaient de leur propre famille. Eux possédaient une quincaillerie-chasse-pêche sur la place de Rinxent, et ils m'auraient sans doute préféré un fils de commerçant, quelqu'un du cru. Avec un nom bien d'ici. Il en avait fallu du courage à Françoise pour proclamer que ce serait bien avec moi, Stanislas Warliss, fils d'un immigré venu d'un pays dont on peinait à identifier le nom sur une carte, qu'elle passerait sa vie. Et puis notre mariage où nous n'étions que tous les deux, moi sans famille, elle bannie par les siens, sans témoins officiels, donc. Obligés de demander aux adjoints au maire de jouer ce rôle. Ce moment où nous nous sommes dit « oui », devant une assemblée de chaises vides. Oui. Oui, je revoyais cet instant où nous avons d'ailleurs été pris d'un fou rire incontrôlable. Et ce rire à gorge déployée résonnait encore et pour toujours dans ma tête, là dans la cale du *Warliss* je l'entendais : « Stanislas Warliss, voulez-vous prendre Françoise Truchier pour épouse ? Oui. Françoise Truchier, voulez-vous prendre Stanislas Warliss pour époux ? Oui. » Ce même jour de notre mariage, en guise de banquet, nous avons acheté une baguette de pain et une boîte de sardines que nous avons dégustées sur la terrasse d'un café de Wissant tenu par une petite vieille rigolote dont nous aurions bien fait notre seule famille. Une bistrotière qui parlait toute seule, et qui nous a servi un verre de sirop de citron en guise de vin blanc. « Au moins, on n'aura pas la gueule de bois ! » a dit Françoise en s'envoyant ce breuvage. Et de rire à nouveau, puisque objectivement il ne manquait rien, ce jour-là. C'était un mariage parfaitement réussi. Modeste, rusé, sincère et parfaitement réussi. Quel avait été le secret de notre bonheur et sur quoi ça reposait, tout ça ? Peut-être étions-nous faits, elle et moi, d'un seul et même bloc minéral. De ce genre de roche que l'on trouve amalgamée dans les falaises, fixée de façon irrationnelle au-dessus du vide. Et pour laquelle on aurait pu inventer le nom d'« harmonite ». On se dit : « Un jour ce bloc s'effondrera », mais justement il ne s'effondre pas. Il tient contre vents et marées. Et à quoi ça tient ? À la sérénité de savoir l'autre en vie.

Certains soirs, seul dans mon bateau, je me faisais l'impression d'être Noé attendant le déluge. En fait de passagers, je ne disposais que de Marcelin et ses puces, mais j'aurais pu convaincre quelques souris et mulots de se joindre à l'aventure, ou même quelques oiseaux séduits par la longue liste d'insectes qui se bâfraient du bois de la cale. Cette idée m'amusait et je me disais que je n'omettrais pas, comme Noé l'avait fait, d'emmener vers cet autre monde des variétés de plantes. Nos églantiers, notamment, qui sont d'excellents porte-greffes pour les roses. Et qu'à défaut de repeupler la terre de bestioles et d'humains, on aurait pu y faire naître une forêt vierge de roses parfumées. Une senteur telle qu'on aurait distingué notre planète d'entre les autres, depuis les quatre coins de l'univers.

Lorsque je parvenais enfin à fermer les yeux, vers les trois ou quatre heures du matin, c'est-à-dire peu de temps avant d'emprunter le chemin du boulot, j'étais encore visité par le mirage du poisson-chat. Il était là, tapi dans l'obscurité. Son long corps couvert d'écailles visqueuses, il brassait lentement l'air de ses nageoires. Et ses yeux immobiles, telles deux coupelles de bronze, étaient très impressionnants. Obsédants.

Que me voulait cette créature hallucinante ? Qui était-elle ? D'où venait-elle ? J'avais bien entendu mes parents évoquer autrefois à demi-mot des histoires de revenants, de fait assez répandues dans la tradition polésienne. Tout un tas de légendes paysannes constituaient une mémoire pittoresque et poétique du pays délaissé. Des fables rapportées au fil des voyages, et que les gens prenaient un malin plaisir à raconter aux enfants à l'heure du coucher, pour les endormir ou les terrifier définitivement.

Je me rappelais par exemple que dans la région de Mazyr les arbres étaient considérés comme des esprits, que des vieilles femmes, chaque année au printemps, venaient enlacer et emmailloter de tissus colorés. Que chaque pièce de la maison en cachait probablement un : il y avait par exemple le Ovinnik, qui hantait les granges et les séchoirs à blé. Ce fantôme-là portait un manteau de fourrure retourné, d'où dépassaient un bras poilu et l'autre glabre. Je savais, puisque ma mère me l'avait raconté, qu'il jouait un rôle divinatoire pour les jeunes femmes : la fille passait une main par la fenêtre du séchoir à blé, et si l'Ovinnik la touchait avec son bras glabre, son fiancé serait pauvre, si c'était avec son bras poilu, il serait riche. Il y avait le Navki, l'esprit des enfants morts avant le baptême, le Baietchnik, qui poussait des soupirs et avait horreur qu'on le regarde, le Bannik, qui protégeait les bains dans la maisonnette à côté de l'isba, le Dfomovoï, que les paysans surnommaient affectueusement « Grand-père ».

Et enfin les Roussalkis, fantômes des jeunes filles maudites par leurs parents, suicidées, noyées, égarées dans la forêt. L'hiver, elles se tenaient tranquillement au fond des lacs où elles résidaient, nues, pour n'en sortir qu'à la Trinité. Épiant les promeneurs endormis et leur chatouillant les pieds jusqu'à ce qu'ils périssent dans les convulsions du rire. Mon père, lorsqu'il évoquait ces nymphes, avec une douceur quelque peu lubrique dans le regard, semblait y adhérer plus encore que ma mère qui, elle, du fait de sa fragilité mentale, s'en défendait. Parfois même avec une virulence suspecte.

Mais ce fantôme-là, ce poisson qui avait investi la cale du *Warliss*, était d'une tout autre variété, car lui ne semblait avoir aucune fonction, ni d'exigence en échange d'une quelconque protection, et il n'était apparemment gardien de rien. Enfin, si, tout de même, j'avais remarqué qu'il restait en suspension à l'aplomb de la tablette de bord, le chef-d'œuvre mécanique devenu inopérationnel de mon paternel. Pourquoi restait-il à cet endroit, je n'en savais foutre rien. Et je me trouvais doublement inquiet de commencer à m'habituer à sa présence. C'était peut-être ça, le véritable danger : devenir l'ami de mon délire.

Les dimanches matin, il m'arrivait d'être réveillé en sursaut par les enfants du lotissement qui avaient gardé l'habitude d'envahir le pont de mon navire. J'entendais leurs pas frapper le plancher tel un roulement de tambour, et je me gardais bien de leur signifier que je sommeillais là, juste sous leurs pieds. Si je me faisais discret vis-à-vis d'eux, c'était un peu par orgueil, pour ne pas passer pour celui que j'étais en train de devenir : un pauvre type condamné à dormir hors de chez lui. Et à ne pas s'en plaindre surtout, parce que je n'oubliais pas la chance que j'avais de pouvoir partager avec ma femme encore un peu de quotidien. Ne serait-ce que les repas, ou les vénérables couchers d'Opiyo. Beaucoup d'autres à la place de Françoise auraient déjà fichu le camp, et ça je ne devais pas l'oublier. Ce bruit des gosses, c'était un peu mon programme radiophonique dominical. Je les entendais se raconter, se comparer, évoquer de façon fort indiscrète le quotidien de leurs parents. J'apprenais par exemple que dans telle maison du lotissement, l'homme et la femme faisaient semblant de cohabiter eux aussi, et qu'ils ne partageaient plus la même chambre depuis longtemps, que dans telle autre maison la mère était atteinte d'une maladie auto-immune et qu'elle consultait des guérisseurs. Que dans une autre encore le père, qui se présentait comme représentant de commerce, était en réalité chômeur, et qu'il s'était lancé dans une plantation secrète de cannabis dans son garage... Tant et tant d'indiscrétions qui éclosaient là, sur ma tête, de la bouche de ces gosses ! Parfois, à son insu, je les entendais aussi parler d'Opiyo, se demander combien de temps il allait rester chez nous, et puis qui et où étaient réellement ses parents ? Pour certains, ils ne faisaient que répéter le mensonge que nous avions inventé avec Françoise, celui des parents d'Opiyo accaparés par un travail astreignant dans la région, qui les empêchait ne serait-ce que de lui rendre visite une fois de temps en temps. Puis, pour d'autres, il était évident que nous racontions des salades, qu'en réalité les parents d'Opiyo étaient morts ou qu'ils avaient disparu depuis belle lurette. Quelques gamins penchaient pour la noyade, d'autres les imaginaient en victimes de guerre. Il y en avait tellement, de guerres en cours ! J'étais surpris par leur connaissance du monde. Mais peut-être ne faisaient-ils que régurgiter ce qu'ils avaient vu passer dans le téléviseur qui tenait encore, dans beaucoup de ces maisons de rêve, une place de premier choix sur la commode du salon, avec pour programme la très bavarde BFMTV. Finalement, chacun se faisait son idée de qui était notre petit protégé. Et, lorsque Opiyo les rejoignait pour jouer, je remarquais que ces enfants n'abordaient jamais cette question devant lui. Ce qui prévalait entre eux, c'était la joie, juste la joie, l'espace de jeu où tant d'histoires pouvaient s'inventer ou se réinventer autour de mon bateau.

Une nuit, une autre nuit, je m'en souviens, Marcelin et moi avons entendu des bruits de pas dans le jardin. Quelqu'un marchait, tâtonnait, cherchait une façon de pénétrer dans l'abri à outils pour, sans doute y subtiliser du matériel ou quelques métaux qui se revendaient encore assez facilement dans la région, j'en avais entendu parler par le vieux Dusan. Je me suis emparé d'un crochet à filets que je gardais par habitude à proximité de mon lit et j'ai surgi de ma cale, ma lampe à la main. Là, dans le faisceau lumineux se trouvait Gontran, Gontran Esiromu, l'interprète des Libres Goélands, considérablement essoufflé, le visage luisant de sueur.

Comme je lui demandais ce qu'il faisait là, dans mon jardin au milieu de la nuit, il me répondit qu'il cherchait un endroit pour dormir. Juste pour cette nuit, parce que le campement où il était installé venait d'être incendié. C'était une présence irréelle, aussi peut-être parce qu'il s'exprimait à voix très basse, presque un souffle. Et puis, dans le faisceau de ma lampe son regard semblait d'une couleur improbable, violet clair, presque rose. J'ai remarqué qu'il trimballait avec lui un sac en plastique renforcé débordant de vêtements jetés en vrac, et qu'il sentait effectivement la fumée. Une odeur de carbonisé typique des incendies, où se mêlent caoutchouc, agglomérés et produits isolants calcinés. Comme je lui demandais à nouveau, inquiet et un peu suspicieux, je l'avoue, quelle était l'origine de cet incendie, il m'apprit, l'air fataliste, qu'un groupe d'individus avaient lancé des bouteilles d'alcool à brûler depuis le bord de la nationale sur un abri et que le feu s'était propagé. Je constatai qu'une partie du ciel, vers la gauche, était éclairée par une lueur diffuse et que j'ai identifiée comme celles des gyrophares des engins de pompier, qui se matérialisait en auréoles orange et bleutées dans la brume. Et c'était effectivement tout l'air du dehors qui sentait la fumée, pas seulement mon visiteur, tout l'air du dehors.

Gontran était piteux, il a répété qu'il ne voulait surtout pas me déranger et qu'il pouvait se contenter de dormir dans l'abri de jardin. Ce qui m'a semblé peu approprié, car la fenêtre de notre cuisine donnait justement sur cet abri et que Françoise en aurait fait une syncope au réveil, à l'heure de sa première cigarette. Donc, non, je lui dis : « Non, le mieux pour cette nuit c'est que vous dormiez avec moi dans le chalutier ! » Gontran ne s'est pas fait prier pour accepter. Et ne m'a fait aucune réflexion sur les raisons qui pouvaient m'avoir poussé à m'y installer.

Ce que j'ai remarqué en premier, c'est avec quelle rapidité il s'est improvisé un couchage dans un recoin de la cale. En y balançant quelques vêtements puis une couverture afin de composer une épaisseur de matelas. Dans le même élan, il a suspendu son sac à l'aplomb de cette couche improvisée, dont il a extrait son grimoire à couverture sombre. Ce livre qui nous avait impressionnés avec Françoise, le premier soir de sa visite, et où devaient être consignées tant d'histoires abracadabrantes, il l'a placé à sa droite, lui donnant fonction de table de nuit sur laquelle il a disposé une petite tasse en métal, un cachet d'aspirine, une bouteille d'eau et un stylo pour sans doute prendre note d'une pensée passagère ou d'un rêve. Enfin, après un rapide coup d'œil autour de lui, il s'est emparé d'un gilet de sauvetage qu'il a enroulé et ceint de ses lanières pour s'en faire un oreiller. J'ai songé, en le regardant, que cette manière de faire devait résulter d'années de vie en clandestinité. Dormir là ou ailleurs… Lorsqu'il a retiré son pull pour en enfiler un autre, plus chaud, en laine polaire, j'ai quitté ce labyrinthe de la galerie marchande, avec mes vêtements civils sous le bras, que je n'ai revêtus qu'une fois seul dans ma camionnette sur le parking. Très en colère contre ces marchands, mais aussi contre moi-même de ne pas avoir mieux géré mon emportement.

Pour me calmer, j'ai roulé et roulé, et roulé. Parce qu'il n'y avait rien de mieux à faire. Pied au plancher et vitre baissée pour bien sentir le vent qui fouettait mon visage, comme j'ai tant aimé le sentir au fil de toutes ces années passées seul en mer. Ce vent, ce souffle, était tout ce qui me manquait. J'ai quitté la nationale pour m'engager sur les petites routes qui sillonnent vers le bord de la mer, entre Audresselles et Ambleteuse, au plus proche des falaises. Et c'est là, en observant la mer, que l'idée m'est venue d'en finir avec tout ça et de me dénoncer à la justice. Parce que cette affaire était en train de prendre des proportions qui me dépassaient. Et qu'en avouant la vérité j'endiguerais la haine. Ou plutôt, je la recanaliserais au bon endroit. Les gens apprendraient la vérité, et ça les calmerait plus efficacement qu'un seau d'eau froide sur un moteur en surchauffe. Voilà l'image qui m'est venue, dire la vérité. Crever l'abcès.

Cette décision, j'aurais pu en faire part à Françoise, mais je voulais l'épargner. En me désignant coupable, je la soulagerais d'une charge, elle aussi. D'une certaine façon, je pense qu'elle n'attendait que ça, que je me dénonce.

Ce même après-midi, j'ai donc fait un détour par l'association des Libres Goélands, car si je devais être arrêté le jour même, il me fallait m'assurer que l'association trouverait bien une famille d'accueil pour Opiyo. Une façon là aussi de dispenser Françoise du devoir de s'en charger. Et lorsque j'ai débarqué à l'association, une demi-heure plus vu que son torse pâle était entièrement parsemé de taches sombres, tout comme ses avant-bras. C'était un homme réellement monstrueux, et ça ne devait pas être facile de vivre dans une telle enveloppe corporelle.

Quand il fut allongé, pour animer la conversation, je lui ai demandé si les incendiaires du campement avaient été identifiés. Il m'a répondu que pour ce qu'il en savait, il s'agissait d'un groupe d'individus révoltés par l'assassinat du parking de l'Hoverport, « Rien de très étonnant donc, a-t-il répété, rien de très étonnant ». Dès l'aube, il se mettrait en quête d'un nouvel endroit où s'installer. Il y en avait un certain nombre, proches de Boulogne-sur-Mer, vers les chemins de fer, qui sont par définition mieux sécurisés car éclairés jour et nuit. Je lui ai demandé comment et quand il était venu d'Afrique, et il m'a répondu que c'était une longue histoire et qu'il n'avait pas forcément envie de la raconter. Pour résumer, ce qui l'avait poussé à quitter la Tanzanie, c'est qu'il y risquait en permanence d'être assassiné à cause de son albinisme. Tout le problème, a-t-il ajouté, venait de cette superstition qui attribuait aux albinos des pouvoirs surnaturels. Et des guérisseurs qui faisaient commerce de leur chair.

— Commerce de chair humaine ?

— Oui, a répondu Gontran, des guérisseurs proposent des décoctions à base de chair d'albinos, ce qui active tout un réseau de criminalité. Les commerçants, hommes d'affaires ou politiciens tanzaniens sont prêts à débourser 2 000 dollars pour un organe d'albinos et 75 000 dollars pour un corps entier. Les os valent très cher aussi, parce que selon la légende ils recèlent de la poudre d'or qui nous donnerait à nous autres, albinos, le pouvoir de nous rendre invisibles et de nous diriger dans la nuit définitive de la mort… Pour les femmes, c'est encore pire, car une croyance affirme qu'en leur faisant l'amour, on peut guérir du sida. Il faut ajouter à tous ces tracas le simple fait que nous autres ne supportons pas le soleil, et qu'un flacon d'écran solaire coûte 15 dollars, là où nous vivons avec en moyenne 1,50 dollars par jour. Pour cette raison, j'apprécie beaucoup de vivre dans votre région pluvieuse, mon cher Stan, vraiment beaucoup… avait-il conclu en me balançant un clin d'œil complice et en tapotant sur son oreiller de fortune pour y former un confortable creux où reposer sa tête.

Un long silence est tombé là-dessus. Comme si Gontran avait estimé m'en avoir déjà trop dit et que j'allais le prendre à mon tour pour un illuminé. Parce que c'est vrai qu'à cet instant, je le regardais sans doute d'une drôle de façon. À ne même plus savoir quel sujet aborder, par crainte d'entendre de nouvelles histoires sordides. Du genre qui vous fait détester infiniment l'humanité, toutes origines confondues. Et ainsi, je me suis contenté de le regarder s'assoupir. Il était visiblement au bout du rouleau, ayant dû parcourir huit kilomètres à pied pour venir jusqu'ici. Et ces questions au sujet de son albinisme, il devait en avoir soupé. Pour me calmer et tenter d'effacer cette sinistre histoire de guérisseurs africains, j'ai essayé de me remémorer ces images de la Tanzanie vues avec Françoise sur Internet, ces fabuleux paysages, ces lacs, la cime enneigée du Kilimandjaro, et tout ça m'a semblé soudain bien illusoire. Et je me suis dit que le mieux à faire, finalement, c'était de dormir. Et dans ce moment suspendu, j'ai entendu grincer les poutres du *Warliss* et le vent souffler au-dehors. Ce vent que les gens du Nord appellent « Escorche-river », dont personne ne saurait dire d'où il vient et qui poussait puissamment contre la coque du chalutier, le faisant légèrement tanguer. Accompagnant ce tangage, on entendait un bruit similaire à celui de l'écume qui se retire sur les galets.

C'est donc ainsi bercé par ce tourment que je me suis endormi à mon tour et que j'ai vu le poisson-chat réapparaître dans l'obscurité. Il se tenait là de nouveau, immobile, avec son fascinant regard cuivré, sa carapace d'écailles recouvrant ses flancs avec la régularité des tuiles sur un toit de cathédrale. Sa peau mouchetée de clair s'imprimant sur la pénombre, aussi sûrement que la Voie lactée dans le cosmos. Il posait sur mon navire un regard morne, comme usé par le temps, et qui était un parfait miroir de mes états d'âme. Et dans ce rêve éveillé, je demandais à Gontran de m'assurer qu'il voyait bien lui aussi ce poisson et il me répondait « Oui », de ce même timbre de voix sourd qui m'avait fait l'impression d'avoir affaire à un fantôme quand il avait débarqué dans mon jardin, un peu plus tôt.

— Oui… oui, effectivement, je le vois, Stan. C'est un cœlacanthe…

— Un quoi ?

— Un cœlacanthe… Un poisson très rare qui vit à l'embouchure des fleuves, dans les racines de mangave. Mais je sais, pour l'avoir moi aussi quelquefois croisé en rêve, qu'il lui arrive de remonter assez loin dans les terres lyriques de l'humanité. Il ne connaît aucune frontière et passe d'un fleuve à l'autre. En fait, ce poisson est une incarnation, il va exactement où il veut.

— Une incarnation ?

— Oui, c'est un mort qui vous l'envoie, quelqu'un qui n'a pas bénéficié d'une sépulture digne de ce nom. Il peut s'agir d'une personne emportée par une tornade, ensevelie sous un éboulement, mais aussi victime de noyade. Il peut encore être question de l'âme d'un fou ou d'un être considéré comme tel. Égaré dans le monde des vivants…

Lorsque je me suis réveillé à l'aube, Gontran ne se trouvait plus dans la cale du *Warliss*. Ni lui, ni ses affaires. Et, pour tout dire, je me suis demandé si cette visite, je ne l'avais pas inventée.

Mais non, je n'avais pas rêvé, car en passant dans le secteur de Villebois une demi-heure plus tard, sur le trajet menant à la galerie marchande de Saint-Martin j'ai aperçu quelques camions de pompiers qui achevaient d'éteindre l'incendie du campement. Plus spectaculaire encore que ce que j'avais imaginé, puisque à cet endroit de la forêt il ne restait pour ainsi dire plus rien des buissons épais qui forment d'ordinaire un rideau naturel à la vue, et permettaient en général aux clandestins d'y vivre plutôt tranquillement. Ce qui subsistait des armatures de tentes et chapiteaux de fortune se confondait avec les branches dans un agglomérat calciné et gris, l'air était irrespirable et la circulation considérablement ralentie du fait d'un rétrécissement de la chaussée, délimité par quelques camions de gendarmes qui en régulaient le flux. J'ai essayé de chercher parmi leurs occupants le visage de Luc, parce que dans cette période Fabien ne participait déjà plus du tout aux opérations de la gendarmerie. Et je ne l'ai pas vu. Mais je n'étais pas très objectif, car la lumière des gyrophares mêlée à celle, puissante, des panneaux de signalisation qui clignotaient m'empêchait de voir distinctement. Des lances à eau filaient au bord de la chaussée à la façon de gigantesques pythons de caoutchouc et y dégueulaient d'impressionnantes quantités d'eau pour refroidir le bitume qui avait dû surchauffer durant la nuit.

Un peu plus loin, des dizaines de silhouettes déambulaient au bord de la route, pour certaines chargées de sacs informes comme j'avais vu Gontran en porter un. Femmes, hommes ou enfants dont les couvertures de survie réfléchissaient la lumière des phares automobiles, tels une horde de revenants. Un coup de vent fit s'envoler l'une de ces protections d'aluminium qui vint se coller sur mon pare-brise, me faisant piler net au centre de la chaussée. Cela faillit provoquer un carambolage et me faire aplatir par un semi-remorque qui arrivait à toute blinde derrière moi et qui m'a doublé *in extremis* en actionnant sa puissante sirène ; il m'a semblé reconnaître, dessiné sur son flanc, le graphisme de tête de bœuf du camion auquel nous avions eu affaire, Maxence, Jonathan, Nadine et moi, la nuit de l'incident. Le véhicule m'a dépassé et ce que j'avais imaginé être un bovin était en réalité le sigle d'une marque de matériaux de construction ; je me suis alors promis de faire le calme, parce que cette histoire était en train de me rendre fou.

Et c'est sans doute cette énorme fatigue mentale qui a tout fait basculer ce matin-là, parce qu'en arrivant dans la galerie marchande, très en retard, donc, j'ai été immédiatement agacé par la présence d'un groupe d'individus qui distribuaient des tracts, entre l'allée qui mène à la caisse du parking et celle de l'escalator. Quelques représentants du groupe politique de Joseph Atvet. Tous bien mis et aussi obséquieux que des adeptes de la scientologie, dans leurs manteaux étriqués et leurs chaussures vernies. En les dépassant, d'un pas rapide, je me suis contenté de baisser la tête et de regarder les miens, de souliers. Mais on m'a interpellé : « Monsieur ! Monsieur ! Rendez-vous au meeting du 15 décembre pour la venue exceptionnelle de notre ministre de l'Intérieur ! » Je n'ai rien répondu, parce que, comme je l'ai déjà dit, je ne me suis jamais reconnu dans aucun parti politique, et encore moins celui-ci. Pour autant, en passant, j'avais bien entendu que notre ministre viendrait apporter son soutien au préfet Atvet. Et que ce meeting qui se déroulerait au parking de l'Hoverport serait une façon d'ériger ce crime en symbole de campagne. J'ai trouvé ça parfaitement honteux, parce que ça n'était un secret pour personne que ce ministre, en venant soutenir la cause de Joseph Atvet, bataillait pour sa propre candidature à la présidentielle, et essayait de faire oublier ses propres malversations, celles de l'époque où, maire d'une ville de province, il avait été impliqué dans une affaire de mœurs : en échange d'un logement, il avait demandé des faveurs sexuelles à une mère de famille. Cette affaire avait été mystérieusement classée par la justice, mais pas totalement effacée de la mémoire des Français, pour qui ce politicien restait donc potentiellement véreux.

Et c'est ainsi, les nerfs à vif, que j'ai pris ce matin-là mon emploi et me suis mis à étaler les poissons sur mon présentoir. Les sardines avec les maquereaux, les dorades avec les rougets, les crustacés avec les crustacés, ainsi de suite, chacun bien à sa place.

La journée aurait pu passer de cette manière. Simplement. Mais le groupe des colporteurs de tracts avait quitté les allées d'accès au parking pour déambuler dans la galerie, en faisant le tour des magasins afin de placarder leurs fameuses affichettes sur lesquelles on pouvait voir Joseph Atvet brandissant le portrait de Jonathan. Ce que la plupart des commerçants ont accepté, de façon solidaire. Comme en d'autres temps, tous avaient affiché la fameuse une du journal *Charlie Hebdo* après les attentats. Ainsi, ce matin-là, en une heure à peine, j'ai vu fleurir la tête du martyr Jonathan sur toutes les vitrines alentour. Et tout a dégénéré à l'instant où l'un des individus s'est approché pour demander à Thérèse la permission de scotcher un tract sur sa vitrine. En fait, juste au-dessus de mon étal.

Thérèse a dit oui sans réfléchir, et moi j'ai dit non.

— Non, non merci, si ça ne vous dérange pas, je préférerais que vous n'accrochiez pas votre torchon ici. Pas au-dessus de ma tête !

Le type en est resté muet. Après un rapide coup d'œil échangé avec Thérèse qui a confirmé son accord, il a commencé à scotcher son prospectus, bien proprement, en appliquant des petits carrés de scotch à chaque angle. Scrictch ! Scrictch ! Scrictch ! Scritch ! Avec dans les yeux, qu'il avait vifs et brillants, une expression où se confondaient la peur et cette forme de satisfaction si particulière que l'on éprouve lorsqu'on parvient à écraser une blatte. L'air de me dire : « Ton opinion est le dernier de mes soucis, parce que ici tu n'es qu'un employé. Alors tu fermes ta gueule ! » En tout cas, c'est ainsi que je l'ai ressenti. Alors d'un seul geste, je me suis emparé de son papier, l'ai roulé en boule et le lui ai balancé à la figure. Les autres membres du groupe, après un moment de stupeur, sont intervenus, furieux et vindicatifs, comme si en chiffonnant ce document j'avais froissé une page de la Bible, voire l'image du Christ en personne. Sur ces entrefaites, d'autres commerçants de la galerie m'ont pris à partie, me demandant quelle mouche m'avait piqué et de quel bord j'étais vraiment. Comme si je venais, par ce geste agressif, de révéler ma véritable personnalité et de me ranger pour toujours dans le camp des ennemis. Et des traîtres.

— Hein ! De quel bord t'es, Stan ? C'est quoi, tes principes en politique ? M'a gueulé l'apprenti du pâtissier, l'air goguenard, histoire de colporter la parole de son maître qui, lui, l'avait formulée à voix plus basse. À cela je n'ai pas répondu, parce que je me serais enlisé à coup sûr en avouant que je n'avais jamais voté de ma vie, complexé par l'incapacité que j'avais eue jusqu'alors de déchiffrer ne serait-ce que le nom d'un candidat sur un coupon de papier. Donc, à cette provocation en provenance de la boutique voisine, je n'ai pas répliqué. Pas même un soupir, rien. Et là, j'ai bien cru entendre résonner de part et d'autre de la galerie le nom d'Opiyo. Opiyo que j'avais amené plus d'une fois pour qu'il se promène avec sa mini-jeep électrique. Et dont j'étais bien certain qu'il n'avait dérangé personne. Et quelqu'un, je ne sais plus qui, a lancé : « C'est sûr que quand on héberge des clandestins à la maison ! » Oui, ça je suis bien sûr de l'avoir entendu ce jour-là. Une poignée de mots balancés comme une grenade à fragmentation.

Et tout a dégénéré à partir de cette réflexion. Je suis sorti de la boutique et j'ai balancé un coup de pied dans le caddie qui contenait les prospectus, qui se sont éparpillés dans l'allée. Ça a fait comme une volée de corneilles et le granit blanc du sol a été recouvert du visage d'Atvet et de celui de Jonathan. Des passants ont commencé à se regrouper, comme pour assister au numéro improvisé d'un artiste de rue. Il y avait même quelques curieux qui se penchaient à la balustrade du premier étage, parce que ça résonnait. J'ai reconnu à leurs uniformes de nylon rose des employées du self-service Flunch, qui avaient suspendu la préparation du service de midi et le nettoyage de la salle pour assister au spectacle. Certaines de ces dames avaient une pile de plateaux sous le bras, et une autre tenait même une louche, je ne sais pas pourquoi je me souviens de ce détail. En l'espace de quelques minutes, la galerie marchande était devenue bruissante comme une arène. Parce que je ne pouvais plus m'arrêter de gueuler ; c'était un jaillissement d'anxiété qui me sortait par la voix. Celle accumulée les jours précédents, dans les allées du cimetière notamment. Et puis lors de cette drôle de nuit que je venais de passer avec Gontran, et qui me faisait là encore un effet vaguement irréel. Comme si j'avais été visité par des esprits. Impossible de canaliser le flot de grossièretés à l'intention de ces politiciens obscènes faisant feu de tout bois. J'ai gueulé tout un tas d'insultes. Tout ce qu'il était possible de dire, je l'ai dit. Et tous les gestes obscènes qu'il était possible de faire, je les ai faits. Une colère à en perdre la voix. Et comme un type du service d'ordre arrivait en courant pour me maîtriser, je me suis emparé d'un cabillaud et lui en ai balancé un grand coup dans la figure. L'agent, qui faisait deux têtes de plus que moi, et était certainement plus familier des arts martiaux ou des armes de défense, couteau, matraque, etc. en est resté stupéfait. À cause de l'odeur et de la matière visqueuse du poisson qui avait entaché son blazer. À cet instant, j'ai bien cru entendre un fou rire général, et même des applaudissements qui montaient de part et d'autre de la galerie marchande. Violence salvatrice. Les gens en redemandaient, et je me tenais prêt à poursuivre la bagarre avec ce vigile qui, finalement, a décidé de renoncer en me menaçant au passage de quelques représailles et de m'envoyer la facture de son teinturier.

Thérèse, honteuse d'être associée à une telle pitrerie, a surgi de sa boutique à son tour, et a hurlé : « Stan, tu prends tes cliques et tes claques et tu dégages ! »

Ce que j'ai fait sur-le-champ. En ôtant mon uniforme ridicule devant tout le monde, et c'est en caleçon que j'ai

tard, j'ai trouvé Ginesté encore plus fâché et plus désorienté que je ne l'étais. Il régnait un désordre phénoménal dans ses locaux, parce que la nuit précédente des individus, probablement les mêmes qui avaient incendié le campement des clandestins, étaient venus saccager les installations sanitaires en balançant du ciment à prise rapide dans les W.-C., ce qui est l'acte terroriste bas de gamme par définition. En deux minutes le ciment bouche les chiottes et c'est au marteau-piqueur qu'il faut intervenir. Mais, surtout, bien plus inquiétant, les occupants du campement incendié s'étaient repliés dans les locaux de son association, et ça en faisait du monde, subitement.

Ayant garé ma camionnette à proximité, j'ai été surpris en franchissant le seuil par la puanteur qui régnait du fait des canalisations dégradées. Et je n'ai pas pu m'entretenir tout de suite avec Ginesté, qui se tenait debout sur un tabouret, un haut-parleur à la main, pour intimer aux réfugiés l'ordre de ne pas camper ici, dans l'enceinte de son association : « Parce que, en faisant ça, vous ferez le jeu de notre préfet qui ne rêve rien de mieux que de nous foutre dehors ! Donc, non, s'il vous plaît, ne dormez pas ici cette nuit ! » Il a dû s'y reprendre plusieurs fois pour laisser le temps aux traducteurs de se faire entendre. Enfin, son discours terminé, il s'est remis avec quelques autres au nettoyage de la pisse et des matières fécales qui tapissaient le sol des sanitaires jusqu'au carrelage de la réception. J'en ai profité pour m'approcher, le saluer et lui demander poliment si, par hasard, il avait de nouvelles pistes pour une famille d'accueil pour Opiyo. Ginesté ne m'a pas répondu tout de suite. L'air préoccupé, il a encore essoré deux ou trois serpillières de merde avant de me dire que non, hélas, il n'avait aucune piste. Surtout avec les événements récents de l'assassinat du parking de l'Hoverport !

« Ce que j'espère, m'a-t-il dit en s'essuyant le front du revers du poignet, c'est que ceux qui ont commis ce crime crapuleux trouvent le courage de se dénoncer. Parce que sinon, a-t-il conclu, ce sera la guerre civile. Tu m'entends, Stan, la guerre civile ! »

Et c'est donc porté par cette volonté d'éclaircissement général que j'ai débarqué à l'accueil de la gendarmerie. Lorsque j'ai demandé à m'entretenir personnellement avec le lieutenant Luc Warliss, la réceptionniste m'a proposé de patienter. Puis elle a échangé quelques mots à voix basse au téléphone avec un collègue et m'a dit : « Non, finalement, pardon, c'est impossible car le lieutenant Warliss est occupé. » Alors j'ai insisté en précisant que c'était important, très important même. Et la réceptionniste m'a répondu que Luc était en déplacement, qu'il ne rentrerait pas avant deux heures. J'ai immédiatement songé qu'il avait dû être dépêché en urgence vers les locaux de Ginesté, parce que en route j'avais effectivement croisé des camionnettes de gendarmerie, le gyrophare allumé.

C'était une drôle de journée, comme un jeu de dominos, où rien ne tenait plus debout. J'ai dit à la dame de l'accueil que finalement ça ne me dérangeait pas d'attendre, et je me suis posé sur l'une des chaises de la réception. Pour la première fois de la journée, je respirais. Je sentais mon corps se détendre. Et dans ma cage thoracique, mon cœur se ralentir. Je me souviens que dans mon axe de vision, il y avait tout un tas d'affichettes placardées au mur, que je me suis amusé à déchiffrer. Comme ça, juste pour le plaisir de vérifier mes progrès, de me sentir un peu moins nigaud, parce que ce n'est pas rien de découvrir que l'on sait lire. Parmi ces annonces – des publicités vantant les mérites de l'engagement militaire pour la plupart – il y avait la photo d'un hélicoptère effectuant une mission de sauvetage en montagne. Un chien malinois était suspendu au bout d'un câble, à l'aplomb du vide. L'animal en mission semblait désorienté, on pouvait lire un immense désarroi dans son regard. C'était à la fois risible et pathétique. Et je me suis dit que ce chien, c'était un peu moi. Mais c'était une comparaison idiote et il fallait que je la chasse de mon esprit. Le silence qui régnait dans cette gendarmerie invitait au recueillement, c'était un peu celui d'un lieu de culte, où l'on célébrerait, chaque jour l'amour de l'ordre et de la loi. Un incroyable silence donc, juste parasité par le bruit des touches de l'ordinateur de la préposée à l'accueil, dont le cliquetis de son clavier m'évoquait des gouttes de pluie, éparses, comme peut l'être parfois la pensée.

C'est là que mon téléphone a sonné. Parce que j'avais bêtement oublié de couper l'alarme, malgré un panneau au-dessus de la réception m'engageant, en toutes lettres, à le faire. Et j'ai immédiatement pensé que ce coup de fil, c'était Françoise qui avait dû être mise au courant de mon esclandre par sa copine Thérèse. Oui, j'aurais adoré que ce soit elle, parce que son coup de fil aurait pu tout changer. Si elle m'avait déconseillé de me dénoncer et demandé de rentrer, là, j'aurais quitté les lieux. Relégué à plus tard mon désir de m'en remettre à la justice et à la loi des hommes. Mais non, ce coup de fil n'était rien de tout ça. Beaucoup plus improbable. C'était Nadine. Nadine, pauvre Nadine que je m'étais efforcé d'oublier et dont j'ai d'ailleurs eu du mal à reconnaître la voix à cet instant, tant elle était rauque.

C'était tout à fait incroyable qu'elle ait choisi ce moment pour me recontacter.

Elle m'a dit appeler depuis l'hôpital de Wimereux, où Maxence avait été déplacé, et voulait que je l'y rejoigne, parce qu'elle avait quelque chose d'important et d'urgent à me demander. Quelque chose dont elle préférait ne pas parler au téléphone. À son intonation, j'ai imaginé qu'il s'agissait d'un fait tragique, comme le décès de Maxence, à coup sûr. Et je me suis dit que si je devais la revoir une dernière fois, c'était là ou jamais. Parce que deux heures plus tard, il aurait été beaucoup trop tard. Cette dernière entrevue serait aussi l'occasion de lui confier les affaires de Maxence que j'avais ramassées sur le parking la nuit du drame, et que j'avais gardées depuis dans la boîte à gants de ma camionnette. Oui, revoir une dernière fois Nadine et Maxence serait une façon d'en finir tout à fait avec cet épisode funeste de mon existence, à la suite de quoi je pourrais me rendre à la justice.

De toute façon, j'avais deux heures à perdre devant moi. Et c'était plus que suffisant pour faire un aller-retour à Wimereux.

Nadine m'attendait donc sur le parking de l'hôpital qui était quasiment désert, à l'exception de quelques ouvriers qui refaisaient la signalisation en appliquant sur le sol des bandes de plastique qu'ils brûlaient au chalumeau, en pestant contre les véhicules des infirmiers et des médecins qui n'avaient pas été déplacés, Nadine m'avait fixé rendez-vous ici, par souci de discrétion, sans doute. Faire les cent pas sur un parking semblait être sa destinée : elle était là, emmitouflée dans la parka que je lui ai toujours connue. Un duvet beige qui lui faisait une silhouette de Bibendum. Impression renforcée par le fait que son visage était un peu bouffi. Le manque de sommeil et les larmes, ai-je songé. Et la colère surtout, parce que, en plus d'être saoule, Nadine semblait particulièrement survoltée.

— T'en as mis du temps à venir ! m'a-t-elle envoyé en guise de bonjour. Comme si j'étais toujours son larbin ou que je lui étais redevable.

— Oui, désolé Nadine. J'ai pas mal de petits tracas ces jours-ci.

J'ai abrégé, bien décidé que j'étais à ne pas passer ma journée sur ce parking, encore moins à lui parler du gosse trouvé dans le carton, qui nous aurait embarqué dans des discussions interminables. Et, alors que je m'apprêtais à lui présenter mes condoléances et à lui demander la date des obsèques de Maxence, elle a repris la parole sur le même ton exalté.

— Non, mais t'as vu tout ce raffut à propos de Jonathan ? Tout ça pour un maton ripou ! Au point où ils en sont de leur délire, je suis sûre qu'ils vont lui donner la Légion d'honneur à titre posthume. Et tu sais ce que ça veut dire, la Légion d'honneur ? Ça veut dire que sa famille va bénéficier d'une rente à vie !

— Qu'est-ce que je peux faire pour toi, Nadine ? ai-je répliqué pour ne pas perdre de temps, et aussi à cause du vent glacial qui ramenait vers nous l'odeur du plastique chauffé par les ouvriers, et rendait ce lieu inconfortable.

— C'est au sujet de Maxence, je suis vraiment dans la merde…

— Oui, je compatis, Nadine. Ça ne doit pas être facile pour toi d'être confrontée à sa disparition. C'est pour quand, ses obsèques ?

— Hein ?

— Les obsèques de Maxence.

— T'as picolé ou quoi, Stan ? Maxence n'est pas du tout mort, il est dans le coma, allongé dans une piaule de cet hôpital depuis deux mois. Et il n'est pas près de mourir, et c'est justement ça mon problème, parce qu'il avait souscrit une assurance vie à mon nom et que tant qu'il n'est pas clamsé, je peux toujours me brosser pour la toucher. J'en suis presque à faire la queue aux Restos du cœur pour bouffer et me payer mes clopes, et cette vie de clodo, tu vois Stan, c'est pas trop mon style !

— Maxence n'est pas mort ?

— Non, pas mort du tout, Stan. Toujours dans le coma, je te dis ! Et moi, pendant ce temps-là, j'ai plus un rond. C'est pour ça que j'ai besoin de toi.

— C'est-à-dire ?

— C'est-à-dire que ce serait bien que tu rendes visite à Maxence et que tu abrèges son agonie.

— Hein ?

— Oui, il n'y a que toi qui puisses faire ça. Moi, les infirmières m'ont repérée.

— Tu veux dire que t'as déjà essayé de zigouiller Maxence ?

— Oui, j'ai essayé de l'étrangler, sans succès. Et maintenant, je sais que ces connasses d'infirmières me lorgnent dès que je passe la porte.

— Mais, tuer Maxence, Nadine, c'est... comment dire, impossible, c'est un ami. Et puis comment voudrais-tu que je m'y prenne ?

— Eh ben, le plus simplement du monde, tu le débranches ou sinon tu l'étouffes avec son oreiller !

— Tu me vois vraiment faire un truc pareil ?

— Ben oui... Pourquoi tu crois que je t'ai filé rendez-vous sur ce parking ? Pour te faire une pipe ?

Sur ce, elle a tiré un bouquet de fleurs de son sac et me l'a tendu comme s'il s'agissait d'un parapluie : « Tiens, avec ça, tu passeras inaperçu ! »

Et là, très bêtement, j'ai pensé que Nadine avait peut-être raison. Qu'au point où j'en étais, il était effectivement de mon devoir d'abréger les souffrances de mon vieux copain. De toute façon, quitte à aller en prison… me suis-je dit.

C'est ainsi que je me suis retrouvé dans les couloirs de cet hôpital, lugubres à souhait, parce que c'était l'heure du déjeuner et que ça sentait la soupe, l'urine, le chloroforme et le poisson pané. Par les portes entrouvertes, on entendait le cliquetis des couverts, qui tintaient comme le carillon de la mort. La dernière fois que j'avais arpenté les lieux, c'était pour rendre visite à Catherine Pakoret, la jeune cardiologue. D'ailleurs, en franchissant son secteur, je me suis collé le bouquet de fleurs sur le visage à la façon d'un éventail. Le comble aurait été qu'elle me reconnaisse et m'interpelle pour me rappeler l'urgence de mon intervention cardiaque. Comme si je n'avais que ça à faire, de passer sur le billard.

Il était beau, Maxence, allongé sur le lit. Éclairé par le néon mural qui était, je l'ai remarqué, en mode veilleuse. Le genre de lumière douce que l'on réserve aux chefs-d'œuvre, pour ne pas abîmer la peinture ni en altérer le vernis. Un petit air de famille avec Blanche Neige, et la Joconde dans la partie inférieure du visage, surtout, qui est traversée par un sourire éternellement indulgent. Les mains posées sur son torse par-dessus le drap vaporeux, si longues et si fines, ses mains, je m'en suis aperçu là, dispendieuses et caressantes, faites pour ne jamais travailler. Je fus surpris de n'avoir jamais remarqué ce détail de son anatomie. Il avait coutume de toujours les faire gesticuler, ses mains, pour vous convaincre de tout et n'importe quoi. Finalement, il aurait gagné à ne rien exprimer, à développer une impassibilité statuaire, celle des dieux, des centurions et des nymphes, me suis-je dit.

C'était un sommeil de marbre comme le sien qu'il m'aurait fallu à moi aussi. Vrai, j'en étais presque jaloux de le trouver si serein. Les infirmières lui avaient dessiné une raie de côté, lissé le reste de ses cheveux vers l'arrière, ce qui lui donnait l'air d'affronter le doux vent des tropiques. Je ne l'avais jamais vu aussi radieux, ou alors tout au début, aux cours de plomberie de Ginesté. Lorsqu'il s'appelait encore Robert et se prenait pour Billy Idol, dont il singeait les mimiques, se décolorant les cheveux à l'eau oxygénée, sans oublier le trait d'eyeliner au coin des yeux. Ou peut-être plus tard encore, lorsqu'il avait cédé à la mode romantique des « pirates » et se parfumait avec des produits vanillés, comme une cocotte. Ses pantalons étaient ceinturés d'un foulard de soie. Quelques autres souvenirs m'ont traversé l'esprit, des images volatiles comme il vous en vient seulement dans ces moments-là. Lui encore, arpentant les trottoirs de Boulogne-sur-Mer avec une veste de velours froissée, mordorée, et taillée en queue-de-pie. Une cravate traversée d'une épingle à chapeau qu'il avait dû emprunter à sa grand-mère. Une petite épingle avec une perle. Finalement, tout le malheur de la vie de Maxence avait peut-être été de vouloir s'inscrire dans la société des nantis. Ce peuple de la jouissance exaltée qui nous avait été transmise par les pochettes de disques, les magazines de rock. Une destinée de star, de comète, d'astre, de cosmonaute. Et c'est exactement l'impression qu'il me faisait, là, dans son lit d'hôpital, un cosmonaute perché dans son coma. Tout emberlificoté dans ses tuyaux et sondes. Avec en guise de musique d'ambiance, le son du respirateur et du scope qui faisaient des bip, bip, bip et puis encore bip, et bip… Quelque chose d'un pilote de fusée, Youri Gagarine ou, mieux encore, Ziggy Stardust, un autre de ses fantasmes. L'idée d'interrompre cette croisière somptueuse en l'étranglant ou en le débranchant comme me l'avait si brutalement suggéré Nadine, m'a paru tout bonnement impossible. C'était le contraire qu'il fallait faire. Le laisser naviguer. Lui remonter le coussin derrière la tête, disposer le bouquet de fleurs dans la carafe sur la table de nuit, lui dire un mot gentil au creux de l'oreille et déguerpir.

Tandis que je déposais un baiser sur son front en guise d'adieu, j'ai cru qu'il allait se réveiller et partir d'un long fou rire, comme après une bonne farce. Sacré Maxence ! Un miracle, on pouvait toujours y croire ! Mais non, rien. Robert-Maxence était devenu propriétaire d'un petit morceau de néant. Parfaitement bien chez lui à cet endroit de l'univers où nous finirions tous un jour, mais que lui fréquentait désormais. Sélect, définitivement sélect.

J'ai quitté la pièce sur la pointe des pieds et parcouru le long couloir qui s'était rempli de monde entre-temps, pour rejoindre l'ascenseur et me retrouver sur le parking. Où m'attendait Nadine qui trépignait en rallumant une cigarette avec le bout du mégot de la précédente.

— Alors, tu l'as étouffé ?

— Non, j'ai pas pu, Nadine… Pas eu le cran.

— Quoi ? T'as même pas essayé ?

— Non, je te dis.

Sur ce, je me suis penché sur la portière de ma camionnette et ai sorti de la boîte à gants le sac en plastique qui contenait les affaires de Maxence récupérées la nuit du drame sur le parking de l'Hoverport.

— C'est quoi ces merdes ?

— Des affaires personnelles de Maxence que j'ai ramassées sur le parking. Je voulais t'en faire cadeau.

Nadine a vaguement inspecté le contenu du sac, l'air de ne pas vouloir se salir les doigts.

— Qu'est-ce que tu veux que j'en foute ? Les Ray-Ban sont toutes rayées, le diamant de la boucle d'oreille est faux et le portable cassé n'est pas le sien.

— Pas le sien ?

— Non, c'est celui du camionneur qui l'a assommé. Le téléphone de Maxence, c'est moi qui l'ai, et d'ailleurs c'est comme ça que j'ai pu retrouver tes coordonnées.

— Ce téléphone appartenait au camionneur ? Je n'en revenais pas.

— Oui, comme je te le dis, Stan, quand ce type est descendu de son camion cette nuit-là, ça n'était pas pour me demander une passe, mais pour que je lui indique le chemin qui mène au tunnel sous la Manche. Il était paumé parce que le GPS de son téléphone était en rade… Et c'est d'ailleurs à ce moment-là que cet abruti de Jonathan est intervenu en l'accusant de me demander une passe, et que le routier lui a mis un grand coup de maillet dans la figure ! C'est là qu'il a dû laisser tomber son téléphone.

J'étais comme deux ronds de flan. Ainsi, depuis tout ce temps, je disposais d'un appareil qui pouvait me permettre de retrouver la trace de cet homme. Pour ça au moins je ne regrettais pas d'être venu.

Nadine m'a encore gratifié de quelques insultes, me rappelant à ma lâcheté, et au fait que Maxence n'aurait pas hésité, lui, à m'achever si je m'étais retrouvé dans le coma. « Comme ça, par amitié ! Parce que c'est essentiel dans la vie, l'amitié, Stan ! » a-t-elle hurlé tandis que je reprenais place au volant de ma camionnette pour mettre le contact.

Je l'ai vue s'agiter encore dans le rétroviseur et me faire un doigt d'honneur en guise de salut. Et en me dirigeant vers la sortie du parking pour reprendre la nationale, je me suis fait à moi-même la promesse de ne plus jamais revoir cette bonne femme, ni d'avoir affaire à elle d'une quelconque manière. Une page se tournait. Le ciel était violacé, couleur foie de veau, il faisait un froid humide, la route était dégagée et il était beaucoup trop tard pour me rendre à la gendarmerie. Et puis, pour tout dire, il me semblait soudain que j'avais bien mieux à faire que croupir derrière les barreaux.

Si je parvenais à trafiquer ce téléphone pour en récupérer les données, j'aurais enfin un accès à ce fichu camionneur qui, et je ne devais pas l'oublier, était le seul à connaître l'identité des parents d'Opiyo. Ce programme, digne d'une mission d'espionnage, allait m'obliger à être un peu malin. Tout ça m'excitait, parce que je me sentais reprendre en main mon destin. Et puis, ai-je pensé, si je retrouvais ce maudit camionneur, je pourrais tenter de le convaincre de se rendre à la justice pour faire toute la lumière sur cette affaire. Un peu présomptueux de ma part, j'en conviens, mais je venais de passer une journée tellement improbable que rien désormais ne me semblait impossible. En roulant, j'ai repensé à mes collègues qui m'avaient invectivé et humilié le matin même dans la galerie marchande de Saint-Martin. Tous ces visages sordides, je les voyais, gros comme des panneaux publicitaires du bord de route. J'ai ricané en les imaginant bientôt confrontés à l'implacable vérité. Thérèse surtout, découvrant en première page de *La Voix du Nord* que « finalement » tout le monde s'était trompé dans cette affaire d'assassinat de l'Hoverport. Ça allait être la douche froide.

— Oui, dans peu de temps, vous allez tous tomber de haut les amis ! Et il ne sera plus temps de vous excuser, parce que vos excuses, je vous le dis par avance, je n'en aurai rien à foutre !

Voilà que je me mettais à parler tout seul en conduisant, c'était nouveau, ça aussi. Attention de ne pas perdre la boule, Stan, attention !

Et c'est ainsi, l'esprit bien agité, que j'ai poursuivi mon trajet avec la perspective de déposer un baiser express sur le front d'Opiyo, mon petit soleil humain, parce qu'il n'était guère plus de 19 heures, et qu'il me restait encore une bonne heure avant l'extinction des feux. En poussant le moteur de ma camionnette, je pouvais y arriver. La vie reprenait. Je me sentais ragaillardi.

Mais lorsque j'ai débarqué à la maison, tout était éteint. Ce qui m'a fait assez mauvaise impression, parce que cette obscurité était très inhabituelle. Notre demeure était plus morne encore que mon chalutier. En poussant la porte grinçante du garage, j'ai eu un sale pressentiment, comme si, par exemple, Françoise s'était volatilisée avec le gosse. Ce qui n'aurait pas manqué d'arriver si elle avait appris ma petite crise matinale dans la galerie marchande. Quoi de plus normal, après tout ? Avec cet esclandre, j'avais de très loin dépassé les bornes, et à sa place n'importe qui aurait flanché depuis longtemps. Pas un bruit dans la maison, rien, pas même l'écho de la TV qui en temps normal diffusait à cette heure-ci je ne sais quel feuilleton pour les ânes. Un authentique silence de mort. Une autre idée m'est venue, plus dramatique : que quelqu'un ait pu faire intrusion pour supprimer Opiyo qui, et je l'avais minoré, était à coup sûr un témoin embarrassant pour quelques réseaux mafieux faisant leur beurre sur le trafic de clandestins. Terrible intuition, ces tueurs avaient dû obtenir notre adresse par l'insolite Gontran. Et Françoise, en voulant s'interposer, avait été supprimée elle aussi ? Je n'en menais pas large. À quel spectacle fallait-il me préparer ? Allais-je trouver notre salon entièrement maculé de sang, et puis, dans un coin, les corps de notre petit protégé et de mon épouse, lardés de coups de couteau ? Dans ce morne silence, j'ai entendu mon cœur battre, satané petit palpitant ! « Du calme Stan ! Du calme ! » Le pire était que je sentais une présence dans l'obscurité, et ça je ne saurais l'expliquer. Il devait y avoir là, quelque part, planqué derrière la porte du salon que je m'apprêtais à ouvrir, des gens qui guettaient, j'en étais quasiment sûr. Il m'a fallu m'y reprendre à deux fois pour actionner la poignée. Et soudain, j'ai été aveuglé par un flash, et le plafonnier du salon s'est allumé. Révélant une incroyable mise en scène : Luc, Fabien, Diana et Françoise ont surgi de derrière le canapé. Opiyo, quant à lui, se tenait au centre du salon, debout sur la table. Diana lui avait confectionné une toque en papier crépon démesurée, qu'il portait avec la dignité d'un grand chef étoilé. La pièce était ornée de cotillons, comme pour une kermesse, et tout un tas de pâtisseries colorées étaient disposées sur un socle en carton et formaient une phrase que j'ai pu déchiffrer sans trop de difficulté : Bon-an-ni-ver-sai-re-Sta-nis-las ! Il est vrai que c'était mon anniversaire ce jour-là, je l'avais oublié. Cette célébration était l'idée de Diana, qui avait réussi à convaincre Françoise, Fabien et même Luc de jouer le jeu. J'ai soudain compris que s'il ne se trouvait pas à son poste de la gendarmerie, lorsque je m'y étais rendu un peu plus tôt dans l'après-midi, c'était parce qu'il était allé chez Décathlon s'enquérir de mon cadeau d'anniversaire. En l'occurrence, un couteau de « survivaliste » avec lame en dents de scies et cran d'arrêt. Et aussi une parka de camouflage, dont je me suis dit en les découvrant que c'était un drôle de présent, tout de même. Comme s'il avait voulu me faire passer un message, celui de disparaître, de me fondre dans la nature. Je ne devais pas trop y réfléchir, ni chercher une raison à tout. C'est Diana la première qui a crié « Bon anniversaire Stan ! » en levant les bras au ciel, suivie par Fabien, Luc, et Françoise, ma tendre Françoise, à nouveau obligée de se prêter au jeu de la bonne ambiance familiale. Cette soirée fut une trêve heureuse.

Je venais d'avoir soixante-trois ans, et je devais me souvenir que j'avais une famille et la chance d'être encore en vie. Nous avons bu pas mal de mousseux, entonné des chants imbéciles comme il vous en revient en mémoire seulement dans ces moments-là, et dégusté toutes les délicieuses pâtisseries alphabétiques, dont il ne restait ni une miette ni un accent une heure plus tard.

Les jours suivants, je me suis mis en quête d'un réparateur en téléphonie pour commencer mon enquête. Ce qui m'a motivé à m'extraire de la cale du *Warliss* à l'aube. J'ai ainsi évité de croiser Françoise qui, entre-temps, avait été mise au courant de mes frasques par son amie Thérèse. J'avais eu droit à quelques salves de reproches. Comment avais-je pu me livrer à une telle pitrerie et coller une honte pareille à Thérèse ? N'avais-je pas suffisamment déconné avec mes activités criminelles sur les parkings ? Il fallait en plus que j'étoffe mon casier judiciaire en agressant des colporteurs de tracts ? Je me prenais pour Che Guevara ? Et sans ce boulot de poissonnier, de quoi allions-nous vivre, hein, Stan ?

À tout cela, je n'avais su que répondre, puisque sous cette apparente désinvolture, je me sentais moi aussi infiniment honteux et crevard. Et en secret, je continuais d'espérer pouvoir réparer ou juste compenser mes âneries pour récupérer ne serait-ce qu'une infime parcelle de l'estime de ma femme. Je me serais coupé un bras, ou même les deux pour un sourire de sa part. Je veux dire un vrai sourire sincère. Ç'aurait été de l'or, mieux que de l'or, même.

J'avais bien tenté d'évoquer avec elle cet épisode à l'hôpital de Wimereux et ma rencontre avec Nadine, qui m'avait valu d'identifier cette miraculeuse pièce à conviction de téléphone, laquelle allait me permettre de remonter à coup sûr la piste du camionneur assassin. Mais de tout cela, Françoise ne voulait plus entendre parler.

« Fous-moi la paix, Stan ! Fous-moi la paix ! Je ne veux plus rien savoir de ce que tu fais, ni qui tu fréquentes ! Tu es un danger public et tout ce que je te demande, c'est de nous épargner, Opiyo et moi, de ta foutue folie furieuse ! »

Des magasins de téléphonie, il y en avait quelques-uns à Saint-Martin, mais je risquais gros à pénétrer dans l'une de ces prétentieuses boutiques équipées de webcams et autres systèmes de surveillance en démonstration dans les rayons, et qui se vendaient à profusion dans la région. Ajouté à cela que le vigile pris à partie le jour de mon scandale avait dû prévenir ses collègues, et que tous ces messieurs de la sécurité ne manqueraient pas de me faire la peau dès lors où je franchirai le périmètre de la zone commerciale. Je me sentais l'âme héroïque, mais jusqu'à un certain point. Pour retrouver l'identité du propriétaire de ce smartphone, mieux valait me rendre en périphérie de Calais, dans le quartier de la gare, où j'avais repéré des échoppes dont les enseignes équivoques n'en promettaient pas moins de débloquer les téléphones des voleurs à la tire et autres pickpockets, qui ont toujours fait leur beurre dans ces secteurs fréquentés par les voyageurs.

Mon choix s'est porté en priorité sur une boutique modeste, à l'ombre d'un pont ferroviaire, tout au début de la rue des Fontinettes. Typiquement le genre de lieu fréquenté par les voyous et les receleurs. Enfin, c'est l'idée que je m'en faisais. Le style du gérant, un quinquagénaire adipeux engoncé dans un survêtement et qui végétait derrière la vitre sécurisée de son guichet en tirant sur sa vapoteuse, ne démentait pas mon intuition que je m'adressais à la bonne personne. Ce boutiquier, en me voyant débarquer, a jeté sur le téléphone que je lui présentais un coup d'œil plein de distante curiosité. Sans même se donner la peine de dire bonjour. Alors que je tâchais d'exposer le plus naturellement du monde mon souhait d'accéder à la mémoire de ce téléphone pour retrouver l'identité du propriétaire, il l'a inspecté en le faisant valser dans sa paume.

— Non, m'a-t-il dit, impossible de récupérer quoi que ce soit sur ce type d'appareil. C'est un modèle vraiment bas de gamme. La puce est intégrée à l'appareil, c'est fabriqué en Corée et ça ne se répare pas !

— Vraiment ?

— Oui, vraiment.

— Vous êtes sûr que personne ne peut m'aider à récupérer les données de ce téléphone ?

— Ah ben oui, monsieur, à moins que vous ayez dans vos relations des ingénieurs en micro-informatique. Mais si c'était le cas, vous n'auriez jamais investi dans une camelote pareille, a-t-il conclu, fier de lui, en glissant négligemment le téléphone sous le guichet.

Et les deux ou trois autres spécialistes en téléphonie que je suis allé consulter ce jour-là dans le même quartier n'ont pas démenti son pronostic. Ce smartphone ne valait pas un kopec, et je n'étais visiblement pas le seul à en avoir fait les frais. C'est comme si tout un tas de gens avaient effectivement investi dans cette camelote les semaines précédentes. Une chose semblait certaine, il s'agissait d'un produit vendu hors des circuits officiels. L'idée m'était venue qu'il s'agissait peut-être d'un ustensile utilisé par les passeurs, pour communiquer entre eux et ne laisser aucune trace justement ? Mais ce genre de pensée était plutôt démotivante, et je n'avais pas besoin d'être démotivé. Et puis je gardais en mémoire les paroles de Nadine selon qui ce camionneur avait eu un problème technique avec son téléphone, et que sans cela, il n'aurait jamais débarqué sur le parking cette nuit-là pour lui demander son chemin. Foutu engin de malheur, sacrée guigne. C'était ma seule chance de retrouver les parents d'Opiyo et je ne pouvais m'ôter de l'idée que s'il existait ne serait-ce qu'une solution, eh bien je devais la trouver !

En quittant l'une de ces échoppes, je me suis arrêté dans un kébab. Ce snack se trouvait juste en face d'une pissotière, sous ce même pont ferroviaire vibrant et venteux, où s'alignaient des commerces tenus par des Afghans, Turcs, Grecs ou je ne sais. L'atmosphère de ce minuscule restaurant était saturée de graisse de cuisson. Pour me remonter le moral, j'ai commandé une bière, deux cornets de frites et une assiette de beignets que j'ai ensevelie sous une épaisse couche de sucre glace, à disposition sur la table avec les flacons de moutarde, ketchup et mayonnaise. J'y suis bien resté deux heures dans ce rade, attablé à contempler ce téléphone. Comme si, en le fixant, je pouvais en percer le mystère. Et en l'occurrence, le seul mystère qui en émanait était le reflet de mon visage dans la vitre crasseuse et fissurée de son écran, et qui me faisait à moi-même l'impression de m'observer depuis le haut d'un puits. Un malaise vertigineux, mais auquel je commençais à m'habituer. Une chose était certaine, j'étais un type d'un autre temps, plus nigaud et moins intuitif que jamais. Et ce téléphone, même éteint et défectueux, me faisait l'effet d'être cent fois plus intelligent que moi.

Le projet m'est venu à nouveau de me rendre à la gendarmerie pour tout raconter à Luc. De lui confier ce téléphone pour qu'il se charge lui-même de remonter jusqu'à son propriétaire. Mais dès lors, j'anéantissais mes chances de retrouver les parents d'Opiyo, qui auraient été à coup sûr la dernière préoccupation des enquêteurs. Non, décidément, je ne devais pas baisser les bras. Il me fallait continuer d'avancer par moi-même. Un jour, me suis-je dit, je serai fier d'avoir accompli tout ça.

Et c'est là, tandis que je m'égarais dans mes pensées, que j'ai aperçu un groupe de cyclistes ; ils ont ralenti puis posé leurs bicyclettes devant le snack. Des sportifs en combinaisons de lycra sombres et casques. Et qui appliquaient d'un geste rapide des affichettes pour la campagne électorale de Joseph Atvet sur les murs et le mobilier urbain du quartier. L'entreprise de scotchage était parfaitement rodée : un cycliste guettait en retrait, tandis que le reste du groupe s'activait au placardage. « Rendez-vous le 15 juillet pour le grand meeting au parking de l'Hoverport ! ». Et il était précisé en lettres fluorescentes, comme pour une foire à la saucisse ou une compétition de stock-car, que le ministre serait exceptionnellement présent. J'en étais presque à regretter de savoir lire. Rien à voir avec les distributeurs de tracts de la galerie marchande de Saint-Martin. J'ai eu envie de les prendre à partie, mais je devais rester calme, ne plus obéir à ce bête instinct qui me débordait. Si un passant s'était permis de leur faire la moindre réflexion, il se serait fait démolir. En fait, je ne me sentais plus du tout les moyens de ma colère. En quittant le kébab, tout de même, l'envie m'a pris d'en déchirer quelques-unes, de ces affichettes. Je n'en ai rien fait, parce que ce n'était pas seulement la pissotière qui en était recouverte, mais toutes les rues du quartier. Et le vent, en agitant toutes ces annonces, faisait l'effet d'un bruit de clappement de main, comme une foule en délire. Un phénomène effrayant, assommant. Alors je me suis contenté de remonter le col de ma parka, de baisser la tête et de passer mon chemin, comme n'importe quel péquin rejoignant la gare cet après-midi-là.

Pour finir, les deux seules personnes de ma connaissance que j'imaginais assez douées en informatique pour m'aider à percer le mystère de ce téléphone agaçant, c'étaient mes voisins anglais, les Dunhill. Je me suis souvenu de cette réflexion de Françoise, me décrivant assez précisément leur atelier de bricolage au sous-sol de leur villa. Et les heures qu'ils y passaient à démonter des machines dans le but de récupérer les composants électroniques, avec lesquels ils réalisaient de mystérieux instruments sonores. Eux pourraient sans doute m'aider. En fait, je n'avais rien à perdre à essayer. Et c'est ainsi, sans plus de préjugés, que je suis allé frapper chez eux, tout au bout de notre lotissement. Cette maison, finalement, c'était la toute première fois que j'en franchissais le portail. Et je l'ai trouvée bien moins impressionnante que dans mon imagination, quoique parfaitement entretenue. Les rosiers qui bordaient l'allée surtout, d'insolites fleurs aux pétales gris, et dont j'ai pensé qu'il devait s'agir d'une variété britannique, qui se repaissait de l'énergie du brouillard. Pour ça c'est mystérieux, les fleurs. Ce qui était marquant chez les Dunhill, c'était l'absence de couleur d'une façon générale, jusqu'à l'aspect calciné du bois recouvrant leur demeure qui vous donnait l'impression de pénétrer dans la propriété de deux vampires. L'intérieur de la maison était-il décoré de ce même effet « bois brûlé » ? Ces deux hommes dormaient-ils dans un cercueil dont le mauve du capiton aurait été l'unique marque de fantaisie ? En fait de sonnette, il fallait actionner une mollette de laiton ciselé. L'objet, à la fois simple et précieux, enclenchait un carillon façon cathédrale de Bruges. Je n'avais jamais rien vu ni entendu de pareil. Pour le reste, j'ai été reçu de façon courtoise par Irving, qui était vêtu, je m'en souviens, d'un tablier de cuir et tenait un tournevis à la main. À la façon dont il m'a souri et proposé d'entrer si gentiment chez lui, j'ai songé qu'il imaginait que j'étais venu pour lui céder mon bateau. John et lui, étaient en train de réparer un amplificateur. Un modèle comme on en concevait dans les années 1970 et dont j'ai immédiatement reconnu le logotype si particulier de la marque Dual. J'en avais charrié quelques-uns, des amplificateurs de ce genre-là, dans cette période où j'envisageais de faire une carrière d'organisateur de concerts avec Maxence. Des amplis robustes et qui restituaient à merveille toutes les nuances basses des sons. Merveille des merveilles. C'était donc à la transformation de cet engin qu'Irving et John étaient en train de procéder. Françoise n'avait pas exagéré en décrivant leur laboratoire comme pouvant être un repaire des services secrets, à cause surtout de la présence d'un tas d'appareils enregistreurs au design révolu, mais qui, en d'autres temps, auraient fait beaucoup d'envieux. Parmi ceux-ci, quelques vétustes magnétophones Revox, avec leurs imposantes bobines magnétiques en métal brossé qui les faisaient ressembler à des têtes de robots dotés d'yeux disproportionnés et que l'on regardait autrefois tourner jusqu'à s'en hypnotiser. À un autre endroit de l'atelier, j'ai remarqué des aquariums où végétaient des étoiles de mer, des oursins, et dans un autre de plus grande taille, les langoustes vivantes que je me souvenais leur avoir vendues quelques semaines plus tôt à Saint-Martin. Des fils de micros, minuscules ceux-ci, recouvraient les vitres de ces coffres, telles des ramifications de lierre.

Comme je me hasardais à leur demander l'utilité de tout ça, John m'a appris qu'il s'agissait d'un dispositif enregistreur permettant d'analyser la communication entre espèces sous-marines.

— Enregistrer la vie sous-marine ?

— Oui, capter les différents modes de communication des espèces aquatiques entre elles, si vous préférez.

— Mais pour quoi faire ?

Alors Irving m'a expliqué qu'il s'agissait pour eux de constituer une banque de données qui leur permettrait un jour de prouver que les espèces aquatiques possédaient une sensibilité au même titre que n'importe quels animaux terrestres. Les chats et les chiens, par exemple. Et qu'à très long terme, qui sait, cette démonstration d'une vie intelligente et sensible sous les océans permettrait de faire voter une loi de protection de la biodiversité marine, dans le style de la SPA. Pas moins que ça ! J'ai manqué partir d'un fou rire en imaginant les pensées profondes d'un bulot ou d'une huître, mais je me suis abstenu parce que, comme je l'ai déjà évoqué, les événements récents me démontraient que je n'étais pas non plus une flèche d'intelligence. Et puis, en me racontant tout ça, mes voisins me faisaient l'impression émouvante d'être de vieux poètes. Finalement, ce projet fou devait occuper leur quotidien, mieux encore que pour la plupart des retraités les mots croisés, le bridge ou les jeux de pari en ligne.

— Ce sera ça, la grande révolution du IIIe millénaire, a conclu Irving, créer un lien avec les poissons, mollusques et autres cétacés qui demeurent pour nous, humains, le véritable inconnu !

Et c'était d'ailleurs pour mener à bien leurs expériences de captations sonores qu'ils avaient besoin de mon navire, car il présentait l'intérêt d'être presque exclusivement en bois. Selon Irving, l'économie de pièces métalliques dans sa structure rendait ce navire moins identifiable par les radars des autorités maritimes et autres garde-côtes, qui constituaient leurs principaux ennemis, et limitait aussi les problèmes d'interférence magnétique avec leur propre technologie d'enregistrement. Et donc, là, à ce stade de la conversation, j'ai mis un terme au malentendu en leur disant que, non, je n'étais pas venu pour leur vendre mon bateau, qui représentait mon seul avenir professionnel possible, mais pour solliciter leur aide afin de retrouver le propriétaire du téléphone que j'ai affirmé, en le leur présentant, avoir ramassé le matin même dans les allées du lotissement.

John, bien que déçu par mon refus réitéré, a tout de même accepté de me rendre ce petit service. Comme ça, « par esprit de bon voisinage ! » m'a-t-il dit, et aussi parce qu'il appréciait particulièrement Françoise qui faisait des ménages chez eux et qui leur avait facilité le travail en leur refourguant du matériel tombé du camion, à l'époque où elle tenait encore son petit commerce de vente en ligne. Un très mauvais souvenir pour moi, mais je n'en ai rien laissé paraître.

John a allumé son établi, puis enfilé une paire de lunettes comme en utilisaient autrefois les réparateurs de montres, un modèle à loupes équipé d'une lampe, reliée à un petit bras télescopique fixé à la monture. Sorte d'antenne asymétrique qui donnait à John un faux air de crabe, ou de langouste. Aussi parce que ses yeux, grossis d'autant par le verre de ses lunettes, semblaient disproportionnés dans son maigre et pâle visage. Son expression de sérieux finissait de le rendre parfaitement comique, et je dus encore me pincer pour ne pas partir dans un fou rire. Et c'est ainsi, en s'aidant d'une minuscule fraiseuse, un modèle utilisé pour la confection des maquettes, qu'il procéda à l'ouverture du boîtier du téléphone. L'intervention, qui dura moins d'une demi-heure, m'a fait l'effet de me trouver dans un bloc opératoire, et aussi parce que Irving était vêtu d'une ample blouse bleue de chirurgien lui faisant une silhouette bouffante : il avait quelque chose d'un bulbe. Tous deux, penchés sur l'objet téléphonique, s'exprimaient à voix très basse, comme on l'aurait fait pour ne pas réveiller un patient sous hypnose. Ce qu'ils se disaient, je n'en savais fichtre rien. Irving passait un outil à John, puis le débarrassait d'un autre, qu'il disposait sur un plateau métallique. Sans le moindre à-coup. En les regardant faire, je me suis dit que ces deux types, s'ils étaient d'authentiques farfelus, n'en formaient pas moins un couple harmonieux. Un an plus tôt, j'aurais porté sur eux un jugement plein d'hostilité, parce que j'avais bien compris, en les écoutant me raconter leur programme d'intégration des espèces aquatiques, qu'ils étaient de la grande famille des activistes écologistes. Ce genre d'empêcheurs de tourner en rond qui n'hésitaient pas à bloquer l'entrée des ports, ou espionner des chalutiers à la jumelle pour se faire une idée précise de la contenance de leurs filets, et si oui ou non, ils relâchaient bien à la mer les variétés protégées ou décrétées « espèces en voie de disparition » par les quotas établis par je ne sais quelle loi européenne. Mais ce constat ne générait bizarrement que très peu d'agacement à leur égard. Peut-être parce que je me sentais moi-même être devenu une espèce en voie de disparition. Et que mon séjour de quelques mois à la poissonnerie de la galerie marchande de Saint-Martin m'avait donné un autre point de vue sur ce monde aquatique, sa marchandisation, et le grand gâchis qui en découlait, surtout. La société des humains et la place que j'y occupais ne m'avaient jamais semblé aussi incertaines. Bref, à défaut de mieux, je me sentais avoir gagné en incertitude.

Ces types n'étaient ni mes amis ni mes ennemis. Et l'examen du téléphone par John a mené au même constat que celui des boutiquiers : « Impossible d'en extraire les données ! » a-t-il conclu. Au mieux, il avait identifié un numéro de fabrication à l'intérieur de la coque. Et si John était certain de ne pouvoir craquer la mémoire de cet appareil, il l'était tout autant d'avoir eu en sa possession quelques modèles identiques durant les mois précédents. Des modèles qui leur avaient d'ailleurs été vendus par Françoise.

— Françoise, ma femme ???

— Oui, m'a répondu John, à l'époque où votre épouse vendait du matériel déclassé, nous lui avons acheté une dizaine de ces mêmes appareils.

Je n'en revenais pas. Oui, je l'avoue, je fus littéralement estomaqué par cette information. D'autant que je me souvenais que ces téléphones étaient ceux que j'avais récupérés dans la remorque du camionneur italien, ce premier soir où j'étais intervenu avec l'uniforme de gendarmerie de Luc. Ça m'a fait l'effet d'une leçon divine, comme si quelqu'un quelque part avait voulu me faire payer de m'être mal comporté. Et que tout était lié, selon la prophétie du poisson de mes cauchemars.

En rentrant ce soir-là, j'ai voulu en faire part à mon épouse qui m'a spontanément claqué la porte au nez. Comme j'insistais pour lui expliquer l'incroyable révélation de nos voisins, elle m'a crié de lui foutre la paix. Que je n'étais qu'un sale type capable de pervertir n'importe qui ! Elle était devenue anxieuse au point de ne plus pouvoir rien entendre venant de ma part.

— Rien, Stan ! rien, tu m'entends ! C'est déjà suffisamment difficile pour moi de jouer à la bonne épouse et de faire bonne figure à nos repas de famille. Je ne veux plus rien savoir de ce qui provient de ton cerveau malade ! avait-elle conclu en me poussant dehors, pour que je rejoigne la cale du *Warliss* où Marcelin, comme à son habitude, m'attendait, assez visiblement stressé par les hurlements de Françoise.

Une demi-heure plus tard, tandis que je l'observais depuis l'ouverture du hublot en train de fumer sa cigarette, elle m'a semblé assez perturbée. Elle a tiré nerveusement deux ou trois bouffées, avant de composer un numéro sur son téléphone. Je l'ai entendue dire :

— Allô John ? Oui, pardon de vous déranger si tard, mais mon mari vient de me raconter une étrange histoire et…

Elle a fermé la fenêtre de la cuisine sur sa conversation. Et je l'ai vue tourner en rond dans le salon, rallumer encore une cigarette avant de raccrocher. Enfin, elle est restée un long moment, l'air pensif, puis elle s'est assise devant son ordinateur dont elle a scruté assez longuement l'écran, visiblement embarrassée.

Enfin, elle s'est relevée, a passé une robe de chambre, et je l'ai vue se diriger à grands pas vers mon chalutier.

Pour ne pas avoir l'air de l'espionner, je me suis vite glissé dans mon sac de couchage et ai fait mine de dormir en ronflant exagérément. Je l'ai laissée frapper plusieurs fois à la trappe de la cale avant de lui ouvrir, l'air faussement ensommeillé.

— Oui, Françoise, que puis-je pour toi ? lui ai-je demandé en bâillant.

— Stan, je viens d'appeler les Dunhill et j'ai vérifié sur mon ordinateur, ils ont raison, c'est bien moi qui ai vendu ce téléphone…

Je lui ai emboîté le pas jusqu'à la maison, où elle s'est de nouveau installée devant son ordinateur. En explorant sa messagerie Instagram, elle a retrouvé un courrier échangé avec ce mystérieux client. Un certain Gilles Bardet, transporteur routier, frigoriste de profession, qui vivait à Montigny-sur-Meuse, un patelin à la limite de la frontière belge.

L'homme avait interrompu son abonnement téléphonique depuis plusieurs mois. Le nom de sa société n'apparaissait plus sur les Pages jaunes, contrairement à son adresse personnelle.

Le mieux, finalement, ai-je conclu, était que je me rende sur place. C'était un peu risqué, mais c'est ainsi que je le sentais. Françoise, très perturbée par ce concours de circonstances, m'a gentiment proposé de m'accompagner.

— S'il t'arrivait quelque chose, je me sentirais responsable, Stan, parce que j'ai l'impression d'avoir participé activement à ce drame en refourguant ce téléphone à cet inconnu.

— Non, tu n'y es absolument pour rien. Tout est ma faute. Si à l'époque je t'avais dit la vérité sur l'origine de ces marchandises, tu n'aurais pas marché dans la combine.

— Tu sais, Stan, même si c'est dur pour moi de l'admettre, je me suis toujours doutée qu'il y avait quelque chose de louche derrière tout ça… Je suis donc vraiment ta complice dans cette affaire. Alors, la moindre des choses, c'est que je t'accompagne pour rencontrer ce type.

Je lui ai de nouveau opposé un non catégorique. En arguant que nous serions moins discrets à deux. Alors que la vraie raison de mon refus était qu'Opiyo se retrouverait seul si nous ne revenions pas vivants de cette expédition. Et je ne pouvais pas me faire à l'idée qu'il soit abandonné une seconde fois.

La région de Montigny-sur-Meuse, zone boisée et notoirement humide, s'était taillé autrefois une solide réputation dans les médias pour avoir été celle où Michel Fourniret, le tristement célèbre *ogre des Ardennes*, avait choisi de s'établir en tant que garde-forestier avec sa femme. J'ai reconnu, en les voyant défiler depuis mon habitacle, ces patelins le long de la nationale avec leurs habitations en rez-de-chaussée aux toits d'ardoise et aux façades en crépi, bardées de panneaux de mise en vente. Des commerces, des épiceries et bars-tabacs d'antan, ne subsistaient que de vagues enseignes peintes sur les façades. Çà et là, des stations-service désaffectées depuis des lustres, où quelques graffeurs étaient venus se faire la main. Et puis des forêts, des forêts, encore des forêts. Avec, en guise de signalisation, des panneaux qui vous mettent en garde contre la traversée d'un hypothétique sanglier, criblés de balles, les panneaux. Le même genre d'images lugubres qui nous avaient été retransmises autrefois par les informations au moment de l'arrestation du violeur d'enfants. Misérables paysages ! Par mesure de sécurité j'avais pris le pistolet lance-fusée du *Warliss* et quelques cartouches que j'avais glissées dans la poche intérieure de ma parka, celle-là même que m'avait offerte Luc pour mon anniversaire. Et j'avais aussi pris, bien planqué dans ma chaussette, son couteau de chasse à cran d'arrêt. En cas de pépin, je pourrais toujours me défendre, ou attirer l'attention du voisinage en déclenchant une fusée.

C'est fou ce qu'elle m'a paru longue, cette route, et peu fréquentée. Pour passer le temps, je me suis amusé à déchiffrer chaque nom de lieu-dit : La chaise à Émile, Cuisant-sur-Drieux, La pinte trois ponts, Zéros chat couvert, Bagnard-Bois-Pataud, Hermite en bron les fosses, Les champs bavards, Terres blanches des taupinières, Granchamp-les-Mouilles… Toutes ces appellations formaient un long poème absurde ; d'autres s'y ajoutaient, parfois plus complexes, à consonance belge ou flamande celles-ci, et qui disaient l'histoire changeante de notre monde, de ses guerres, de ses défaites, des frontières qui se déplacent à n'en plus finir. Et du plaisir toujours intact pour les survivants de mettre un sobriquet sur un endroit, aussi laid fût-il, pour ne pas l'oublier.

La maison que j'ai supposé être celle du camionneur était située en retrait d'un lotissement ouvrier, accolée à une usine en ruines dont émergeait l'imposante cheminée, brinquebalant phallus de briques qui rappelait qu'autrefois les gens d'ici avaient travaillé dans les métiers de la verrerie, puisqu'un panneau indiquait encore : « Le four ».

Devant cette maison je vis en premier l'imposante silhouette du camion auquel j'avais eu affaire sur le parking de l'Hoverport. Une bâche recouvrait partiellement la remorque, mais laissait entrevoir le graphisme de tête de bœuf sur fond rouge, et une inscription que mes progrès en lecture me permettaient désormais de déchiffrer aisément « Société de transport réfrigéré Gilles Bardet ». Un nom assez répandu dans la région. J'en avais fréquenté quelques-uns, des Bardet, autrefois, au lycée technique. Des êtres fort peu éveillés qui semblaient ne s'entendre qu'entre cousins et cousines. Je gardais en mémoire quelques visages aux yeux rapprochés et au regard morne.

La bâtisse, trapue, coiffée d'un toit en tuiles d'amiante, assez typique des cités ouvrières d'antan, semblait à l'abandon. Les volets étaient clos, une chaîne qui traînait en travers de la cour laissait imaginer qu'un chien y avait été attaché autrefois, mort peut-être, ou réfugié dans la masure avec son propriétaire. En retrait, sur la droite, il y avait un hangar plus récent devant lequel s'entassaient des pièces mécaniques et des outils rouillés qu'un artiste avisé aurait pu faire passer pour une œuvre abstraite : collecteurs d'admission, rampes d'injection, arbre à cames, ressorts de soupape, ventilateur de refroidissement, carter d'huile, essieux et tout un bric-à-brac qui aurait suffi à retaper le moteur du *Warliss*, s'ils n'avaient été aussi vétustes. On voyait aussi des sections de carrosserie, correspondant à un véhicule plus ancien, celles-ci. Peut-être même un camion utilisé pour les marchés, avec un panneau de comptoir ajouré et couvert de mousse, sur lequel on devinait encore le nom de Gilles Bardet. Il régnait dans cet endroit une atmosphère détestable qui m'avait fait douter de m'y aventurer seul, mais je ne pouvais plus rebrousser chemin.

— Y a quelqu'un ?

J'ai frappé quelques coups à la porte de la masure. Une porte comme on en faisait dans les années 1960, massive, ajourée de verre dépoli jaunasse. Et je vis à travers un carreau fracturé que la clé se trouvait dans la serrure, à l'intérieur…

— Y a quelqu'un ? ai-je répété fébrilement, tout en reculant de quelques pas. Quelqu'un m'observait, j'en étais sûr. Une intuition similaire à celle que j'avais ressentie quelques jours auparavant, lorsque j'avais débarqué chez moi le soir de mon anniversaire, mais là il ne s'agissait pas de me faire la fête, je le sentais. L'idée me vint alors, insensée, de passer la main par le carreau manquant de la porte, pour l'ouvrir de l'intérieur et entrer. Tout plutôt qu'être lâche et renoncer. Quitte à me prendre un coup de fusil ou de maillet. C'est d'ailleurs au moment où j'ai amorcé le geste de tourner la clé que le volet du premier étage s'est ouvert en grinçant. Et par l'entrebâillement est apparue la tête bouffie d'un homme mal rasé, aussi peu amène que l'occupant d'un sarcophage et que je reconnus immédiatement comme étant celui qui avait estourbi mes comparses sur le parking de l'Hoverport.

— C'est pourquoi ? a balbutié l'apparition.

Sa diction pâteuse était assez typique des buveurs matinaux. Je pouvais, à quelques mètres de lui, flairer les effluves d'un vin blanc de mauvaise qualité, peut-être même coupé avec de la limonade pour obtenir le très populaire « blanc limé », dans lequel certains alcooliques patentés aiment tremper leur tartine dès le réveil.

— Je viens en ami ! ai-je annoncé pour dire quelque chose, peut-être aussi parce que je lisais un tel désarroi dans le regard de cet individu que seule une parole authentique me parut envisageable.

— C'est-à-dire ? a répliqué l'homme aux lèvres minces, pour ne pas dire inexistantes et qui semblait se cramponner au cadre de la fenêtre pour ne pas chavirer.

— C'est-à-dire que j'ai récupéré un colis qui vous appartient, je crois.

— Un colis comment ?

— Avec un gosse dedans !

— Bon, je vous ouvre…

Il a refermé le volet, et j'ai perçu le grincement significatif d'un escalier en bois depuis l'extérieur. Lorsque j'ai pénétré dans sa cuisine, la seule pièce du rez-de-chaussée, où l'homme m'avait invité à entrer, j'ai eu l'impression de me retrouver dans un décor de la misère paysanne du siècle dernier : vêtements roulés en paquets dans l'évier comme pour un projet de lessive, instruments de boucherie et de charcuterie, quelques couteaux aux lames émoussées jetés en vrac dans des casseroles. Une imposante machine à couper le jambon en inox occupait une place de choix sur une table à roulettes de téléviseur. Le très vétuste poste de télé, évidé, faisait office de meuble à chaussures sous l'évier. Un peu plus loin, un déambulateur, une béquille et un seau d'aisance en plastique indiquaient qu'un vieillard avait vécu et était sans doute mort ici. Et puis, sans surprise, tout un tas de bouteilles vides alignées à différents endroits de la pièce comme autant de balises de sécurité, et sur lesquelles mon hôte posa une main tremblante, avant même de m'adresser la parole. Il lui fallut retourner plusieurs flacons avant d'en trouver un dont l'étiquette colorée annonçait un « rhum arrangé aux fruits exotiques », et qui contenait encore un peu de breuvage. À sa manière de dévisser fébrilement le bouchon avec ses doigts enflés – comme un démineur l'aurait fait avec un détonateur –, j'ai reconnu le comportement d'un homme au dernier stade du manque.

— Et alors, il est où, le gosse ? a-t-il marmonné, nerveux, l'air de se parler à lui-même. Hein ? Il est où ?

J'ai hésité à jouer franc-jeu ou à me comporter de façon plus stratégique, comme je m'étais imaginé devoir le faire initialement. En venant, j'avais envisagé la possibilité de rencontrer la pègre organisée, mais l'homme qui venait de m'inviter à entrer chez lui était aux antipodes de ce profil. Si ce presque clochard aviné avait eu l'idée de saisir un couteau ou l'un des nombreux hachoirs qui traînaient là pour m'étriper, je ne suis pas certain qu'il y serait parvenu. Je me sentais moi-même ridicule avec mon pistolet lance-fusée qui pesait bien lourd dans la poche de ma parka et m'appuyait sur les côtes. Mais peut-être cet individu était-il plus malin que je ne l'imaginais. Ou quelqu'un d'autre, un associé, qui sait, allait-il surgir d'un des nombreux placards de cette pièce obscure et malodorante. J'étais donc sur mes gardes.

— Sacré petit bonhomme. Oui, ce n'est vraiment pas de chance qu'il soit tombé de mon camion, a murmuré l'homme.

Il a pris place sur un tabouret en formica avant de porter le verre à ses lèvres. Avec cette façon si particulière qu'ont les piliers de comptoir de s'exprimer, pour passer le temps, sans que l'on sache réellement à qui ils s'adressent, ni la dimension réelle de leurs émotions. Ce qui compte, c'est de boire.

— Pas un seul jour depuis deux mois sans que j'y pense, à ce gosse… a-t-il ajouté avec ce même air lointain. Vous avez vu ça tout ce raffut aux informations autour de cette affaire ? Ils ont donc rien d'autre à foutre, les politicards, que de remuer la boue ?

En disant ça, il a lancé un coup de menton en direction de la table de télévision sur laquelle trônait la machine à jambon.

— Oui, j'ai bien vu tout ça moi aussi, monsieur, parce que je suis l'un des faux policiers qui ont tenté de vous arnaquer sur le parking de l'Hoverport ! ai-je annoncé pour gagner du temps et aussi parce que je ne voyais rien de mieux à dire que la vérité, tant cet homme me faisait l'impression d'un sincère loqueteux victime de la crise lui aussi. Je n'avais par exemple aucune difficulté à l'imaginer avoir été un honnête commerçant et puis basculer dans la délinquance par je ne sais quel coup tordu de la destinée.

— C'est-à-dire ? L'individu n'avait pas sourcillé, visiblement plus intéressé par le contenu de son verre que par mes aveux.

— C'est-à-dire que je me trouvais dans ma camionnette quand vous avez assommé mes deux camarades. Et c'est aussi moi qui ai récupéré ce gosse un peu plus tard en repassant sur le parking, voilà pourquoi je viens vous voir. Vous êtes la seule personne qui sache où se trouvent ses parents.

— Ils sont loin, très loin, en Angleterre…

— Je m'en doute, mais il faudrait que je prenne contact avec eux. C'est pour ça que je suis là.

— Ah ? Et qu'est-ce que j'y gagnerais, moi, à vous les donner, leurs coordonnées ? L'homme me faisait l'effet de me répondre comme par jeu, juste pour le plaisir de me laisser m'enliser.

— Eh bien, peut-être un peu de dignité humaine…

— Ha ha ! Vous me faites bien rigoler ! D'abord vous essayez de me truander sur un parking, vous me foutez dans une merde noire, et maintenant vous venez me parler de dignité ?

Il est parti d'un rire gras qui s'est achevé par une quinte de toux. Fragilité pulmonaire, me suis-je dit, il faisait si humide dans cette baraque !

— Oui monsieur, je regrette sincèrement tout ce qui est arrivé. Je suis marin pêcheur de profession, j'ai subi une avarie mécanique sur mon chalutier et j'ai cru pouvoir m'en sortir en empruntant la voie de la malhonnêteté... La vie n'est simple pour personne.

— Ça c'est vrai ! L'homme, redevenu sérieux, s'est resservi un verre. Moi je vais vous dire ce qui me la rendrait, ma dignité, ça serait de quitter ce bled poisseux, de disparaître et d'aller me dorer la pilule au soleil jusqu'à la fin de mes jours !

Voilà, on y était, j'ai souvent eu droit à ce genre de réflexion avec mon paternel autrefois. Le rêve d'un pays lointain et ensoleillé. Comme cette idée saugrenue de rejoindre la communauté des Vieux-Croyants russes dans leur coin paumé de Bolivie. Projet aussi illusoire que le paysage exotique dessiné sur l'étiquette du flacon de rhum qui trônait au centre de la table parmi les miettes de pain et les traces de culs de verres qui la recouvraient comme autant de cratères de lune gluants. Et au bord desquels quelques mouches trépignaient.

— Et vous iriez le chercher où, ce soleil ?

— En Thaïlande, pardi ! Oui, je m'y sentirais bien, là-bas... Je passerais mon temps sur la plage et je jouerais même au golf, ajouta Gilles Bardet en enfonçant sa langue dans le fond de son verre pour en lécher les particules de fruits exotiques.

— Oui, je comprends, ai-je répondu, pour ne pas paraître en reste, ou donner l'impression de le juger. C'est vrai que ça doit être un beau pays la Thaïlande.

— Très beau. Le problème, c'est que ça coûte un bras pour s'y rendre. Et une fois là-bas, même si tout est presque gratuit, faut quand même avoir un peu de sous devant.

— C'est-à-dire ?

— Eh ben, si par exemple vous voulez que je rende le gosse à ses parents, c'est envisageable... Mais ça vous coûterait dans les vingt-cinq mille euros.

— Vingt-cinq mille ?

— Oui, je ferai un tout dernier voyage en Angleterre avec le gosse. Et une fois là-bas, je revendrai mon bahut et je prendrai un vol direct pour la Thaïlande. Et plus personne n'entendra jamais parler de moi.

Un silence est tombé là-dessus, assez pesant. Puis l'homme m'a invité à le suivre dans la cave, en apparence plus ordonnée que le reste de la maison. Mais je n'étais sans doute pas très objectif, car elle était très sombre. S'emparant d'un escabeau poussiéreux, l'homme m'a prié de l'aider à descendre un carton isotherme qui se trouvait en haut d'une armoire.

— Voyez, c'est dans ce genre de caisse que je fais passer les clandestins, a-t-il dit, jovial, en soulevant le couvercle. Dans les parois, il y a une très fine couche de plomb, ça passe comme une lettre à la boîte sous les rayons X des douanes. Et comme leurs chiens sont perturbés par l'odeur de viande du reste de la cargaison, eh ben, en général, ça marche...

Ce petit coffre en métal plombé me fit une impression sordide. Il fallait se sentir réellement en confiance pour accepter de se laisser enfermer là-dedans. Mais les gens n'avaient pas le choix, pensai-je, pas plus que moi, d'ailleurs, qui me trouvais là à bavasser avec un inconnu dans une cave où il aurait été très facile pour lui de me faire disparaître. Évidemment que l'idée d'un alliage de plomb pour se prémunir des rayons X était astucieuse. J'avais bien cru remarquer ces particules de plomb fondues sur le sol lorsque j'avais brûlé l'emballage dans lequel j'avais trouvé Opiyo. Tout s'expliquait.

— Vous faites ces transports depuis longtemps ?

— Des années… En général, je les charge au port de Gênes, pour les mener jusqu'en Angleterre, les « migreux ». Mais là, depuis l'incident du parking de l'Hoverport, les passeurs ont décidé de ne plus faire appel à moi. Et puis de toute façon, avec tout ce ramdam dans les journaux, les policiers sont sur les dents. C'est pour ça que je ne m'y risquerai pas à moins de vingt-cinq mille.

— C'est une fortune.

— C'est le tarif… Pour que le passage s'effectue correctement, faudra que je fasse réviser mon camion, que j'achète un chargement de viande pour rendre ma cargaison crédible, et puis, comme je vous l'ai dit, ce sera mon tout dernier voyage… Donc c'est ça ou rien. De toute façon, je vois bien que vous êtes quelqu'un de confiance ! m'a-t-il dit en me tapant dans le dos d'une façon tout à fait commerciale. Comme si l'affaire était conclue.

J'étais sonné par la rapidité avec laquelle les choses s'enchaînaient et par l'accueil de ce type, qui n'était pas sans m'évoquer les méthodes des marchands de poisson d'autrefois, ceux qui venaient négocier au prix de gros à la halle à la criée. Des types dotés d'une poignée de main massive, forts en gueule, qui avaient l'art de vous tutoyer en seulement quelques secondes. Affabulateurs, taquins et imprévisibles au possible. Oui, c'était un peu tout ça qui me revenait en conversant avec ce Gilles Bardet.

Vingt-cinq mille euros, c'était une somme. D'autant que je n'en avais pas le premier centime et que ce type me semblait plus que douteux. Pour être tout à fait certain de ne pas me faire blouser, je lui ai demandé qu'il me communique le nom et le numéro de téléphone des parents d'Opiyo en Angleterre. Une façon d'obtenir un gage de sa part, et Bardet n'avait pas hésité une seconde à me le noter sur un bout de papier que je plaçai avec précaution dans la poche intérieure de ma veste. Et sur le chemin du retour, seul au volant de ma camionnette, en filant par les routes secondaires pour rallonger un peu le trajet et trouver le temps d'y réfléchir, je me suis senti dans un état des plus bizarres. Tout à fait décontenancé. M'est revenue en mémoire cette parole de Gontran, lorsqu'il m'avait conseillé de ne pas vouloir retrouver la trace des parents du gosse. Ni de m'entêter à retrouver celle de ce camionneur qui faisait commerce de clandestins. Parce que en empruntant ce chemin de la curiosité, d'après lui, je risquais bien plus gros et plus dangereux que je ne pouvais l'imaginer. Finalement, tout ne s'était pas si mal passé. Une première étape avait été franchie. Ce n'était qu'une première étape, mais c'était déjà ça. Pour récupérer de l'argent, je le savais, il me suffisait de céder mon bateau aux Dunhill. Ça représentait un sacrifice pour moi, et puis rien ne me disait qu'ils accepteraient de m'en donner une telle somme. Mais pour le cas où je parviendrais à réunir cet argent, qu'est-ce qui me prouvait que ce Bardet allait bien honorer sa parole ? J'avais bien vu quel genre d'individu j'avais en face de moi, son haleine, sa diction. Sa poignée de main surtout qui, en vous compressant les phalanges, plutôt que de vous donner l'impression d'avoir affaire à un homme fort, vous donnait celle d'avoir affaire à quelqu'un qui ignorait sa force. Une poignée de main habituée à contraindre l'autre. Un étau, une pince. Oui, c'était un mélange de tout ça que j'avais senti en pactisant avec lui. Mais avais-je le choix ?

À un endroit, au croisement de deux routes forestières, juste avant de rejoindre l'axe de la nationale de Sedan, qui me permettrait de rejoindre plus rapidement mes quartiers d'Audresselles, je me suis arrêté pour pisser. Et puis, une fois ma vessie soulagée, je suis resté encore un moment derrière mon volant, comme ça, moteur coupé. À regarder ce bout de papier sur lequel était noté ce numéro de téléphone. À me dire que j'aurais pu, là, le déchirer et l'oublier, ce numéro. Rentrer chez moi en faisant croire à Françoise que le type avait changé d'adresse, ou qu'il avait refusé de me parler, ou plus simplement que j'avais renoncé, par peur. C'est un peu tout ça qui me passait par la tête, parce que j'étais quand même bien ébranlé par la tournure que prenaient les choses.

Et Françoise a été bien ébranlée de même, lorsque je lui ai tendu ce papier. Elle ne comprenait pas, elle non plus, comment j'avais réussi une telle prouesse. Quand je lui ai décrit le style général du bonhomme, sa masure, son haleine, sa poignée de main, elle a eu le même réflexe que moi. Se demandant s'il était bien raisonnable de traiter avec un individu pareil.

« Et puis, les vingt-cinq mille euros, on va les trouver où, Stan ? » m'a-t-elle demandé.

Lorsque je lui ai annoncé mon intention de céder mon bateau aux Dunhill, ça l'a bouleversée. Comme si finalement, ce bateau en cale sèche dans notre jardin, cette monumentale difformité, elle s'y était habituée. Peut-être aussi mesurait-elle à cet instant l'envergure du sacrifice auquel je consentais. D'ailleurs, après une longue hésitation, en semblant chercher un argument pour faire barrage à ma décision, elle a dit : « Et… euh… si tu le vends ton bateau, où tu vas dormir, Stan ? » J'ai trouvé la réflexion touchante, parce que j'ai senti dans son regard et plus encore au ton de sa voix que le vrai sujet de son désarroi n'était pas la perte de mon bateau, mais celle de notre petit protégé, qui était d'ailleurs en train de confectionner ses pâtisseries dans la cuisine. J'ai encore en mémoire l'odeur de pâte cuite qui parfumait notre demeure ce soir-là, et même la voix d'Opiyo qui reprenait en chœur je ne sais plus quelle idiotie qui passait à la radio. Parce que, oui, ça aussi c'était une chose qui nous émouvait : Opiyo imitait à merveille les publicités, dont il transformait les paroles en y ajoutant son nom, comme s'il en était le sujet. Et ça donnait des choses comme : « Opiyo remplace votre pare-brise en moins de dix minutes – Opiyo, Opiyo, Opiyo c'est les vacances toute l'année – Avec la crème Opiyo votre peau semble durablement plus jeune. » Ou même : « En investissant dans une Peugeot Opiyo modèle C Plus, vous contribuez à un monde plus propre ! » Des phrases dont il ne comprenait pas toujours le sens, mais qu'il était capable de restituer avec une précision désarmante. Et il glissait par là-dessus des airs de musique qu'il inventait, lorsque ceux des slogans ne lui convenaient pas. Il était capable de reproduire tout un tas de sons avec sa bouche : trompette, clavecin, accordéon, tire-bouchon, crissement de pneu, machine à laver, ou même encore les aboiements de Marcelin qui, du coup, en restait coi. Littéralement estomaqué, le chien. Ce gosse était un cirque à lui tout seul, notre petit pôle inventif et joyeux. Sans lui, sans sa joie, son génie de l'amusement, sa manière de rendre comique n'importe quoi, Françoise et moi n'aurions pas survécu à cette épreuve des mois passés, et nous serions à coup sûr séparés. Et là, il allait falloir nous préparer à le rendre à ses parents ! Cette perspective atroce me faisait encore me demander si je n'aurais pas mieux fait de me débarrasser de ce numéro de téléphone, comme je l'avais envisagé un instant plus tôt lorsque je m'étais arrêté pour pisser sur le bord de la route. C'était encore là une pensée idiote, et je m'en serais collé des gifles, d'être aussi bête.

Plus tard le même soir, après avoir mis Opiyo au lit, et alors que je m'apprêtais à rejoindre mon chalutier, Françoise m'a dit que nous n'avions plus du tout le choix, comme si ça n'était pas évident. Que le seul doute qui persistait était de savoir si on pouvait faire confiance à ce Gilles Bardet qui, il ne fallait pas l'oublier, avait été capable de tuer quelqu'un d'un coup de maillet. Que traiter avec un criminel n'était pas un acte anodin. Et que le mieux à faire, finalement, pour savoir si ce type était digne de parole, consistait à appeler les parents d'Opiyo en Angleterre.

« S'il s'agit réellement du numéro de ses parents, nous prendrons notre décision », a-elle conclu, l'air paumée de celle qui se prépare à jouer à pile ou face, avant de me laisser rejoindre la cale du *Warliss*.

Et dans ce but d'établir un premier contact avec les parents, je me suis présenté le lendemain à l'association des Libres Goélands pour essayer d'y retrouver l'interprète Gontran, mais il était absent. Une dame bénévole m'a conseillé de me rendre à deux kilomètres de là, dans une friche où Ginesté avait réussi à faire installer des cabanes de chantier pour accueillir les réfugiés du camp incendié. Parvenu sur place, j'ai trouvé Gontran fort occupé à résoudre un conflit opposant deux familles syriennes, et auquel je ne comprenais rien. Au bout d'une petite demi-heure de palabres qui m'ont donné l'impression d'assister à un spectacle de mimes, Gontran m'a demandé ce qu'il pouvait faire pour moi. Lorsque je lui ai annoncé comme ça, sans plus de précautions, avoir retrouvé le passeur qui allait me permettre de renvoyer Opiyo chez ses parents et lui ai demandé de nous aider en tant qu'interprète lors d'un premier entretien téléphonique avec eux, il n'a pas sourcillé. Nous rendre ce service ne lui posait pas le moindre problème. Alors je l'ai remercié pour sa patience et sa gentillesse, et rendez-vous fut pris pour le lendemain soir.

En remontant dans ma camionnette, je me suis persuadé d'avoir bien agi, que rendre Opiyo à ses parents était la meilleure idée. Le bon sens même. Aussi parce que en allumant le poste de radio, je suis tombé sur une interview de notre ministre de l'Intérieur, toujours lui, qui évoquait sa visite prochaine au meeting prévu sur le parking de l'Hoverport, et son projet d'y inaugurer une plaque mémorielle. Je ne sais plus exactement les mots qu'il a employés, parce que ce jour-là était une journée confuse, mais j'ai bien compris que ce rassemblement était en train de prendre des allures de pèlerinage pour des milliers de membres d'un parti politique, lesquels promettaient de s'y rendre à bicyclette parce que la bicyclette était devenue leur symbole de campagne. Une façon plutôt adroite de se présenter sous un jour inoffensif, enthousiaste et ludique. L'hymne de ce mouvement, que beaucoup se plaisaient à comparer, à tort, à celui des Gilets jaunes, était la chanson « À bicyclette » d'Yves Montand, qui fait l'éloge de nos belles routes de France, de cette époque où il faisait si bon se balader en toute sécurité avec Fernand, Firmin, Francis, Sébastien ou je ne sais qui. L'idée sous-jacente à la récupération de cette chansonnette étant qu'à bicyclette il fallait tenir sa droite, et même son extrême droite. On l'entendait partout ce refrain, dans les bars et restaurants, mais aussi diffusé par les haut-parleurs des rues piétonnes de certaines bourgades qui affichaient ainsi, et avec un air de ne pas y toucher, la politique de la mairie. Le mieux était donc effectivement qu'Opiyo rejoigne l'Angleterre, il y serait plus en sécurité qu'ici, me suis-je dit, plus tranquille. Même si, au fond, plus aucun pays ne semblait épargné par la frénésie de voir accéder des dingues au pouvoir.

Je ne saurais décrire la tension qui régnait entre Françoise et moi le lendemain soir lorsqu'aux alentours de vingt heures – heure que nous avions fixée pour la prise de contact avec les parents du gosse – Gontran n'était toujours pas là. Toutes sortes de considérations nous sont passées par la tête et, en premier lieu, celle qu'il avait eu quelque chose de plus important à faire. Ou même, qui sait, qu'il avait été arrêté lors de la descente de CRS quelques heures plus tôt dans le campement improvisé des cabanes de chantier. Cette descente avait été ordonnée par le préfet Atvet lui-même, avec encore et toujours l'alibi de protéger les gens, en insistant sur l'insalubrité des abris.

Afin de ne pas lui procurer de fausse joie, nous n'avions rien dit à Opiyo de la probabilité qu'il retrouve ses parents. Nous l'avions mis au lit comme chaque soir, en lui lisant les livres retrouvés dans les affaires d'enfants de Luc et Fabien. Des fables pour les tout-petits, que je pouvais désormais me féliciter de déchiffrer, à peu près. Opiyo s'était endormi, comme chaque soir, en nous adressant le regard princier que portent souvent les gosses sur leurs parents, juste avant de s'assoupir. Tandis qu'au fond de nous-mêmes, nous n'étions qu'incertitude et peur. Et désarroi.

Gontran a fini par arriver, avec deux bonnes heures de retard. Trempé jusqu'aux os parce qu'il était venu jusque chez nous à pied, et qu'il avait emprunté des raccourcis pour échapper aux contrôles des CRS et des désormais autoproclamés Citoyens Cyclistes, ces derniers ayant décidé d'effectuer des rondes de surveillance sur les nationales. Causant ainsi un phénoménal désordre, et même quelques bagarres entre cyclistes et forces de l'ordre, relayées par les infos régionales. Un spectacle affligeant. Une des astuces des C. C. consistait par exemple à transformer leurs pompes à vélo en matraques électriques. On trouvait le mode d'emploi de ce malin bricolage en accès libre sur Internet, avec tout un tas d'autres fourberies, comme celle consistant à remplir leurs gourdes d'acide de batterie, mélangé à je ne sais quels produits qui en faisaient des bombes redoutables qu'il était facile de balancer au choix sur des campements clandestins ou sur des camions des forces de l'ordre qui auraient tenté de s'interposer. Notre région n'avait jamais été aussi dangereuse.

En empruntant ces sentiers de traverse, Gontran avait fini par se perdre et s'était retrouvé dans un marécage. Bref, il n'était pas passé loin de la noyade, et avait finalement débarqué, fourbu, trempé, mais indemne. Alors nous lui avons préparé à dîner et donné des vêtements secs. Et nous nous sommes demandé avec Françoise s'il n'était pas trop tard désormais pour essayer d'établir le contact avec les parents d'Opiyo en Angleterre. Ce à quoi Gontran nous a répondu qu'il était désormais « trop tard » pour se poser la question, et j'ai pris cette réflexion pleine de sous-entendu pour mon compte. En effet, en disant cela, il me toisa, l'air de me rappeler qu'à un moment j'avais eu le choix, celui de ne pas chercher à retrouver les parents du gosse, ni d'entrer en relation avec ce sinistre camionneur, comme il m'avait d'ailleurs conseillé de le faire. Et puis aussi parce qu'il projetait de quitter la région en prévision des événements qui se profilaient. D'un même élan, il s'est emparé du papier que je lui tendais, sur lequel était inscrit le numéro de téléphone, et a prié Françoise de nous mettre en réseau WhatsApp sur son ordinateur. Selon lui, c'était la façon la plus pratique pour établir un premier contact avec les jeunes parents.

Le téléphone a sonné assez longuement dans le vide avec le son significatif des communications longue distance, qui vous donne l'impression que chaque signal est filtré par le vent et la bruine – et ce n'est pas vraiment l'idée que l'on se fait du son de l'espérance. Une bonne dizaine de minutes se sont tout de même écoulées avant qu'un jeune homme décroche et apparaisse à l'image. Flou et en contre-jour parce que son téléphone était orienté vers un plafond de néons aveuglants. Lorsque Gontran lui demanda en anglais s'il était le père d'un enfant qui répondait au nom d'Opiyo, le jeune homme répondit que non, que ce téléphone n'était pas le sien. Qu'il s'agissait d'un appareil en charge dans un appartement communautaire du quartier de Dovecot dans la banlieue de Liverpool, en précisant que la seule prise électrique qui fonctionnait était celle de la cuisine, et qu'il allait se renseigner. En effet, ce jeune individu n'avait pas vraiment le type africain, mais plutôt maghrébin, proche de l'idée que l'on peut se faire par exemple d'un Kabyle, voire d'un Serbe. Bref, ce n'était pas lui que nous cherchions. Et pour le peu que nous avions pu observer des lieux, c'était un décor misérable : murs en parpaing, canalisations apparentes, quelques réchauds raccordés à d'imposantes bonbonnes de gaz. Et au fond de la pièce, des vêtements et des draps colorés suspendus à des fils, tels des drapeaux en berne.

En posant le téléphone, le jeune homme a involontairement coupé la communication, nous laissant suspendus dans un vide abyssal. Alors Gontran a recomposé le numéro. Au bout du cinquième rappel, ce fut un autre homme d'une vingtaine d'années qui décrocha, auquel Gontran s'adressa directement en kiswahili, comme s'il le reconnaissait. Oui, c'était bien le père d'Opiyo, celui avec lequel Gontran avait conversé la nuit dans la forêt, juste après l'incident. Tout le portrait du petit, d'ailleurs, à cela près que son regard était moins vif. Nous avons appris par la suite qu'il rentrait tout juste d'un chantier sur le port de Liverpool où il travaillait comme soudeur. Ce qui expliquait l'état de son sweat-shirt qu'on aurait dit bouffé par les mites, et ses yeux rougis par la lueur des arcs à souder. En apprenant que son fils se trouvait ici avec nous, en France, le jeune homme parut décontenancé. En fait de réaction, il s'est contenté de nous dire d'une voix atone qu'il allait réveiller sa femme. Quelques minutes se sont écoulées, puis une assez belle jeune femme, vêtue d'un jogging elle aussi, apparut à l'écran. Tout aussi hébétée. La mauvaise connexion brouillait l'image, leurs voix étaient hachées. Des centaines de kilomètres seulement nous séparaient, mais nous semblions être sur des planètes différentes. La femme, en s'asseyant, a demandé qu'on lui répète ce que Gontran avait dit un peu plus tôt à son mari. Alors Gontran a réexpliqué assez posément que leur fils Opiyo était avec nous. Et il y a eu de nouveau un vide, le manque d'enthousiasme spontané des jeunes parents m'a surpris. Je me suis remémoré la prédiction de Gontran lorsqu'il m'avait affirmé que leur gosse perdu, ses parents n'auraient pas d'autre choix que de s'efforcer de l'oublier. Que c'était ça, la vie d'un clandestin : courir en avant, ne pas se retourner, apprendre à n'avoir de droit sur rien, y compris sur sa progéniture. Avaient-ils réellement oublié leur enfant ? Était-ce possible ? Évidemment, je me trompais, ce que j'avais considéré comme une absence de réaction de la part de ces jeunes parents était en fait de l'incrédulité. Comme si, peut-être, ces jeunes gens s'étaient accoutumés à toutes sortes d'arnaques ou de comportements pervers au fil de cette première année passée en Angleterre. Leur première réaction fut donc de la méfiance. De plus, l'apparence physique de l'interprète, dont l'albinisme était accentué par la lumière bleutée de l'écran, n'arrangeait pas les choses. Dans le regard de ces jeunes gens nous ne pouvions être que louches.

Là, Gontran a interrompu la conversation et a fait signe à Françoise de bien vouloir aller réveiller le petit. Obéissante, elle s'est dirigée d'une façon mécanique vers l'escalier qui mène à sa chambre. De dos elle m'a fait l'impression d'un grand malaise. Comme une gamine qui voudrait dissimuler ses émotions. Peut-être pleurait-elle ? Elle a reparu deux minutes plus tard avec Opiyo, qu'elle tenait par la main. Il avait l'air encore endormi et tenait à bout de bras une peluche que nous lui avions offerte, un lapin rouge et bleu aux oreilles laminées qui traînaient sur le sol et lui donnaient un air dépité. Françoise a installé Opiyo sur une chaise face à l'écran, lui calant un coussin sous ses fesses pour le surélever. Et à cet instant, les deux parents ont simultanément poussé un cri, que l'on aurait dit d'effroi. Comme si, en voyant leur petit, ils étaient devant une apparition. Un revenant d'entre les mondes. Opiyo quant à lui est resté sans réagir, le regard tout embué de sommeil, serrant sa peluche contre lui. Puis il a ânonné quelques mots en kiswahili, qui devaient être « papa et maman ». Ce fut formulé de façon interrogative, comme s'il avait affaire lui aussi à deux spectres, puis les jeunes parents ont fondu en larmes. Et leurs gestes sont devenus confus, comme s'ils voulaient s'emparer de cet enfant, ce charmant petit fantôme qui leur revenait au travers de l'écran. Leurs larmes de joie rendaient leurs visages luisants. Gontran s'est mis à pleurer lui aussi en poursuivant tant bien que mal, pour Françoise et moi cette fois, l'exercice de traduction de toutes ces émotions en cascade. Il nous a dit que ces jeunes parents qui se prénommaient Julius et Elijah venaient d'un patelin perdu d'une région de Tanzanie qui porte le nom de Kagera. Depuis leur arrivée en Angleterre, ils avaient remué ciel et terre pour tenter de retrouver leur gosse. Qu'il ne s'était pas passé une minute sans qu'ils pensent à lui. Maintes et maintes fois ils avaient tenté de reprendre contact avec Joseph Bardet, mais en vain car il avait changé de numéro entre-temps. Dès lors, leur vie était devenue un cauchemar, même si Gontran disait que le mot « cauchemar » était faible pour décrire ce long tunnel angoissant dans lequel s'était retrouvé ce couple. Il n'y a en réalité aucun terme pour traduire ce sentiment d'avoir égaré un enfant, ni en Tanzanie, ni en France, ni nulle part. Seul un cri peut en restituer l'horreur.

Cette Angleterre qu'ils avaient imaginée comme une issue à tous leurs problèmes était finalement devenue un enfer. Pour s'en sortir, Julius avait trouvé ce travail de soudeur, Elijah avait intégré des équipes de ménage opérant aux aurores dans des immeubles de bureaux. Ce labeur épuisant leur permettait de ne pas trop penser. Et de passer le moins de temps possible ensemble, car cette promiscuité les rappelait à la mémoire de cet enfant manquant. Voilà à quel genre de vie s'étaient résolus ces jeunes gens. Mais le malheur semblait devoir s'arrêter ici, avec notre promesse de leur rendre leur petit. Et ils n'en revenaient pas d'un tel miracle. La vie reprenait.

Françoise et moi étions collés à notre siège, tels deux passagers d'un avion en chute libre. Tout allait trop vite. Parce que en l'espace de seulement quelques minutes, du rêve inavoué de devenir les parents adoptifs d'Opiyo, nous nous sommes retrouvés simples spectateurs de sa destinée. Et nous avons bien senti, mon épouse et moi, que dans la mémoire de ce petit nous ne pèserions guère plus lourd que quelques points de suspension. Deux êtres-souvenir. Une erreur de parcours. Et je crois que ce qui nous a aussi fortement ébranlés au fil de cet entretien, c'était la jeunesse de ces parents. Ils auraient presque pu être le grand frère et la grande sœur d'Opiyo. Nous, en comparaison, avec nos visages ratatinés dans un coin de l'écran, nous aurions pu être les grands-parents de tout le monde.

Ce soir-là, une fois Opiyo recouché et Gontran parti, nous sommes restés Françoise et moi un long moment dans la cuisine, tête baissée, sans pouvoir nous regarder. Et l'air de la pièce, même de la maison tout entière, m'a semblé devenir glacé. Un genre de froid qu'aucune sorte de radiateur ni de vêtement ne peut endiguer. Un froid de fièvre. À ne même plus savoir quoi dire. Et puis Françoise a envisagé de faire une tisane. En se levant, et en se frottant les avant-bras, elle a dit : « Bon sang, c'est fou tout ce froid qui traîne ici ! » Et une fois la tisane servie, nous avons contemplé le jus brûlant parfumé à la camomille qui n'améliorait en rien cette insupportable et surnaturelle chute de température.

Même le vent du dehors qui pourtant était vif en tout début de soirée s'est arrêté de souffler. Plus rien, ni sifflement, ni bruits de branchages, ni claquements de volets. Rien que nous deux dans notre cuisine avec notre abattement. Ce qui se passait dans la tête de Françoise, qui agitait mollement son sachet de tisane dans son bol en le retenant délicatement par le fil entre son pouce et l'index, je n'en avais pas la moindre idée. En fait, je me protégeais en évitant de l'imaginer. C'était beaucoup trop de tristesse d'un seul coup.

Au bout de ce silence, j'ai amorcé le geste de me soulever, en donnant une petite tape amicale sur la tête de Marcelin qui semblait cafardeux lui aussi, et j'ai dit qu'il était temps que je retrouve la cale du *Warliss*. Au moment où j'allais sortir, Françoise m'a répondu que la nuit était bien trop froide et qu'« exceptionnellement » nous pourrions dormir tous les deux dans la même chambre. Que ce serait plus sain comme ça.

« Et Marcelin aussi, s'il veut, a-t-elle précisé, il n'a qu'à rester coucher ici, avec nous. Parce que c'est vraiment pas humain, un froid pareil ! Il ne manquerait plus qu'on chope tous les trois la crève, hein, Stan ? »

Alors nous avons rejoint notre chambre, et nous nous sommes allongés l'un à côté de l'autre. On est restés un long moment ainsi, bordés, raides comme deux piquets. Emberlificotés chacun dans nos pensées. Mes yeux se sont fermés et il m'a bien semblé voir passer le poisson cœlacanthe à l'aplomb de notre lit, et je me suis dit que cette température anormale qui régnait dans la maison devait être celle des grands fonds. La bestiole écailleuse est restée un long moment au-dessus de moi à remuer mollement ses nageoires, façon de garder sa trajectoire dans un faible courant, comme le font aussi les oiseaux à contrevent. L'air pensif, très terriblement pensif. Et j'ai encore entendu sa drôle de voix ânonner une prière. Ce n'était plus à moi qu'il s'adressait, mais à quelqu'un qui, peut-être, comme le courant ou le vent, pouvait orienter le mouvement de ma destinée. Cette créature avait-elle un dieu ? un maître à penser ? Obéissait-elle à encore plus improbable qu'elle ? Entre deux piaffements, j'ai bien cru comprendre, tout de même, qu'elle réclamait pour moi encore un peu de temps et d'énergie. Parce qu'il devait me rester, sur cette bonne vieille terre, une poignée de semaines à vivre et quelque chose d'important à accomplir. C'est ce que j'ai compris, et je n'avais rien à ajouter. Je ne me suis jamais senti aussi humble qu'à cet instant. Quelqu'un décidait pour moi, et c'était bien ainsi.

Un moment plus tard, quand je me suis réveillé pour éteindre la lumière, Françoise était blottie contre moi. Pas comme un homme et une femme, mais plutôt comme les locataires pour toujours d'un terrier. Il faisait si sombre à l'intérieur de nous.

Lorsque je suis venu leur annoncer ma décision de leur céder le *Warliss*, les Dunhill ont insisté pour déboucher une bouteille de champagne, du très bon, ni sucré, ni trop acide, que John disait avoir acheté en direct à un petit producteur de la région rémoise. Et il a promis une autre bouteille du même cru pour la remise à l'eau du navire. Ce serait pour bientôt.

Sur le sujet des vingt-cinq mille euros que je leur ai demandés pour mon navire, ils n'ont pas renâclé, ni même essayé de négocier. C'était un peu cher, c'est sûr, j'en avais conscience, mais par esprit de camaraderie, je leur ai promis de leur donner un coup de main pour retaper le bateau, et leur prodiguer, pourquoi pas, quelques leçons de navigation. Parce que si John avait effectivement été garde-côte durant sa jeunesse en Angleterre, il n'avait jamais piloté ce genre de chalutier. La négociation s'est passée ainsi, fort gentiment. J'ai apprécié qu'ils ne me posent pas de question sur les raisons qui m'avaient finalement poussé à leur vendre le *Warliss*.

Au cours de cet apéritif auquel Françoise et Opiyo avaient également été conviés, John et Irving nous firent écouter les enregistrements de différentes espèces aquatiques. Il ne s'agissait pas à proprement parler de communication, mais d'échanges de signaux captés avec des hydrophones, d'où la grande difficulté, d'après eux, de faire reconnaître ces signaux en tant que langage auprès des Nations unies. Pour autant, un jour, John et Irving en étaient certains, la faune aquatique pèserait son poids dans les décisions écologiques de notre planète. Ce serait long, mais ils y parviendraient.

Parmi tous ces signaux, il y avait par exemple le très classique chant des baleines bleues, qui émettent à plus basse fréquence que les baleines à bosse. Mais aussi d'autres sons, plus insolites, comme celui émis par les crevettes-pistolets, qui s'apparente à un son d'ébullition, les « coassements » des poissons-tambour avec leur vessie natatoire pendant la période de reproduction, les « stridulations » des poissons-chats résultant du frottement entre la nageoire pectorale et la ceinture. Enfin, plus trivialement, Irving a tenu à nous faire écouter le mode d'expression des harengs, qui expulsent des bulles de leur cloaque, sortes de sons de pets caoutchouteux qu'une très sérieuse étude suédoise a, paraît-il, désigné par des « gazouillis pulsés », et qui servent aux bancs de harengs à créer une barrière de bulles face à leurs prédateurs. Ce son-là, Irving prit un malin plaisir à nous le repasser en boucle en le ralentissant sur un sampler de son invention qui ressemblait, par sa profusion de fils électriques et d'ampoules, aux antiques standards téléphoniques. Ce concert inattendu de pets de harengs nous fit bien rire, aussi parce que nous étions un peu saouls. Une hilarité à s'en décrocher les mâchoires qui nous fit le plus grand bien. Prouvant, si besoin est, que le rire, pour nous autres humains, est le seul véritable langage universel.

Avant de nous quitter, John a tenu à nous montrer une collection d'images acquises lors de ventes aux enchères à Londres. Il s'agissait pour la plupart d'aquarelles anciennes exécutées par des explorateurs. Quelques traits de crayon, un peu de couleur, c'était très beau. En fait, je crois n'avoir jamais rien vu d'aussi pur. On pouvait sans peine imaginer les artistes-explorateurs croquant tout ça d'un jet de pinceau trempé dans un ruisseau ou un lac, ou même dans un peu d'eau puisée à la surface des glaciers. De leur geste, comme impacté par l'émotion de la découverte, émanait tant de douceur ! Entre autres curiosités, je garde en souvenir une très grande carte indiquant les cours d'eau souterrains qui mènent au fleuve Mississippi. Avec pour chaque courant sa couleur, et par endroits toutes ces valeurs s'entremêlaient et se confondaient en demi-teintes. L'expression même du désordre, et de la vie. Et puis, dans un cahier, plus petit celui-ci, tout un tas de poissons étranges, comme saisis sur le vif, et parmi lesquels je crus reconnaître celui qui m'apparaissait en rêve. Le fameux cœlacanthe, dont John m'apprit que seuls deux spécimens avaient été pêchés : l'un en 1938 en Afrique du Sud, et un autre en 1999 au large des Comores. John m'expliqua que cette espèce, qualifiée à tort de fossile vivant, là où il serait plus juste de parler « d'espèce relique », l'intéressait particulièrement pour n'avoir que très peu évolué depuis trois cent cinquante millions d'années. Le plus étrange, selon lui, c'est qu'il possédait une poche de gaz avec des parois épaisses, vestige d'un poumon ancestral utilisé quand il vivait près de la surface.

« De là à imaginer qu'il a fait le choix de ne pas évoluer et de retourner dans les grands fonds… » a-t-il conclu, l'air songeur.

Nous sommes restés un instant à contempler la gravure, dubitatifs.

Opiyo, adorable comme à son habitude mais qui semblait désormais résolu à nous quitter, m'a donné un coup de main pour le nettoyage du bateau, auquel je me livrais avec la méthodologie que l'on réserve à un défunt. Excavation des casiers et des filets, démontage des câbles, désassemblage du portique qui ne serait d'aucune utilité pour les expérimentations des Dunhill. Enfin, il me sembla primordial d'extraire la tablette de bord de la cloison où elle était restée bloquée durant tant d'années. Finalement, si je ne devais garder qu'un élément du *Warliss* ce serait bien celui-là. Cette tablette articulée, ce chef-d'œuvre de mon père devant lequel je l'avais vu tant et tant de fois prendre place pour épisser les cordages, curer sa pipe ou s'astreindre encore et encore à l'étude de son vieux livre de grammaire ou à la rédaction de pages d'écriture, avec, presque toujours, un verre de Grand Marnier à la main.

Le démontage de cette tablette nous prit un temps fou. Pour en finir, après que je m'y fus attelé sans succès avec divers outils, dont une pince à bec plat pour extraire les plus petites chevilles, Opiyo engagea son bras dans l'interstice entre la plaquette et les montants et réussit miraculeusement à en débloquer le loquet. La tablette se déploya d'elle-même, comme autrefois, à la façon d'un pétale qui éclôt ou d'un meuble de magicien. À ma grande surprise, ce mouvement éjecta une feuille qui tomba à mes pieds. Il s'agissait d'une lettre protégée par une pochette plastique. Un document si ancien, qu'il me fallut prendre mille précautions en le dépliant, afin qu'il ne se détache pas en lambeaux. Je reconnus l'écriture de mon père, ainsi que mon nom en haut du document. Le courrier étant très altéré par l'humidité, la moisissure et la corrosion du sel, je l'orientai en direction du soleil pour déchiffrer les reliefs en creux. Et dans le contrejour le texte est apparu :

Cher Stan, mon fils.

Quand tu trouvera se courié, je serai mort.
Je décidé den finir en me jetan à la mer.
N'ai pas trop de paine, cete vie et devenu trop dure pour moi. Quand tu te réveillera je serai plus la.
Ne fais pas la même bétise que moi, prend un autre métier que la pêche. Vend le bateau, et avec l'argent, instrui toi.

Je te souaite une vie méieure !

Ton père.

J'en suis resté bouche bée. L'émotion était si forte que je fus pris d'un haut-le-cœur, oui, littéralement « cœur-soulevé », le Stan. C'était d'imaginer mon père rédigeant cette lettre quelques instants seulement avant de se jeter à l'eau et qu'il ait choisi de la poser sur la tablette, juste au-dessus de ma tête. Comme un bon père remontant la couverture sur son fils endormi pour le protéger du froid. C'est ainsi que je me le suis figuré. Par-dessus tout, je fus désarçonné par le style naïf de la rédaction. Digne d'un enfant de six ans. Ainsi, mon père, que je me représentais comme un érudit, qui avait tant bataillé pour devenir ce qu'il imaginait être un « authentique Français », écrivait à presque soixante ans comme un enfant. Un tout-petit, bien plus mal que moi, finalement. Là se trouvait le vertige. Je suis resté figé, le souffle coupé. Très décontenancé de sentir mon cœur battre de façon si désordonnée. Oui, ça tambourinait fort là-dedans. Mais j'ai fait l'effort de ne pas me laisser submerger par l'émotion en inspirant profondément comme j'avais appris à le faire. Cette vérité nouvelle, il me fallait trouver le moyen de la rendre légère. Je suis resté un long moment comme ça, le papier à la main. À ne savoir qu'en faire, sans avoir la force de le replier, par crainte peut-être que les mots n'en tombent, ou qu'il ne se déchire.

Opiyo, toujours à mes côtés, m'a demandé de quoi il s'agissait et pourquoi je ne disais plus rien. La question, formulée dans un français approximatif, était posée avec candeur ; il envisageait sans doute ce parchemin comme le point de départ d'un jeu de piste, d'une chasse au trésor, d'une énigme. J'ai répondu « rien de grave » et, pour justifier mes larmes, j'ai prétexté que le soleil m'aveuglait. C'est vrai que le soleil tapait fort ce jour-là, enfin, assez fort. Ma vie durant, je n'avais jamais cessé d'espérer, sans trop me l'avouer, que mon père s'en soit tiré d'une façon ou d'une autre. Dans mes rêves d'adolescent, je veux dire mes rêves les plus déraisonnables, ceux dont je n'aurais jamais osé parler à personne, je ne m'interdisais pas d'imaginer par exemple qu'il avait pu être enlevé par des extraterrestres. Ou même par les fameuses et très séduisantes « Roussalkis », ces créatures des grands fonds, dont il était question dans les contes de Polésie. Tout valait mieux que la réalité. Mon père me confirmait par ce courrier retrouvé d'entre les cloisons du *Warliss* qu'il avait bien fait le choix de disparaître. Ce qui me désespérait pour de bon, finalement, c'était d'avoir imaginé lui faire honneur en prenant sa suite sur son navire. Alors que ses dernières volontés m'invitaient au contraire à m'en débarrasser. « Tant d'erreurs commises dans cette drôle de vie, tout ce temps perdu ! » me suis-je dit. Et c'était encore perdre du temps que de le regretter. Au moins la vente de mon navire aux Dunhill m'aura-t-elle permis d'obtenir cette réponse.

En prévision de son départ, Opiyo a tenu à ce que nous organisions un goûter avec ses copains du lotissement. Un pique-nique que nous avons servi à l'ombre du *Warliss*, une façon de lui rendre un dernier hommage à lui aussi. De la musique, des guirlandes. Une quinzaine d'enfants et même quelques parents nous avaient fait l'honneur de leur présence. Ce fut une journée joyeuse et fort émouvante. À laquelle nous n'avions pas convié Fabien, Diana, ni Luc, qui n'aurait pas manqué de s'interroger sur la destination de l'enfant et surtout sur la façon dont il s'y rendrait. Car Luc, qui passait ses examens de la gendarmerie d'intervention avec la fougue d'un pur-sang dans une course de haies, était devenu un obsédé du questionnement, de l'enquête. Rien ne l'intéressait désormais plus qu'élucider des énigmes et d'arrêter des voyous d'envergure pour accéder au statut de héros national, ce qui est, paraît-il, une pathologie psychique assez répandue chez les jeunes militaires.

Nous étions convenus avec Françoise de leur annoncer plus tard que l'association des Libres Goélands avait décidé de le confier à une famille d'accueil agréée, ou encore que ses parents, ayant trouvé un emploi dans une autre région, avaient décidé de le récupérer. À voir. Nous n'étions plus à un mensonge près. Nombreux étaient les amis de notre petit protégé à être venus avec des cadeaux pour ce jour de pique-nique, dont un certain nombre de dessins qu'ils avaient faits seuls ou avec l'aide de leurs parents. Nous les avons alignés sur la pelouse, telles les cases d'une seule et même bande dessinée qui racontait les beaux moments qu'ils avaient passés ensemble, ici. Chez nous. Sur pas mal de ces illustrations on reconnaissait mon chalutier qui semblait ne faire qu'un avec notre maison. On y voyait aussi le chien Marcelin, Françoise et moi-même, beaucoup plus drôles et expressifs que nous ne l'avons jamais été.

C'était tout ça qu'Opiyo allait emporter avec lui.

Françoise, de son côté, avait prévu de glisser dans ses bagages une collection de pâtisseries en forme de lettres de sa confection, qu'elle avait disposées dans des petites boîtes en polystyrène afin qu'elles ne s'abîment pas pendant la traversée. Elle se réjouissait en se figurant la joie des jeunes parents à la vue de ces chefs-d'œuvre qui, ainsi rangés, avaient fière allure. Leur offrir ces délicatesses était une façon d'exporter vers l'Angleterre ce qu'elle imaginait être le meilleur de nous-mêmes, de notre raffinement. Chaque boîte était organisée en un dégradé de couleurs et de parfums, réglisse, menthe, citron, praline, anis, qui mettaient l'eau à la bouche.

— Mais je prévois aussi des choses pour plus tard. Pour qu'Opiyo ne nous oublie pas ! ajouta-t-elle en bourrant le bagage d'ustensiles de cuisine, de jouets, de vêtements, mais aussi de photos de famille.

Elle imaginait qu'un jour, devenu adulte, Opiyo tomberait peut-être dessus par hasard.

— Regarde comme on était beaux, Stan, quand on était jeunes, a-t-elle murmuré en me tendant un paquet de photos sur lesquelles nous figurions à différents moments de notre vie. Les plus drôles étaient sans doute celles où Luc et Fabien faisaient leurs premiers pas dans un youpala, avec leurs petites jambes potelées et leurs sourires ravis. Luc surtout, qui semblait déjà déterminé et décidait de tout pour son frère. Sur d'autres images, nous posions dans le jardin en train de pique-niquer. Jours heureux, solaires, insouciants. Françoise avait peut-être raison, confier ces clichés à Opiyo serait une façon de prolonger notre vie au loin, quelque part ailleurs. En brassant ces vieux documents, nous sommes tombés sur un dépliant touristique de Rinxent. On pouvait y voir la place du village avec la quincaillerie des parents de Françoise, sa fontaine aux quatre lions rugissants coiffés de géraniums et, point culminant des activités touristiques de cette époque, son fabuleux mini-golf « dix-huit trous » en retrait du village, où nous avions coutume de nous retrouver le soir en cachette pour faire l'amour. Chaque petit monticule de ciment rouge cerclé de blanc nous y offrait la possibilité d'expérimenter de nouvelles positions. Entre autres : « le dos-d'âne à trois bosses, la plateforme à chicanes, le double looping », et enfin le parcours en forme de cœur que nous appréciions particulièrement car il était recouvert d'une fine couche de feutre qui le rendait confortable. C'est dans ce lieu modeste protégé par des bosquets de buis et qui fermait ses portes à dix-neuf heures que nous avions appris autrefois à nous connaître avec innocence. Là, dans ce jardin municipal des délices, que j'ai découvert pour la toute première fois et dans les moindres détails le corps somptueux de celle qui allait partager ma vie. Comment avais-je pu oublier des moments si délicats, si propices au vertige. Il arrivait parfois, j'en ai gardé le souvenir, qu'entre deux galipettes à la nuit tombée nous fassions une pause en fumant une cigarette ou en dégustant une glace prélevée directement dans le frigo du guichetier, dont je savais ouvrir la serrure de la cabine avec un trombone. Ce qui suscitait l'admiration de la jeune Françoise. En tout finalement, je me révélais être un garçon plutôt adroit, expérimenté. J'ai d'ailleurs mis des années à lui avouer que c'est avec elle que j'ai fait l'amour pour la première fois.

Ce dépliant touristique aux couleurs délavées nous a plongés dans un émoi profond. En le refermant, nous sommes restés un moment silencieux, puis Françoise a pris ma main dans la sienne et l'a posée sur ses seins. Je me souviens que nous nous trouvions dans le coin buanderie de la cave et que nous avons fait l'amour de la façon la plus sage du monde.

Comme si nous nous touchions pour la toute première fois.

Un vent démentiel soufflait sur notre région, trop chaud pour la saison et chargé d'une poussière épaisse qui teintait le paysage de rouge. Un foehn dont j'ai appris en allumant l'autoradio de ma camionnette qu'il ne se limitait pas, comme le plus souvent, aux régions alpines, mais soufflait ce jour-là sur la France entière. J'y ai vu un bon présage pour le départ d'Opiyo qui, installé sur le siège passager, son sac sur les genoux, reproduisait avec sa bouche le son des essuie-glaces qui peinaient à déplacer le sable accumulé sur le pare-brise, dans un battement lourd et crissant semblable à celui d'un tambour. « Boum, boum, boum » faisait l'enfant en regardant défiler le paysage et en tapant dans ses mains. L'air ravi. Boum, boum, boum !

En passant devant le parking de l'Hoverport j'ai remarqué que des gradins avaient été édifiés pour la venue de notre ministre qui, fidèle à sa promesse de campagne, inaugurerait ce jour-là une improbable plaque commémorative à la mémoire de Jonathan Hautevoy. Le monument du « Martyr cycliste » était recouvert d'une bâche de velours sombre que quelques ouvriers peinaient à fixer à cause du vent, et qui conférait à l'endroit l'ampleur d'un lieu saint. Perchés sur un échafaudage en retrait, des techniciens, dont on ne distinguait que les silhouettes, s'affairaient à régler la puissante sono en répétant sans fin « un deux, un deux » comme les premières notes d'un hymne militaire concordant avec le battement de mes essuie-glaces et les bruits de bouche d'Opiyo. Tout était rouge, si rouge ! Et obscur. C'était un monde insensé qui s'activait ce jour-là, dans cette poussière. En chemin, nous avons croisé des centaines de Citoyens Cyclistes progressant tête baissée contre la tempête, tous vêtus de sombre, le visage en partie protégé par des foulards. Sur leurs guidons flottaient des fanions affichant le slogan de campagne de notre ministre, que la poussière ambiante rendait difficile à déchiffrer. Des camionnettes, noires elles aussi, et surmontées de haut-parleurs dans un style très « Tour de France », diffusaient la chanson « À bicyclette » réorchestrée pour l'occasion à grand renfort de trompettes et roulements de tambours et qui était en train de prendre le pas sur notre rébarbative Marseillaise. Toute cette foule fervente arrivant de Calais occupait la partie gauche de la chaussée, laissant pleinement vacante celle de droite où nous avancions. Et je me suis dit, bien lyrique encore, que ce serait un drôle de souvenir pour Opiyo que ces paysages du nord de la France investis par tous ces cyclistes, et balayés par le vent du désert. Et qu'au train où allaient les choses, le jour viendrait où tout ce sable brûlant se fixerait ici, comme le sucre glace à la surface d'une brioche, que rien d'autre ne subsisterait de notre soi-disant civilisation que quelques fossiles de nos bagnoles, routes, immeubles, et que ce ne serait pas une grosse perte, à vrai dire.

Pour ce que j'envisageais être mes derniers instants passés avec l'enfant, il m'avait paru judicieux de faire un détour par la côte afin de contempler la mer une dernière fois avec lui. Le rendez-vous avec Gilles Bardet était fixé pour onze heures, nous pouvions nous accorder ces quelques minutes. Et dans le pire des cas, me disais-je, ce type patienterait. De toute façon, le passage du camion par le tunnel était prévu pour le soir. Nous avions donc du temps. J'ai garé ma camionnette sur le terre-plein du Cran d'Escalles, qui donne accès à la plage par un sentier escarpé, longé d'une barrière de bois. À proximité du parking, une cabane à frites close, près de laquelle une pile de chaises en plastique était arrimée au panneau du menu, faisait l'impression d'un hameau fantôme. Une partie de l'enseigne avait été emportée par le vent qui souffle toujours avec fureur à cet endroit, du fait des montagnes de galets qui le canalisent telles des chicanes. Nous nous sommes engagés entre ces monticules de roche, bordés de corbeilles à déchets, dont il ne subsistait que la carcasse en fer rouillé. Çà et là, des débris de verre émoussé par l'action corrosive des vagues se mêlaient aux galets de cristaux de gypse ou de pyrite, ce drôle de minéral que les gens d'ici appellent « l'or des fous » à cause de ses reflets. Tout ça brillait considérablement, et l'enfant ne résista pas à l'envie de s'en remplir les poches, peut-être avec le projet, qui sait, d'en faire plus tard un collier pour sa maman. Il y en avait tant et tant, de ces petites miroiteries semblables à des bonbons, que le jeu de les ramasser dura une bonne demi-heure et qu'il me fallut mettre à contribution mes propres poches, car les siennes furent vite remplies. Nous avancions à tout petits pas, et je me persuadais que ce n'était pas grave, que de toute façon Bardet nous pardonnerait ce retard. C'était une sacrée belle journée, finalement ! Un instant, j'ai craint de tomber sur quelques cyclistes qui auraient eu la mauvaise idée de venir faire une halte à cet endroit. Mais les rivages étaient déserts en réalité. Pas âme qui vive aussi loin qu'il était possible de porter le regard au travers de cette lueur que les embruns et quelques résidus de mousse, vacillants comme lorsqu'on souffle à la surface d'une chope de bière, rendaient vaporeuse. « Sacré pays, me suis-je dit. Sacré pays. » La marée basse nous a permis d'accéder à un blockhaus sans trop de difficulté. Et nous sommes restés tous les deux assis dans l'ouverture de l'édifice à contempler la Manche qui était bien démontée, bien saumâtre, bien trouble. Le regard dirigé vers l'étendue grise et diffuse des côtes anglaises qu'Opiyo ne reverrait plus sous cet angle avant longtemps. Je me suis tourné vers lui, et je lui ai dit « Tu vois ? C'est là-bas que tu dormiras ce soir », pour dire quelque chose, en désignant de l'index la longue traînée de terre grise de l'autre côté de la Manche. Et puis nous nous sommes remis en route.

Nous voyant débarquer, Gilles Bardet, en pyjama et torse nu, a eu l'air surpris, comme s'il avait oublié l'heure du rendez-vous. « Ah, ben… vous voilà », s'est-il contenté de marmonner, les yeux écarquillés et vitreux. En pénétrant dans la cuisine avec Opiyo j'ai constaté que le ménage n'avait pas été fait depuis ma dernière visite. Il y avait quelques cadavres de bouteilles supplémentaires dont certaines remplies de mégots, faisaient planer dans l'atmosphère l'odeur âcre de la nicotine. Deux sacs plastique aux couleurs d'une grande marque de bricolage contrastaient avec la désuétude générale et trônaient en évidence sur un tabouret. Autre chose : je fus frappé en arrivant par le fait que le camion, garé en retrait de la maison, n'avait visiblement pas bougé d'un centimètre depuis la dernière fois et je doutais fort qu'il ait été révisé. Un pneu relativement dégonflé et un clignotant arrière endommagé achevaient de m'inquiéter sur la manière dont l'individu comptait s'y prendre pour passer la frontière sans attirer l'attention des douaniers. Surtout là, avec tout ce remue-ménage causé par la venue du ministre, les contrôles de gendarmerie, les Citoyens Cyclistes… Je n'ai pas résisté à lui poser la question :

— Vous avez bien prévu de passer en Angleterre ce soir ?

— Oui, pourquoi ? Y a un problème de confiance ? a répondu Gilles tout en chaussant des lunettes aux verres rayés, maculés de traces de doigts et dont une branche tenait comme par miracle grâce à un bout de sparadrap, pour sans doute se remémorer mon visage et se refaire une idée plus précise de la corpulence d'Opiyo, qui me tenait la main et n'en menait pas large de se trouver dans un tel endroit, face à cet individu auquel il avait déjà eu affaire quelques mois plus tôt avec ses parents. L'atmosphère était particulièrement pesante à cause du foehn qui faisait vibrer les fenêtres, et de toutes les particules de poussière rouge qui passaient en rafale par l'interstice du carreau brisé de la porte d'entrée. J'ai voulu dédramatiser en lançant un clin d'œil à Opiyo, accompagné d'un sourire forcé. Mais je voyais bien à son expression qu'il n'était pas dupe de ma tentative de rendre la situation dérisoire, et qu'il se sentait terriblement mal à l'aise.

C'est lorsque j'ai posé le sac de voyage de l'enfant sur la table que le ton de Bardet est devenu franchement hostile.

— C'est quoi ce truc ? a-t-il grommelé en scrutant le bagage.

— Le sac du gosse…

— Il contient quoi ?

— Des objets que ma femme et moi voudrions laisser en cadeau au petit et à ses parents pour qu'ils ne nous oublient pas, ai-je dit en ouvrant la fermeture éclair du sac et en extrayant les précieuses boîtes à pâtisseries, ainsi que les quelques bricoles dont Françoise l'avait bourré : rouleau à pâte, spatules coudées, râpe à copeaux, moule à cake, sans oublier les dessins des copains du lotissement, et les nombreuses photos de famille, dont certaines dans des cadres en plastique doré me faisaient l'effet d'icônes désuètes. Cette situation me donnait l'impression de me soumettre à un contrôle des douanes.

— C'est pas prévu dans le tarif ! a poursuivi Bardet. Vingt-cinq mille euros, c'était juste pour le transport du gosse, pas pour une cargaison de vide-grenier !

— Vous... vous voulez que j'allège le bagage ? ai-je proposé, conciliant. Parce que je mesurais en effet l'idiote sentimentalité de tout ce bric-à-brac.

— Non, je préférerais qu'il ait pas de bagage du tout. En attendant, t'as qu'à te débarrasser des babioles dans le coin là !

Il avait désigné du menton un recoin dans la pièce, sous la fenêtre, sans doute destiné aux rebuts et encombrants, car il était jonché de tout un tas de détritus et d'objets déglingués. Et comme je commençais à faire le tri dans le bagage en privilégiant les pâtisseries, Bardet s'est emparé brutalement du sac et en a vidé le contenu sur le sol.

— Pas de bagages, j'ai dit ! En plus, si le gosse bouffe ces merdes, il va vomir et chier dans mon camion, et moi, j'ai pas que ça à foutre de nettoyer !

À la vue des pâtisseries répandues sur le sol, et dont la disposition des lettres formait un rébus discordant, j'ai été saisi de frayeur. J'eus une pensée pour Françoise qui, le matin même, m'avait fait part de son inquiétude. Je me souvenais qu'en nous regardant prendre place dans ma camionnette, Opiyo et moi-même, elle s'était approchée de la portière et m'avait murmuré à l'oreille : « Écoute, Stan, j'ai un sale pressentiment, et je pense qu'on devrait remettre à plus tard le départ du petit. » Elle était plus pâle que pâle, et j'avais pris cette soi-disant intuition pour une attitude de faiblesse. Une façon de ne pas assumer notre devoir. De chercher à profiter encore un peu du gosse, dont nous savions à quel point il allait nous manquer. Mais là, seul avec cet ivrogne qui tenait à peine debout, j'en arrivais à la conclusion évidente que j'aurais dû l'écouter et annuler l'expédition.

Notre hôte s'est saisi d'un verre opaque de saleté dans l'évier et, sans nous quitter du regard, y a versé une double ration de pastis. Il a fait tourner le liquide comme pour désinfecter les parois, avant de l'engloutir d'un coup sec, tête en arrière, à la façon d'un remède, amer mais nécessaire. Il ne devait pas être plus tard que midi, mais on aurait dit la fin du jour. Les vitres que j'avais imaginées, dans un premier temps, rougies par la poussière du foehn étaient en réalité maculées d'éclaboussures plus sombres, dont j'ai soudain compris qu'il s'agissait de sang séché. Des traces d'une épaisseur telle que l'on aurait cru des vitraux. Bardet était un spécialiste de la viande qu'il devait avoir l'habitude de découper à cet endroit, sous cette fenêtre, me suis-je dit en repérant parmi les outils et ustensiles qui y traînaient, une planche à découpe en matière synthétique dont la surface était striée de traces de lames. Et cette odeur qui flottait n'était pas seulement celle de la misère ordinaire, brassage de sueur, de vieux mégots, d'urine et d'alcool. Non, il y avait derrière tout ça un relent d'une tonalité particulière, de celle, poivrée, qui plane dans certains cimetières dont les fosses n'ont pas été creusées assez profondément, ou au bord des autoroutes durant les périodes de canicule. L'odeur de la viande putréfiée, celle du macchabée. Elle affleurait à la surface des murs, du plancher, remontait des placards et de l'haleine même de Bardet. Inquiet par la tournure que prenaient les événements, j'ai cherché autour de moi un objet pouvant faire office d'arme de défense, regrettant au passage de ne pas avoir emporté mon pistolet lance-fusée ou mon couteau à cran d'arrêt comme lors de ma première visite. En fait d'arme, je ne voyais qu'une fourchette crasseuse dont le manche dépassait d'une boîte de conserve sur une commode et, à ma droite, les nombreuses bouteilles accumulées sur la table à roulettes, trop éloignée de moi hélas.

— T'as le fric ? grommela Bardet qui devait deviner mon doute.

— Oui, évidemment, lui répondis-je en appuyant sur le renflement de la poche de ma veste où se trouvait effectivement l'enveloppe de billets. Et, pour gagner du temps, je lui demandai de me réexpliquer comment il allait s'y prendre pour passer le gosse sans être repéré par les contrôleurs des douanes.

Bardet a poussé un long soupir et m'a réexpliqué qu'il utilisait des caissons réfrigérants recouverts de plomb. Et encore que l'odeur de la viande du reste de la cargaison mettrait en déroute les chiens dressés pour renifler les clandestins.

— Et comment il va faire le gosse pour parvenir à respirer dans ces boîtes plombées ?

— Ben, déjà ces caisses elles ne sont pas cent pour cent hermétiques. Et de toute façon, à son âge on a des tout petits poumons et on peut se contenter de très très peu d'oxygène ! a affirmé l'alcoolique, de plus en plus décontenancé par mon ingérence, et s'efforçant de montrer l'assurance d'un expert vétérinaire. Il m'a scruté un instant comme s'il guettait ma prochaine question. Ou, plutôt, pour voir si l'étrange réponse qu'il venait de me fournir colmatait efficacement l'inconfortable brèche que ma curiosité avait ouverte.

Alors j'ai profité d'un instant où le sinistre Bardet s'est absenté pour aller chercher un de ces fameux caissons hermétiques dans sa cave : j'ai réuni rapidement nos affaires et j'ai débarrassé le plancher avec Opiyo.

Les Dunhill avaient investi une véritable fortune dans la fabrication d'un nouveau moteur électrique pour le *Warliss*. Un système entièrement silencieux qui, selon eux, optimiserait leurs prises de son sous-marines. L'engin en résine était suspendu à un palan, à l'aplomb du chalutier, dans le hangar qu'ils avaient aménagé à cet effet dans la zone portuaire de Boulogne-sur-Mer. Le moteur était haut comme un homme, imposant et boursouflé tel un cœur de baleine, et les vénules de son alimentation électrique le recouvraient à la façon d'une résille de vaisseaux sanguins. Pour être tout à fait sincère, je peinais à imaginer qu'une telle chose pût fonctionner. Cela me donnait l'impression d'assister aux balbutiements de l'aviation, lorsque les inventeurs en étaient encore à concevoir des ailes en boyau de porc cousu, donnant des silhouettes de chauves-souris aux aéroplanes qui, dans la plupart des cas, ne décollaient que de quelques centimètres du sol.

Pour autant, c'était beau, comme peut l'être une œuvre artistique. Oui, voilà, le *Warliss* était en train de devenir une œuvre d'art. Et pourquoi pas ?

Avec Opiyo, pour passer le temps et à défaut de mieux, nous donnions un coup de main à la réfection de la cale, cette énorme cage thoracique qui formerait l'écrin du non moins imposant cœur électrique. Nous passions de longues heures à gratter les vétustes couches de peinture et de coaltar incrustées dans les fissures pour retrouver la qualité du bois originel, celui qui avait demandé tant d'attention à mon père, autrefois. Ces lourdes pièces de chêne, de pin, d'orme, de châtaignier étaient demeurées intactes sous les épaisseurs de peinture vinylique. Par endroits, on retrouvait même en creux quelques traces de lame de gouge et d'herminette, à peine plus profondes que celles laissées dans les silex par les hommes de la préhistoire. Sur d'autres parties de la charpente, on voyait de minuscules graphismes tracés à la pointe d'un clou, et qui indiquaient des mesures pour l'équerrage des poutres, et puis des cercles traversés de motifs floraux qui, eux, semblaient avoir été posés là comme un acte superstitieux, de magie. Blanche, la magie. Ou pour passer le temps, comme le font depuis toujours les artisans. Ces heures de grattage et de ponçage du bois nous faisaient un bien fou à Opiyo et à moi-même, comme un acte religieux, silencieux ; il nous permettait de relativiser la terrible déconvenue du passeur Bardet qui demeurait, pour l'enfant comme pour moi, et plus encore pour Françoise, un épisode traumatique. Si je n'avais eu ce réflexe de renoncer *in extremis* à notre accord de lui confier Opiyo, le petit aurait à coup sûr perdu la vie dans ce camion frigo. Et nous ne nous en serions jamais remis. Ainsi, j'avais échoué dans ma tentative de faire passer le gosse en Angleterre, et en fait de détestation de moi-même, j'étais devenu une mine, un pic, un puits. Et il ne fallait évidemment rien montrer de tout ça à Opiyo qui, lui, s'efforçait de rester optimiste, et de me considérer avec confiance. Lorsqu'il me demandait quand il allait retrouver ses parents, je lui conseillais de ne pas s'inquiéter, de faire confiance au temps. J'étais aussi peu rationnel dans mes promesses que le poisson cœlacanthe qui continuait lui aussi de me visiter la nuit avec ses airs de vieux philosophe.

Opiyo se révélait un apprenti attentif et adroit, plus passionné encore par la rénovation de ce navire que par la confection de ses pâtisseries, domaine dans lequel il continuait d'exceller. Et je me disais qu'un jour, plus tard, pourquoi pas, il pourrait en faire un métier. Et qu'en devenant menuisier, il aurait peut-être une pensée pour ces moments que nous passions ensemble à travailler. En fait, il n'aurait même pas à y réfléchir, je serais présent dans chacun de ses gestes. Je serais une partie de son adresse, j'y aurais contribué.

En échange de ce coup de main, les Dunhill nous avaient proposé un petit salaire que j'avais refusé. Par superstition peut-être, ou parce que les vingt-cinq mille euros de la vente du navire me permettaient de voir venir. De ne pas courir après n'importe quel emploi. Et puis, pour tout dire, en retapant ce bateau, je me faisais l'impression de me réparer moi-même.

Dans son hangar, Irving nous passait de la musique. Des bandes magnétiques qui déroulaient des sons merveilleux. Soft-machine, Kraftwerk, Tangerine dream, Klaus Schulze faisaient écho à ma jeunesse. Mais ce que nous préférions, je crois, avec Opiyo, c'était qu'il nous fasse écouter encore et encore le chant des baleines, et celui, plus étrange, des hippocampes. Oui, là je le voyais concrètement, le regard d'Opiyo s'illuminait. Tous ces langages, c'était un peu comme s'il pouvait en ressentir la portée émotionnelle, plus encore que les comprendre. Puisque « comprendre ou apprendre », on le sait, au bout d'un certain temps, n'a pas beaucoup d'intérêt. C'est ressentir qui compte.

Un jour, ce devait être vers la toute fin de l'automne, l'enfant de Diana est né, et ce fut merveilleux. Je suis devenu grand-père d'un seul coup. C'était une petite fille, et cet événement m'a fait l'effet d'une injection de morphine. La vie s'apaisait. Françoise et moi nous trouvions comme idiots de bonheur. Le genre d'émotion qui vous fait d'un seul coup vous demander comment tant d'autres choses ont pu retenir votre attention au cours d'une vie, tant il est évident que le véritable miracle se situe là. Dans le regard de ce nouveau-né qui, lui, n'est embarrassé d'aucun souvenir ni *a priori*. Ni d'émerveillements illusoires. Libre de ne rien comprendre, de ne rien exprimer. En comparaison, je me faisais l'impression d'être empesé de petites manières, de peurs, de fausse gentillesse. Ce langage même du français que je m'étais efforcé d'apprendre à parler et que, depuis peu, je savais lire et écrire, me semblait un charabia débilitant. Comme n'importe quelle langue apprise, d'ailleurs. Ce que j'aurais aimé, en regardant cette gosse, c'est ne rien savoir, comme elle. N'exprimer que des balbutiements. Ne jamais avoir dépassé le stade des gazouillis et des pleurs. Françoise de son côté passait un temps infini à chercher dans ce nouveau visage duquel de nous deux elle tenait. Elle me disait : « Regarde Stan, elle a ton nez et mon menton, ses cheveux sont ceux de Fabien, ses oreilles, celles de Diana, et je suis sûr que plus tard elle aura mes sourcils. » Et moi de prier en cachette pour qu'elle ne ressemble qu'à elle-même, et que ses premiers sourires soient adressés à la grandeur du ciel, à l'opulence des nuages et à la splendeur des arbres qui s'y abreuvent en oxygène.

Les Dunhill ont procédé la même semaine à la mise à l'eau du *Warliss* et nous ont fait l'honneur, à Opiyo et moi-même, de nous faire participer au premier test de navigation. Et rien ne fut simple ce jour-là, parce que si le système d'enregistrement des hydrophones fonctionnait parfaitement, le moteur électrique était de trop faible puissance, comparé aux classiques engins diesel qui permettent d'affronter les vagues les plus hautes ou de remonter les courants d'un simple coup d'accélérateur. Là, avec ce nouveau système de propulsion, il allait falloir repartir de zéro, réenvisager la navigation comme la pratiquaient autrefois les marins, avant même l'invention de la voile. Réapprendre à faire corps avec la mer, ses lames, ses courants. Et j'ai bien vu que ni John ni Irving n'y parviendraient. Quitter le port n'avait pas été très compliqué, mais une fois en haute mer, le bateau a commencé à tanguer furieusement. À un moment, et ce fut tragique, nous avons croisé le *Margiris*, un chalutier industriel hollandais de cent quarante mètres de long. Un des pires bateaux de l'histoire de la pêche moderne, qui sort en une seule journée deux cent cinquante tonnes de poissons. Notre esquif s'est retrouvé pris dans son sillage, littéralement débordé, et il s'en est fallu de peu que nous ne terminions dans ses filets. Et je me suis dit en regardant John manœuvrer, que leur grand projet d'expérimentation scientifique ne verrait jamais le jour, que cela resterait un rêve. Et ça m'a attristé.

Et pour ne pas mourir de honte face aux quelques marins du port qui éclusaient leurs bières à la terrasse des Quatre Tonnerres, et qui n'auraient sans doute pas détesté voir le *Warliss* version « écologique » s'encastrer dans l'un des piliers de la rade, j'ai proposé de prendre le gouvernail pour le ramener au port.

C'est à coup sûr ce qui a motivé John ce soir-là à me proposer de devenir leur capitaine. Il l'a fait assez gentiment d'ailleurs, en me rappelant que personne n'était mieux instruit que moi en matière d'intempéries et en connaissance des courants. Ce qui était vrai, je le reconnais avec humilité, cette satanée Manche et ses humeurs n'ont jamais eu aucun secret pour moi. Pour autant, accepter leur proposition me faisait l'impression de trahir mon passé de marin pêcheur. Un peu comme Vidocq le bandit, dont je suivais les épisodes télévisés dans mon enfance, s'était rangé du côté des forces de l'ordre. Oui, voilà, en acceptant la proposition des Dunhill, j'allais devenir une sorte de Vidocq des embruns, et j'agirais selon mes propres lois. Et cette perspective n'était pas pour me déplaire. J'ai tout de même mis une bonne dizaine de jours à prendre ma décision, et j'ai posé comme condition non négociable que la première sortie que nous ferions en mer serait aussi l'occasion de faire passer Opiyo en Angleterre.

Ce que John et Irving acceptèrent sans sourciller.

Je peux jurer que jamais je n'avais vu mon navire aussi beau que cette première nuit-là, oui, splendide, réellement. Aussi parce que la mer était particulièrement calme. Le *Warliss* propulsé par son nouveau moteur électrique voguait de façon surnaturelle. Aucune vibration sous nos pieds, pas la moindre émanation de mazout dans l'air. Nous allions comme sur un lac, aucune vague, aucun remous. Tout n'était que brillance. Irving se tenait à l'avant du navire avec Opiyo, d'où ils faisaient descendre les hydrophones dans les profondeurs, reliés à de minuscules flotteurs, que nous récupérerions au retour.

Au loin derrière nous quelques minuscules points lumineux donnaient une idée de la distance qui nous séparait désormais de la côte, et de celle à parcourir pour rejoindre l'Angleterre. Au plus tard nous y serions à l'aube. Ces lumières s'estompaient, comme la braise sous la cendre. Le vent lui-même semblait retenir son souffle. Tout paraissait irréel.

Pour ce tout dernier voyage, Opiyo, encouragé par ma charmante épouse, avait conçu une petite pièce montée pâtissière en forme de falaise, pour laquelle j'avais moi-même fabriqué un socle, dans le double fond duquel j'avais logé les vingt-cinq mille euros à l'intention des parents du petit. Bien certain que j'étais désormais de pouvoir confortablement gagner ma vie avec ce salaire de capitaine d'expédition scientifique, puisque tout cela était fort bien rémunéré, et que les parents d'Opiyo trouveraient une utilité à cet argent. Cette pièce montée, qui était finalement le seul bagage qu'Opiyo emporterait, trônait sur le tableau de bord du *Warliss*. Et c'était encore une vision insolite et belle que de voir cette falaise en meringue se déplacer sur les flots, à la façon d'un iceberg. En la regardant, je me disais qu'elle aurait été un magnifique emblème pour notre organisation, puisqu'en mon for intérieur, cette nuit-là, je ne rêvais rien de moins que de me transformer en bloc de glace contre lequel la violence des hommes et leur goût toujours plus délirant du profit viendraient s'abîmer.

Depuis la cale, où il avait installé son laboratoire de son, John, coiffé de ses fameux écouteurs à antennes surdimensionnés, qui lui donnaient l'air curieux d'un vieux chamane casqué de bois de cerf, vérifiait la qualité des enregistrements. Parfaitement rassuré par ma façon de piloter, il me fit entendre les premières captations. Il s'agissait d'un groupe de dauphins dont les signatures individuelles, sortes de « clics » de géolocalisation, leur permettaient, paraît-il, de se joindre à d'autres groupes le temps de quelques heures. S'y mêlaient tout un tas d'autres signatures auditives étranges, probablement celles de crabes, de langoustes, de lompes, d'orphies, de labres, de lieus jaunes, de congres, et pourquoi pas même d'étoiles de mer, improvisant une splendide cacophonie qui n'était pas sans évoquer celle d'un orchestre philharmonique qui s'accorde.

— Un jour tout ce petit monde s'entendra, me dit John à voix basse, comme s'il lisait dans mes pensées. On y arrivera, c'est sûr. C'est une nouvelle ère qui s'ouvre à nous Stan, une nouvelle ère…

Sur ce, il déboucha une bouteille de son délicieux champagne qu'il gardait au frais dans le placard des instruments, en prenant garde de ne pas en faire sauter le bouchon dont la détonation aurait pu perturber le travail de prise de sons d'Irving et Opiyo postés à la proue du navire. À le voir ainsi, avec son casque à antennes et sa bouteille de champagne à la main, John me fit l'effet d'un fou, un vieil excentrique, et moi plus encore d'avoir accepté de me joindre à son entreprise. Et puis j'ai pensé que c'était bien ainsi. Qu'il fallait accompagner le rêve, accepter de le piloter. Que la vie n'était rien d'autre. Et que l'improbabilité de cette chimère risible valait de toute façon mieux que la morbide réalité de notre monde industriel.

John a levé sa coupe en murmurant : « À la nôtre, Stan ! Et à cette vie désespérément brève qui mérite d'être célébrée à chaque instant ! » Nous avons bu une gorgée de champagne, puis une autre, et là il y a eu de nouveau un silence. Que John a rompu, l'air pensif. Et, avec la même intonation douce et emplie de nostalgie, il a évoqué des moments importants de son existence : la rencontre avec son compagnon au cours des années 1970, cette époque où Irving travaillait comme ingénieur du son pour Radio Caroline, une radio-pirate qui émettait depuis un bateau dans la Manche. Quelque chose de tout à fait sensationnel pour l'époque. John, qui était alors un jeune garde-côte, avait l'habitude de retrouver Irving sur ce bateau-émetteur. Sujet éminemment tabou et qui aurait pu lui valoir un passage en conseil de discipline. Alors, pour se rendre à ses rendez-vous nocturnes, John empruntait un zodiac de sa patrouille qui lui permettait d'accoster le navire en toute discrétion. Faire l'amour sur ce bateau-pirate, parmi tout ce matériel radiophonique, était une aventure extraordinaire, si drôle, parfois. Comme cette nuit où Irving avait laissé le micro ouvert exprès, afin d'être entendu en train de jouir par les quelques milliers d'auditeurs. Ou la fois où ils avaient eu la visite de je ne sais plus quel groupe de rock, et où le navire avait été le théâtre d'une gigantesque orgie exaltée par des drogues à la mode de cette époque : champignons mexicains, LSD, dont les noms sont de nos jours aussi désuets qu'une marque de camembert.

John parlait de tout cela avec un air de dépit, comme à l'évocation d'un monument disparu. Il y avait eu tant et tant de belles choses dans sa vie, tant de jouissance ! Mais, étrangement, les souvenirs les plus marquants pour lui étaient ces expéditions nocturnes seul à bord du zodiac. Là, progressant dans l'obscurité, le moteur tournant au ralenti, il s'était senti réellement libre. Ni militaire ni même anglais. Il était juste un être vivant évoluant entre les mondes. Un être minuscule au milieu des vagues.

À l'évocation de cette période de sa jeunesse, John avait les larmes aux yeux. Et c'est d'ailleurs ainsi, a-t-il poursuivi, qu'une nuit il avait été confronté à une étrange situation. Oui, un événement réellement insolite : ayant dépassé tous feux éteints la balise qui marque les courants du passage de la Déroute, il avait distingué une ombre en train de se débattre dans les flots. Une apparition qu'il avait envisagée dans un premier temps être le fruit d'une hallucination, mais qui s'était avérée être bien réelle, pourtant. Il s'agissait d'un homme vêtu d'une simple combinaison de mécano et qui ne portait pas de gilet de sauvetage. S'il s'était débattu, c'était comme pour tenter de s'enfoncer plus encore dans l'eau qui ne semblait pas vouloir l'engloutir. L'homme coulait, puis il réapparaissait à la surface des flots. Et cette impossibilité de sombrer semblait être la raison de son agitation, car l'individu cognait l'eau rageusement. Des claques, des coups de poings dans les vagues.

Lorsque John, arrivé à sa hauteur, lui avait tendu la main, le naufragé l'avait refusée, à la grande surprise de John qui l'avait alors agrippé à bras-le-corps et l'avait hissé de force sur son zodiac. Cela n'avait pas été sans difficulté, car le bonhomme quoique ivre mort, se débattait avec vigueur. D'après John, ce marin pêcheur n'avait dû sa survie qu'à quelques flacons de Grand Marnier vides contenus dans sa sacoche et qui avaient fait office de flotteurs. Lorsque John lui avait demandé en anglais, puis en français, comment il était parvenu jusque-là, aussi loin des côtes, à la limite des eaux territoriales britanniques, le vieux marin était resté mutique. Aucune réaction, ni même un simple hochement de tête. Rien.

Et John s'était senti doublement incommodé de l'avoir repêché ainsi, cette nuit-là, au large de nulle part. S'il l'avait secouru lors d'une garde ordinaire à bord d'un patrouilleur, il l'aurait confié aux autorités portuaires qui auraient mené l'enquête, mais là, c'était impossible. John, très embarrassé donc par ce sauvetage inopiné, avait décidé de débarquer discrètement ce naufragé mutique sur les récifs de Winchelsea, en amont desquels se trouve un presbytère.

Cela avait donné lieu à quelques rebondissements tragicomiques, car il avait fallu parvenir à réveiller, puis convaincre le concierge du presbytère de bien vouloir accueillir l'individu trempé comme une soupe, qui s'obstinait à ne piper mot et qui empestait l'alcool.

Enfin, persuadé d'avoir fait son devoir, John avait regagné son zodiac pour rejoindre sa brigade, car cet improbable sauvetage l'avait finalement mobilisé toute la nuit. Lorsqu'il était enfin arrivé à la caserne, au petit jour, il avait été repéré par sa hiérarchie et sa carrière dans l'armée avait pris fin. Mais John avait décidé de ne pas baisser les bras, et de faire de cette guigne une chance, en reprenant ses études. Et, pour ce qu'il en avait su, le mystérieux naufragé qui lui avait valu cet incident de destinée avait pour sa part trouvé sa place dans le presbytère. Il y était devenu, paraît-il, un homme à tout faire, très bricoleur, excellent menuisier surtout, habité par une sérénité que même le vicaire lui enviait.

Bouleversé par ce récit au point de me demander si je n'étais pas complètement saoul, je me suis risqué à demander :

— Et il se trouve où, ce presbytère ?

John a dirigé son index vers un point lumineux sur la côte anglaise dont nous nous approchions.

— Voyez, Stan, a-t-il dit, ce presbytère se trouve par là !

Et au travers de la brume affleurant au-dessus des vagues, j'ai aperçu effectivement quelques lueurs, une constellation diffuse, peut-être celle d'une petite ville, avec ses enseignes, ses lampadaires qui se fondaient dans le rougeoiement du soleil levant. L'Angleterre ne se trouvait qu'à un ou deux kilomètres de là et j'ai ressenti soudain une suffocante émotion à l'idée d'aller retrouver cet homme qui était peut-être mon père.

À cet instant précis, depuis l'avant du bateau, Irving et Opiyo, dont j'avais presque oublié la présence, se sont exclamés qu'ils captaient un bruit extraordinaire avec leur hydrophone, comme une pulsation cardiaque qui n'était pas celle d'une baleine, ni celle d'un morse, et dont le rythme était anormalement rapide. John a vérifié ses instruments de mesure, visiblement très surpris lui aussi par ces pulsations qui semblaient si proches. Il affichait une expression que je ne lui connaissais pas, mélange d'incrédulité et de panique joyeuse à l'idée d'avoir affaire à une créature inconnue. Un monstre peut-être ? Il me tendit fébrilement son équipement en s'écriant : « Écoutez ça, Stan, écoutez ! »

Alors, en me coiffant de ses écouteurs, je lui ai répondu :

— Non John, ça n'est rien de bien extraordinaire... ce battement de cœur n'est que le mien.

Car oui, moi aussi je l'entendais désormais. Ce cœur qui cognait, furieusement, tragiquement, comme je ne l'avais jamais éprouvé. Et avec cette pulsation qui s'emballait, j'ai ressenti un grand vertige. La terre et la mer, même le ciel et les étoiles ne faisaient plus qu'un. Ma vue s'est brouillée, et la surface de l'eau est devenue rouge, d'une teinte qui n'était pas celle du sable ou de la poussière, ou même l'idée que l'on peut se faire de la planète Mars, mais un carmin divin. Tout ce sang refluait avec la puissance d'un siphon dans mes vaisseaux, mes veines, mes artères, jusqu'à aspirer ce foutu cœur, cette digue des sentiments qui avait tant résisté.

Je n'étais plus qu'un remous de flots, une vague parmi les autres. Il n'y avait plus rien d'autre à faire que de me laisser porter par ce mouvement, jusqu'à devenir l'océan tout entier. Et dans cet espace vertigineux d'entre les lumières, ce chemin qui me menait à coup sûr au paradis ou en enfer, cette toute dernière perception du monde terrestre, j'ai cru apercevoir mon père, qui agitait la main depuis le sommet d'une falaise, peut-être les rivages de la folie ou de la mort, et qui semblait me dire : « Viens ! Viens. »

Je remercie l'ange Gabrielle pour sa résistance aux orages, son regard affûté et ses griffes de chat, le gendarme du Puy William pour son amicalité, les capitaines du vaisseau *Kare*, Fabrice et Antoine, ainsi que le caïd Allan et son fidèle mercenaire Thibaut, pour leur ténacité.

Imprimé en France par CPI
en février 2024

Cet ouvrage a été mis en pages par

<pixellence>

Dépôt légal : mars 2024
N° d'édition : 596444-0
N° d'impression : 178373